«MACABRE»

FIORE MANNI
MICHELE MONTELEONE

NEL BUIO DELLA CASA

Sperling & Kupfer

Pubblicato per

Sperling & Kupfer

da Mondadori Libri S.p.A.

NEL BUIO DELLA CASA

ISBN 978-88-200-7256-8

I Edizione ottobre 2021

Anno 2021-2022-2023 - Edizione 1 2 3 4 5 6 7 8 9 10

PRIMA PARTE

1
Allison

28 aprile 2015

La casa era imponente, ma c'era qualcosa in quella struttura così solida che turbava e rassicurava Allison al tempo stesso. Forse erano le cornici delle finestre a farle venire un leggero pizzicore alla nuca: erano di legno scuro, quasi nero, e donavano alla casa uno sguardo inquietante, quasi umano.

Troppo umano. Come due pozzi neri che ti fissano e in cui potresti cadere, pensò Allison.

Quando aveva confessato a Noah le sue sensazioni, non senza un pizzico di imbarazzo per un pensiero tanto sciocco, lui era scoppiato a ridere.

«Le dipingeremo di bianco come il resto, se preferisci», le aveva detto stringendola forte a sé, davanti alla porta di ingresso sulla veranda di quella che sarebbe diventata la loro nuova casa.

Avevano entrambi convenuto che il bianco fosse il colore perfetto per rendere gli occhi dell'abitazione «pacifici e amichevoli» e il discorso era stato presto chiuso.

Quello che invece rassicurava Allison, il motivo che l'aveva fatta innamorare di quel posto quando vi avevano messo piede per la prima volta, era la sua forma, la sua struttura, così severa e solida, ma al tempo stesso familiare e rassicurante.

Era stata l'essenza della casa in sé ad averla incantata.

Non era *giovane*, ma in perfette condizioni, l'agente immobiliare aveva detto che era di fine Ottocento.

Ad Allison era sembrato di avvertire un sussulto quando aveva sfiorato una delle colonne del portico con i polpastrelli, come se il legno pulsasse sotto il suo tocco.

Come se la casa respirasse.

La casa era viva e questa cosa le piaceva da morire.

Una casa antica era carica di respiri, aveva un'anima e dei ricordi. L'idea di vivere in un edificio che aveva più di un centinaio di anni la eccitava.

Mentre scopriva una stanza dopo l'altra, seguendo l'agente immobiliare, si soffermò a pensare a tutti i lavoretti che Noah avrebbe potuto fare per ritagliare la loro parte di vita in quella casa, per scolpirla nel legno e nella pietra, per non essere solo degli inquilini di passaggio.

Voleva che anche loro facessero parte della storia dell'abitazione.

Improvvisamente l'appartamento di centro metri quadri appena ristrutturati nel centro di Boston di Beth, la sua migliore amica dai tempi dell'università, le sembrò dozzinale e senza personalità.

Si soffermò ad ammirare il disegno del vetro colorato degli inserti nelle porte dello studio.

Fino a un po' di tempo prima le sarebbe sembrato impossibile lasciare la città per abitare in una casa così grande, ma adesso riusciva già a vedere lei e Noah incidere, sulla cornice di legno della porta della cucina, le tacche che segnavano i progressi della crescita di Michael, anno dopo anno.

«Allora? Cosa ne pensi?» chiese il marito a bassa voce, affacciandosi dalla cucina. L'agente immobiliare, Jack Jill, un tipo calvo che sudava copiosamente, stava continuando a parlare, indisturbato, elencando tutti i lavori e le migliorie che l'architetto aveva apportato alla casa prima di venderla al precedente proprietario.

«La adoro», gli sussurrò di rimando.

Lui le sorrise raggiante.

«Lo sapevo! Appena l'ho vista in foto sapevo che l'avresti amata.»

Neanche una settimana dopo stavano firmando l'atto di acquisto. Il prezzo era troppo buono per lasciarselo sfuggire e Allison e Noah avevano fretta di iniziare il loro *da adesso in poi* in quella fantastica casa con gli occhi neri, che sarebbero presto diventati dei pacifici e amichevoli occhi bianchi.

Mesi dopo, mentre si dissanguava sul parquet del suo studio, Allison avrebbe ripensato a quanto era stata sciocca a credere che una mano di vernice avrebbe potuto contenere l'oscurità imprigionata tra le mura della sua nuova casa.

2
Noah

14 dicembre 2019

La scheggia di un vaso gli penetrò nella pianta del piede strappandogli un grido. Noah saltellò fino al divano e si sedette, poggiando la mazza da demolizione sui cuscini di pelle. Si trattava di un lungo e pesante martello da impugnare a due mani, che aveva sempre usato quando doveva buttare giù un muro durante la ristrutturazione di un appartamento e che adesso aveva trovato un nuovo utilizzo.

Sollevò il piede ferito poggiandolo su un ginocchio, mettendosi in quella che, in un'altra occasione, sarebbe sembrata una strana posa di yoga. Il coccio di ceramica spuntava come la pinna di uno squalo bianco in un mare di sangue.

Si guardò intorno. Quel salone era sovraccarico di oggetti inutili. Negli ultimi anni aveva imparato che le case sono come gli specchi deformanti dei luna park: riflettono le persone che le abitano, ingigantendone le personalità. La coppia che aveva comprato quella villetta aveva un evidente problema di sovraffollamento di soprammobili.

Tornò a guardare la ferita che pulsava. Si fece coraggio, afferrò tra l'indice e il pollice la scheggia, prese un respiro profondo e la tirò via con un colpo secco.

«Merda, merda, merda!»

Il sangue prese a spillare dallo squarcio sulla pianta del piede nudo. Si morse il labbro inferiore e si piegò, mettendo la testa tra le ginocchia, grugnendo per il dolore.

«Dovresti smetterla di andare in giro senza scarpe», disse la voce nella sua testa.

«...e non provare a dire che così *senti* la casa, o faccio volare uno di questi orrendi soprammobili!» aggiunse, prima che lui potesse ribattere.

Una caraffa di cristallo si infranse con uno schianto contro il muro alle sue spalle sfiorandogli la testa. Una pioggia di frammenti appuntiti lo investì dritto sulla schiena.

«Ehi!» protestò Noah, mentre riprendeva la mazza dal divano e si allontanava per mettersi al riparo.

«Non sono stata io. So che il tempismo è sospetto, ma non sono stata io!»

Noah attraversò il salone correndo, la testa bassa per schivare gli oggetti che avevano iniziato a fluttuare in aria e che sembravano averlo preso di mira.

«Avevi detto di averli convinti a farci fare il nostro lavoro!» gridò, cercando di superare il frastuono del servizio di piatti che si schiantava contro le pareti della stanza in una nuova esplosione di cocci.

«Ci ho provato, ma alcuni di loro hanno smesso da *decenni* di ascoltare. Sono così arrabbiati che non gli importa più di essere liberati, vogliono solo sfogarsi su chiunque sia ancora vivo.»

Il divano su cui Noah si era seduto poco prima si librò in aria e attraversò la stanza prendendo velocità come un treno in corsa. Noah si gettò a terra prima che il mobile si schiantasse, in una fontana di scintille, contro il grosso televisore alle sue spalle.

«Riesco a percepirlo... è nel seminterrato!» urlò la voce nella testa di Noah.

Una libreria crollò ai suoi piedi, abbattendosi al suolo con violenza. Noah la scavalcò con un salto, atterrando sul piede ferito. Il ginocchio gli cedette per il dolore, ma strinse i denti, si rimise in piedi e riprese a correre, lasciandosi alle spalle una scia di impronte insanguinate sulla moquette beige.

«Merda, merda, merda!» ripeté, mentre scattava verso la porta che conduceva alla cantina.

«Dietro di te!» gridò allarmata la voce.

Noah si girò e vibrò un colpo con la mazza da demolizione. Frantumò la brocca che stava per prenderlo alla testa, con una mossa degna di un battitore della Major League.

Senza perdere tempo, si precipitò verso le scale che davano sulla cantina e si chiuse alle spalle la porta di legno poco prima che venisse trafitta da un intero servizio di posate.

Noah si accucciò sul primo gradino della scala, ansimando per la fatica, cercando di riprendere fiato. Il suo respiro si condensava in nuvolette di vapore bianco.

«Fa freddo. Deve essere vicino», disse iniziando a scendere le scale cauto.

Noah era l'unico essere vivente ad aggirarsi per la villetta a schiera quella notte, ma non era solo.

Era da quattro anni che non era mai *davvero* solo.

«È vicino, sì. Inizio a sentirlo... è come una morsa che mi si stringe attorno. Mi sento in trappola», la voce nella sua testa parlò, a disagio.

Noah era arrivato in fondo alle scale.

La cantina era ingombra delle tipiche cose che si trovano nei seminterrati: biciclette appese al soffitto, scaffali pieni di scatole con scritto «DECORAZIONI NATALE», un paio di ventilatori a pala, un vecchio tagliaerba arrugginito, quattro paia di sci e uno slittino su cui avevano inciso la parola «FULMINE» seguita dal disegno tremolante di una saetta.

Noah aggirò le scaffalature e si trovò, finalmente, di fronte a quello che stava cercando.

Il muro in fondo alla stanza era gonfio, nero, ricoperto di qualcosa che a una prima occhiata poteva essere scambiata per muffa, e innervato da venature palpitanti.

Un brivido di orrore gli percorse la schiena.

La parete si sollevava e abbassava a un ritmo costante, come se respirasse.

Come se fosse *viva*.

Ognuno di quei respiri della casa era accompagnato da una melma nera che trasudava dalle pareti, come sebo dai pori della pelle di un malato.

Noah alzò la mazza, la testa pesante di ferro all'altezza della tempia. Strinse la presa, trattenne il respiro e si lanciò contro la parete.

La voce nella sua testa non lo avvertì per tempo del pericolo. Una delle tubature dell'impianto idraulico che correva lungo tutto il soffitto si sganciò, Noah fu investito e scaraventato a terra da un getto di acqua bollente. Rotolò via, cercando di coprirsi il viso, per ripararsi dal fiotto incandescente.

Uno scaffale pieno di barattoli di pittura arrestò la sua corsa: il mobile barcollò, si inclinò, ma per fortuna non gli cadde addosso.

Noah si mise seduto poggiandosi con le spalle contro lo scaffale. Trattenendo il respiro si costrinse a osservare con attenzione il braccio con il quale si era protetto il viso dall'acqua calda. Una costellazione di vesciche appena nate gli ricopriva lo spazio tra il polso e il gomito. La pelle formicolava e cominciava a sciogliersi come plastica al sole.

Avrebbe voluto urlare per il dolore e la frustrazione, ma si trattenne e il grido gli morì in gola.

Alzò la testa appena in tempo per vedere qualcosa attraversare il soffitto.

Una nebbia incolore si addensò davanti ai suoi occhi e Noah si preparò a quello che sapeva sarebbe successo a breve.

Venne investito da un'onda gelida che lo schiacciò a terra, immobilizzandolo. I vestiti gli si appiccicarono addosso.

Era come essere bloccati sul fondo di un lago ghiacciato da una forza invisibile e brutale. Sentì il gelo penetrargli fin dentro le ossa e boccheggiò, annaspando senza fiato.

Ogni sentimento positivo che custodiva in sé, i pochi superstiti, gli defluì dal corpo, dissanguandolo da ogni speranza.

La nebbia smise di essere nebbia e divenne quasi palpabile,

sempre più reale. Noah si ritrovò il viso di un uomo a pochi millimetri dal suo.

Da vivo doveva aver avuto una quarantina di anni, occhi gonfi e una dentatura marcia e così era rimasto anche da morto, ma come in una foto sbiadita, i particolari sul volto del fantasma del precedente proprietario della villetta, il signor Grant, erano sfocati e deformati.

La bocca si aprì in un urlo straziante che racchiudeva tutta la frustrazione della sua prigionia senza fine.

Il fantasma avvicinò la bocca morta a quella di Noah, intenzionato a farsi strada verso la gola, con l'unico scopo di prendere possesso del suo corpo.

Fu allora che delle sottili dita bianche spuntarono dalle labbra di Noah, costringendolo a spalancare la bocca, tendendo le guance e la mandibola in maniera innaturale.

Una mano spettrale, stretta in un pugno, gli risalì la gola e scattò in avanti colpendo l'apparizione.

Una figura bianca, femminile, incorporea, scivolò via dalla bocca aperta di Noah, come rigurgitata dal corpo che l'aveva ospitata fino a quel momento.

Le labbra di Noah si incurvarono in un sorriso quando vide il signor Grant cadere all'indietro come un pugile mandato al tappeto al rallentatore.

La luce che emanava lo spirito della donna era incredibilmente luminosa, così bianca e limpida rispetto a quella torbida e scura del fantasma di Grant.

«In piedi, Noah. Avanti! Ne stanno arrivando altri», gli gridò la donna mentre risplendeva.

Noah non se lo fece ripetere. Afferrò la mazza da terra e si alzò con un colpo di reni. Corse verso il muro che continuava a vomitare incessantemente melma nera, impugnò la sbarra di ferro con due mani e vibrò un colpo potente contro la parete, facendo saltare via l'intonaco e schizzando liquame in tutte le direzioni.

Mentre continuava a colpire quella ferita purulenta nella parete, una seconda, una terza e una quarta volta, con i muscoli delle braccia doloranti per lo sforzo, sentì la temperatura crollare.

Ansante e con le mani ancora strette attorno alla mazza, si voltò lentamente, aspettandosi il peggio.

La cantina aveva iniziato a riempirsi di un leggero velo patinato, una nebbiolina argentata, che sembrava trasudare dalle pareti stesse della casa. La nebbia divenne più spessa, Noah si guardò attorno allarmato: erano ovunque e stavano iniziando a materializzarsi, come era successo poco prima al fantasma del signor Grant.

Il velo si dissolse e gli spiriti presero una forma umana.

Si affollavano nello scantinato e Noah li osservava immobile, atterrito. Gli occhi vuoti che brillavano luminosi nell'oscurità, come quelli di una bestia selvatica, non ricambiarono il suo sguardo.

Successe in un attimo: l'orda si mosse.

Noah vide gli spettri sciamare, sbattendo uno contro l'altro, come falene attirate da un lampione, verso lo spirito bianco della donna. Il fantasma aveva iniziato a splendere con ancora più forza, come se avesse deciso di bruciarli con la sua luce.

Veniva assalita a ondate. Decine di mani la afferravano, la spintonavano. Le tiravano i capelli, cercando di farla cadere per sovrastarla, ma lei continuò a respingerle, imperterrita, tenendo loro testa, menando le mani come in una rissa da bar.

Noah non aveva tempo da perdere. Abbatté per l'ennesima volta la mazza da demolizione contro la parete con un ultimo colpo possente, arrivando finalmente all'intelaiatura di legno. Adesso poteva vedere con chiarezza il lucore prodotto dal simbolo che filtrava tra le assi.

Si passò una mano sul viso e scoprì che il sudore gli aveva congelato barba e capelli.

Si voltò verso lo spirito della donna per controllare la situazione. La vide in balia di un vortice di fantasmi. Noah venne scosso da un brivido di paura, stava avendo la peggio. La stavano sommergendo.

Dal pavimento erano spuntate nuove mani che la afferravano per le caviglie, che si arrampicavano su di lei, cercando di portarla a fondo.

La luce dello spirito si stava affievolendo e i suoi tentativi di resistere si facevano sempre più deboli, più stanchi, più lenti.

«Allison!» urlò spaventato Noah.

«Rompi il sigillo!» gli ordinò lo spirito, mentre cercava di liberarsi dalla presa di quelle mani morte.

Noah si voltò di nuovo verso il muro e iniziò a strappare febbrilmente le assi a mani nude. Schegge di legno gli entrarono nella pelle, ma non gli importava del dolore. Afferrò saldamente l'ultima asse rimasta con forza, urlando con rabbia, staccandola dal muro.

La tavola di legno rimbalzò contro il pavimento, liberando la luce del simbolo che, cesellato in una delle colonne portanti della casa, pulsava, rosso come il colore scuro del sangue arterioso.

Noah rimase paralizzato mentre veniva assalito dall'orrore.

Non importava quante volte lo avesse già fatto: ogni volta che si trovava davanti a quel simbolo, una paura atavica si impossessava di lui.

Quelle linee maledette lo tormentavano da sveglio e lo inseguivano nei suoi peggiori incubi. Negli ultimi anni aveva imparato che era impossibile sfuggire a quel terrore nero che annientava ogni sua sicurezza.

Era la paura primitiva di una preda messa all'angolo da un implacabile predatore.

«Muoviti cazzo, muoviti», si ordinò Noah a denti stretti. Spinse contro il pavimento il piede ferito, risvegliando il dolore, usandolo per scuotersi quel tanto che bastava a riprendere il controllo. Raccolse da terra la mazza.

Alle sue spalle, Allison era sprofondata fino alla cintola nel pavimento, trascinata nell'oscurità da mani implacabili che continuavano a strappare, a tirare e a graffiare. Gli spiriti della casa la stavano portando via.

Noah fissò con odio quel simbolo malvagio inciso nella colonna e, gridando con quanto fiato aveva in corpo, sferrò un colpo contro la parete.

La testa della mazza da demolizione impattò contro il cemento, aprendo una crepa e interrompendo le linee che formavano quel sigillo immondo.

Una luce accecante invase la stanza e Noah venne colpito in pieno da un'esplosione. Il boato gli fece fischiare le orecchie, si accorse di essere caduto all'indietro solo quando la testa rimbalzò con un suono vuoto contro il pavimento.

Steso sulla schiena e con la vista offuscata, intravide i fantasmi schizzare via, come uno sciame di vespe rabbioso. Stavano abbandonando la casa, la loro prigione, per sempre.

La luce dell'esplosione investì tutti quelli che non si erano ancora precipitati fuori, sciogliendoli come neve al sole.

Noah sorrise prima di perdere i sensi.

Ce l'avevano fatta ancora una volta.

Quando una luce accecante penetrò il velo sottile delle palpebre chiuse, Noah seppe che era andato tutto bene e che lei era ancora lì con lui.

«Sei vivo?»

Una voce di donna.

La voce di Allison.

«Che domande stupide che faccio. È ovvio che sei ancora vivo. Se tu fossi morto io adesso sarei impegnata a giocare a scacchi con Hitler e con il pasticcere che ha inventato i cinnamon rolls.»

«Tu non sai giocare a scacchi», mormorò Noah con dolcezza. Alzò di poco la testa per tastare il bernoccolo appena nato sulla nuca. Aveva già le dimensioni di una pallina da golf. Per fine giornata avrebbe raggiunto quelle di una palla da tennis e gli avrebbe fatto male per tutta la settimana.

Noah aprì gli occhi. Sopra di lui fluttuava lo spirito bianco di Allison, i capelli lunghi e senza peso si arricciavano nell'aria come volute di fumo.

Era bellissima, soprattutto con quel suo sguardo contrariato che Noah aveva imparato ad amare.

«Quindi hai da ridire sulla mia abilità come giocatrice di scacchi, ma non sul fatto che finirei all'Inferno? Pensi davvero che potrei finire all'Inferno?»

«Non ho da ridire sulle tue abilità di giocatrice... penso che tu non abbia neanche idea di come muovere il primo pedone.»

Il fantasma della donna lo guardò accigliato, quindi Noah proseguì.

«Tanto per cominciare, a scacchi si gioca in due e non in tre, quindi la tua immaginaria partitina all'Inferno è un po' affollata... e poi ti piacciono troppo i cinnamon rolls per finire in Paradiso, Allison King», concluse Noah sorridendo.

Il fantasma di sua moglie gli arrivò così vicino che, se fosse stata ancora viva, Noah avrebbe potuto sentire il suo fiato dolce contro il viso.

«Io non saprò giocare a scacchi e avrò anche dei problemi con i dolcetti alla cannella, ma tu sei davvero un pessimo marito, Noah King.»

Noah si sporse come se volesse baciarla, come se quel gesto avesse ancora senso.

«Vorrà dire che ti insegnerò a giocare e ci andremo insieme all'Inferno, amore.»

3
Allison

1 luglio 2015

Noah batté la mano sul retro del furgone e quello ripartì.

I traslocatori avevano appena finito di spargere la loro vita, impacchettata in duecentosessanta scatoloni un po' troppo acciaccati e maltrattati per i gusti di entrambi i signori King, per tutta la nuova casa. La ditta dei traslochi aveva dato problemi da subito. Prima si erano persi per strada appena usciti da Boston e poi il furgone si era fermato senza alcun motivo apparente lungo l'interstatale 90.

Quando l'enorme furgone rosso attraversò il vecchio cancello nero, era ormai tardo pomeriggio. I traslocatori si erano messi a scaricare il furgone in tutta fretta, terminando il lavoro alle venti passate.

Allison li guardò ripartire, sollevata.

«È finita, eh?»

«Direi piuttosto che abbiamo appena iniziato», sospirò Noah.

Allison guardò le scatole sparse attorno a loro.

«Sbaglio o hanno scaricato tutta la nostra cucina qui nel portico ignorando completamente le mie istruzioni e le scritte che ho minuziosamente posto su tutti e quattro i lati della scatola?»

Le scritte «cucina» e «fragile» erano appena visibili sugli involucri deformati.

«Oh, no!» disse Noah desolato «Il meraviglioso servizio di piatti di tua nonna! Spero che non gli sia accaduto nulla! Non penso sarei abbastanza forte per dirgli addio.»

Allison non riuscì a trattenere una risata.

«Lo so che in realtà lo ami moltissimo.»

Noah la prese per un polso e la attirò a sé. La strinse tra le braccia e rimasero così, in silenzio, crollando uno contro l'altra per la stanchezza sotto al portico della loro nuova casa.

Il silenzio era rotto solo dal lieve frinire delle cicale.

Era il primo luglio di quella che gli esperti avevano definito «una delle estati più calde degli ultimi cento anni» e Noah e Allison avevano scherzato complimentandosi a vicenda per aver scelto il periodo perfetto per fare quel trasloco faraonico. Erano davvero felici di essere riusciti a scappare dal loro minuscolo appartamento circondato dall'asfalto per ritagliarsi un quadrato di fresco in quella splendida casa in mezzo alle fronde di enormi querce e aceri.

Casa.

Sembrava ancora tutto così surreale.

«Casa nostra», sussurrò Allison.

Noah la strinse di più.

«Mh-m» rispose, poggiandole la guancia sulla fronte.

«Casa nostra da pulire, sistemare, ridipingere, aggiustare... e piena di duecentosessanta scatoloni da disfare» le sussurrò suadente in un orecchio.

Allison rise sommessamente poi si allungò per baciarlo.

«Sai cosa dobbiamo fare adesso?»

«Una doccia?» chiese lui con un sorriso storto. «Sono letteralmente da buttare.»

«Anche. Ma prima di tutto dovremmo approfittare dell'assenza di Michael per battezzare casa. Mia madre ha detto che saranno qui domani mattina... il che vuol dire che potremo essere genitori liberi ancora solo per poche ore.»

Allison guardò il marito sorridendo allusiva.

Lui si fece serio e annuì comprensivo. Alzò le mani in segno di resa.

«Però la devo avvertire, signora King, che sono troppo stanco per assicurarle una prestazione soddisfacente.»

«Non si preoccupi, signor King, ho abbastanza energie per entrambi.»

Avevano fatto l'amore sul loro vecchio materasso matrimoniale poggiato a terra nell'ampia camera da letto. Sebbene le assi di legno del pavimento fossero vecchie e malandate – Noah aveva notato già un paio di punti in cui avrebbe dovuto intervenire –, erano rimaste immobili, silenziose sotto il loro peso.

Noah era scivolato via da lei, si erano avvicinati per baciarsi e poi, chiusi gli occhi, erano caduti entrambi in un sonno profondo.

Non avevano ancora l'elettricità in casa, ma poco importava, il tecnico sarebbe passato la mattina successiva. Era estate e anche se erano ormai le nove di sera, il sole raggiungeva languidamente con i suoi ultimi raggi le quattro ampie finestre della stanza che davano a ovest. Per l'arrivo del buio si sarebbero arrangiati con delle candele. Noah l'aveva definito «romantico».

Fra gli scatoloni avevano trovato una tovaglia e l'avevano appoggiata sul materasso per usarla come lenzuolo. Faceva così caldo che non avrebbero sofferto la mancanza di uno dei set di cotone a fiori che aveva regalato loro per il matrimonio una zia di Noah. Gliene aveva regalati talmente tanti, inzeppando il vecchio armadio a muro del loro vecchio appartamento, che i due avevano sempre scherzato sul fatto che non avrebbero mai fatto l'amore nello stesso campo fiorito.

Sebbene fossero stanchissimi, sudati e accaldati, fecero l'amore a lungo per poi cadere addormentati, sereni.

Il sonno di Allison fu privo di sogni. Si svegliò alle prime luci dell'alba, sbattendo piano le palpebre, non riconoscendo il soffitto della stanza. Piegò la testa contro le lenzuola calde e vide nell'angolo della camera gli scatoloni accatastati. Sorrise.

Pensò *casa* e si girò sul fianco, avvicinandosi a Noah che continuava a dormire, le ciglia scure che vibravano leggermente, stringendosi al suo corpo nudo. L'aria dell'alba era fresca ma piacevole e Allison chiuse di nuovo gli occhi.

Il silenzio della casa era impressionante. Aveva vissuto sempre e solo in città, era Noah il ragazzo di campagna che l'aveva trascinata in questa avventura.

«Non vivrei mai in un posto senza un centro commerciale» continuava a ripetergli scherzando. Poi, era arrivato Michael, la città era diventata caotica, violenta, *snervante*, e Noah le aveva parlato di una casa – *Casa* – che aveva visto, e che sembrava perfetta per loro. Allison, per la prima volta nella sua vita, aveva iniziato a dubitare della città. Aveva iniziato a carezzare l'idea di un risveglio in mezzo alla natura, a desiderare delle giornate lunghe, dei panni stesi in giardini che profumano di pulito e non di smog, ed era nato in lei il bisogno di abbandonare la frenesia della città che ultimamente l'aveva soffocata.

Noah aveva organizzato tutto: aveva lasciato Michael a Maggie, la madre di Allison, e, tre mesi prima, erano partiti sulla loro Buick Enclave alla ricerca di un nuovo inizio.

«Prendila come una fuga romantica», le disse ridendo mentre poggiava il loro borsone sul sedile posteriore.

Allison sorrise e inforcò gli occhiali da sole.

«Mi piace.»

Noah guidò per tre ore circa. Si fermarono in un'area di servizio a trenta chilometri dal luogo dell'appuntamento con l'agente immobiliare.

L'area di servizio era vecchia ma tenuta molto bene. L'ingresso era stato ridipinto da poco. Quando Noah aprì la porta il suo gesto fu accompagnato da uno scampanellio.

«Buongiorno.»

Allison si voltò verso la cameriera che stava venendo loro incontro con in mano una brocca piena di caffè nero.

«Potete sedervi dove volete, sarò subito da voi.»

Noah e Allison si accomodarono accanto alla vetrata che dava sulla strada.

Allison prese il menù plastificato e un po' unto che la aspettava sul tavolo e lo studiò con particolare attenzione ai piatti del giorno.

Noah continuò a guardarsi intorno sorridente.

«Cosa c'è?» chiese, guardandosi intorno a sua volta.

Noah si chinò verso di lei e le sussurrò: «Sto studiando la popolazione locale». Gli occhi azzurri scintillarono divertiti.

Allison scoppiò a ridere e si nascose dietro al menù.

«Guarda quello lì, quello seduto al bancone, quello con il berretto verde.»

Allison annuì e, obbediente, si voltò verso il punto indicato dal marito.

«Attenta! Non devi farti beccare.»

Lei allora si portò una mano ai capelli lunghi, li mise dietro le orecchie e, continuando a sistemarsi la frangia con fare annoiato, lanciò una lunga occhiata casuale all'uomo con il cappello verde.

Doveva avere sui cinquant'anni. Stava con la schiena curva, poggiato faticosamente sul bancone, e stava facendo colazione con un enorme piatto di fagioli al sugo. Dalla tasca dei pantaloni scuri spuntava quella che sembrava essere la piuma chiara di un pollo.

«Alleva polli», disse Noah serio.

Lei gli sorrise.

«Alleva polli ma il suo più grande sogno, sin da quando era piccolo, è sempre stato quello di diventare un grandissimo ballerino di danza classica.»

Allison si portò una mano alla bocca, per soffocare una risata.

«Solo che suo padre, un uomo che aveva una visione molto ristretta della vita, pensava che l'unico 'lavoro dignitoso' per un uomo, fosse allevare e uccidere polli. Quando il figlio all'età di otto anni gli confessò proprio mentre gli stava passando l'accetta per decapitare un pollo, che da grande avrebbe voluto diventare un grande ballerino per poter danzare sulle note di Čajkovskij e calcare i più grandi palchi del mondo... sai lui cosa ha fatto?»

Allison scosse la testa.

«No, cosa ha fatto quel mostro di suo padre?»

«Gli ha mollato due sberle e gli ha detto che avrebbe allevato e ucciso polli per il resto della sua vita. Quello sì che era l'unico lavoro dignitoso per un uomo.»

«E dopo averlo detto ha sputato per terra?» chiese lei.

«Ovviamente.»

«Sai poi cos'è successo?»

«Cosa?»

«Che lui...»

«Mark?» tirò a indovinare Noah.

«Mark», confermò Allison. «Mark non ha mai smesso di inseguire il suo sogno. Quando è solo, nel capanno dove spiumano i volatili, si mette un po' di piume addosso, fa partire il *Lago dei cigni* su una cassetta che ha comprato di nascosto, e balla interpretando Odette.»

Sghignazzarono come due bambini quando la cameriera li interruppe.

«Cosa vi posso portare?» chiese, scrutandoli con cordiale curiosità.

«Buongiorno signora», disse Noah, cercando di sembrare serio. Si sporse stringendo gli occhi per leggere il nome sulla targhetta della donna. «Buongiorno... uh, Gladys. Servite per caso pollo?»

Allison si morse l'interno delle guance e gli mollò un calcio sotto al tavolo.

«Uh...» rispose Gladys presa di contropiede. «Certo. Abbiamo il pasticcio di pollo e la zuppa di pollo.»

Noah guardò la moglie, estasiato. «Mmh, zuppa di pollo a colazione, la mia preferita. Penso che mia moglie però preferisca un pollo ballerino. Ne servite qua?»

La cameriera lo guardò non capendo.

«Polli ballerini?»

Allison le rivolse un sorriso smagliante. «La prego di portarci due enormi tazze di caffè, una montagna di pancake e due fette della vostra torta di mele con molta panna.»

«Ma certo. Arrivano subito», le sorrise ancora confusa Gladys, mentre tornava al bancone.

Allison guardò il marito scuotendo la testa, senza riuscire a smettere di ridere.

«La storia di Mark è appena diventata una delle mie preferite.»

«Questo perché ancora non ti ho raccontato la storia del vecchio Herb, seduto proprio dietro di te.»

Allison non riuscì a trattenersi e questa volta scoppiò a ridere ad alta voce, tenendosi la pancia con le mani.

I pochi avventori dell'area di servizio si voltarono a guardarli incuriositi, per poi voltarsi sorridendo alla vista di una giovane coppia che sembrava davvero felice.

Dopo aver spazzolato la torta di mele e fatto un bis di pancake – Noah aveva spiegato a Gladys che Allison per mantenersi così bella aveva bisogno di mangiarne davvero molti –, si rimisero in marcia.

La Buick proseguì tranquilla per le strade assolate, costeggiate da enormi distese di granturco. Furono puntuali rispetto alla loro tabella di marcia e arrivarono al luogo dell'appuntamento alle 12.45 spaccate.

«I signori King, presumo? Sono Jack Jill, ci siamo sentiti al telefono. Scusate tanto per l'ora, ma non avevo altre disponibilità.» L'uomo aveva una voce squillate, un po' nasale, era quasi del tutto calvo e sudava copiosamente. Indossava un due pezzi grigio scuro e una cravatta marrone.

Strinse la mano a Noah e si guardò bene dall'allungarla ad Allison.

«Allora, partiamo?»

«Certo. La seguiamo», disse Noah.

Salirono in macchina e Allison chiuse lo sportello con troppa veemenza.

«Se la cosa può farti piacere, ti sei risparmiata un saluto un po' sudaticcio.»

Allison fissò la vecchia Mustang che li precedeva e scrollò le spalle.

«È stato un cafone. Non capisco perché non mi abbia stretto la mano.»

«Be', ovviamente perché voi donne non dovreste immischiarvi in cose da uomini come lo sport, la caccia e, Dio non voglia, gli affari.» Noah la guardò con un sorriso storto, per poi indicarsi

«Ha riconosciuto subito in me uno splendido esemplare di uomo alfa e ha...»

Lei gli diede una leggera gomitata nelle costole.

«Allison, quel gentile uomo calvo, dal forte accento del sud, non ti ha dato la mano per due motivi fondamentali. Due motivi per me collegati: il primo, è che sei troppo bella, amore mio. Sei bella di una bellezza abbagliante, qualsiasi essere umano dotato di un briciolo di cervello avrebbe paura anche solo di avvicinarsi a te.»

«Ah sì?»

«Certo.»

«E tu? Come fai a starmi accanto tutti i giorni?»

Noah sorrise.

«Questo, mia cara, è perché io non ho un briciolo di cervello.»

Lei sorrise alla battuta.

«Il secondo motivo?»

«Perché è un cafone», sentenziò Noah.

Quando la Buick si fermò, Allison stava ancora ridendo. L'agente immobiliare scese dalla Mustang e attraversò il polverone che aveva sollevato con una frenata infelice.

«Allora, come le avevo anticipato al telefono, signor King, la casa è della fine dell'Ottocento, ha avuto diversi proprietari, ma negli anni Sessanta fu completamente ristrutturata...»

Si fermarono davanti al cancello della casa, in uno spiazzo circolare. La terra era chiara, sottile e penetrante, e si alzava con enormi polveroni a ogni passo. Il confine della proprietà della casa era delimitato da un basso muretto di mattoni rossi. Il cancello era vecchio, ma ancora molto bello, di ferro battuto nero. Era un insieme di linee morbide che si inseguivano tra loro in spirali e di punte acuminate sulla parte superiore.

Allison lo fissò affascinata.

«Il cancello è originale», disse allegro Jill «Non è stato toccato durante la ristrutturazione. Oddio, in realtà chiamarla 'ristrutturazione' è riduttivo: l'architetto ha buttato giù l'intero edificio e lo ha ricostruito praticamente da zero.»

Jack Jill si piazzò davanti al cancello e fissò la coppia, sorridendo mentre continuava a sudare.

«Pronti a dare un'occhiata?»

Noah passò un braccio attorno alle spalle di Allison, che era ancora impegnata a fissare il disegno del cancello.

«Diavolo, sì! Non abbiamo macinato tutti questi chilometri solo per guardare del vecchio ferro battuto.»

Il cancello aperto rivelò una strada sterrata bianca, che si stendeva serpeggiante davanti a loro, circondata ai due lati da un grazioso giardino verde all'inglese.

In cima alla collina Allison vide la sagoma della casa in stile coloniale.

«Il giardino, come potete vedere, è davvero molto bello e grande. La signora King potrà dedicarsi alla cura dell'aiuola e piantare tutti i fiori che desidera per renderlo più colorato.»

Allison levò gli occhi al cielo e Noah le strinse comprensivo la mano sulla spalla.

«Allison ha molti talenti, ma è afflitta da una grave forma di pollice nero. Credo che sarò io che mi dedicherò alle piante», rispose Noah all'agente immobiliare con un sorriso amabile.

«Capisco. Comunque come potete vedere il giardino è il luogo di gioco perfetto per dei bambini. Avete figli?»

«Uno, di sei anni», rispose Noah dopo un po'.

Allison fissò incantata la casa che torreggiava sulla collina verde.

«Oh, benissimo. Vi potrebbe servire anche un cane. Sono utili quando si abita in piena campagna.»

Noah gli diede ragione, poi scrollò con delicatezza la moglie.

«Allora? Che te ne sembra?» le sussurrò a un orecchio.

Lei lo guardò con occhi assenti.

«Terra chiama Allie.»

«Cosa?»

«Ti ho chiesto cosa ne pensi del giardino.»

Allison si guardò di nuovo intorno.

«È bello ampio, eh?» commentò lei.

«Be', se Michael si sentirà solo dovremo rimediare e fargli un fratellino o due. Non hai sempre detto che volevi una squadra di calcio?»

Allison sgranò gli occhi e scosse la testa.

«Scherzi? Dopo diciotto ore di travaglio, Michael sarà l'unico figlio che avrai da me!»

«Tutti gli impianti andrebbero rimessi a norma, ma è un'intervento che consiglio sempre quando vendo abitazioni d'epoca. La casa si sviluppa su due piani, tre grandi stanze al piano terra più una cucina e un bagno, altre quattro con due bagni al piano di sopra.»

Noah si mise entrambe le mani sui fianchi e fischiò a lungo.

«È sicuro di non avermi detto il prezzo sbagliato per telefono? Dal vivo è ancora più bella che in foto.»

Jack Jill rise. Ad Allison la sua risata ricordò l'abbaiare asmatico del cane di sua nonna.

«Nessun errore, signor King. Il prezzo è quello.»

Noah mise scherzando le mani avanti.

«Se c'è stato un omicidio ce lo può dire, eh. Giuro che non scapperemo.»

L'agente immobiliare scosse la testa.

«Nessuna vicenda emozionante, mi dispiace. Solo una brutta storia di debiti e banche. La ditta che si occupò delle ristrutturazioni vendette la casa a un prezzo ridicolmente basso. E fu acquistata da Al Owens. L'uomo era così felice di aver concluso un affare così vantaggioso, che ci diede dentro con i festeggiamenti. Forse anche troppo. Finì per bersi tutti i risparmi. Smise di pagare le tasse, i prestiti... insomma, alla sua morte la banca ha pignorato l'immobile e, per un motivo o per un altro, è rimasto sfitto e invenduto fino a oggi. Sa, signor King, non sono molte le giovani coppie che decidono di trasferirsi in campagna.»

Noah sorrise e accarezzò la schiena di Allison.

«Oh, noi siamo proprio quel genere di coppia. Stiamo cercando un po' di tranquillità. Boston ha iniziato a starci un po' stretta.»

«Quanti abitanti ha Boston?»

«Credo intorno ai seicentomila, ma potrei sbagliarmi», disse Allison.

«Be', Hemlock Hill ha appena quattromila abitanti. Sono sicuro che troverete la vostra dimensione qui.»

«Non c'è il rischio che qualcuno mi costruirà un grattacielo di fronte casa nei prossimi anni?» chiese Noah scherzando.

Jack Jill rispose serissimo: «Il piano regolatore della città impedisce la costruzione di palazzi che superino i tre piani. Comunque ci sono parecchi lavoretti da fare. L'esterno si mantiene perfettamente, ma l'interno invece... be', non si è conservato così bene».

Ecco la fregatura, pensò Allison.

«Come mai?» chiese Noah senza scomporsi.

«Oh, solite cose. Pioggia e neve d'inverno, un po' di infiltrazioni ed ecco che il guaio è fatto. Dovreste dargli una bella rinfrescata o chiamare una ditta che si occupi della ristrutturazione.»

«Oh, per quello nessun problema. La seguirò io. È il mio lavoro.»

«Me lo aveva detto che era nel ramo delle costruzioni. Architetto?»

«Sì, specializzato nella ristrutturazione di edifici storici. Vediamo un po' in che condizioni è questa vecchia signora.»

L'agente immobiliare tirò fuori dalla tasca un mazzo di chiavi e armeggiò con la serratura.

La porta di legno, laccata di un bianco scuro un po' sporco, si aprì, come un coltello che affonda nel burro.

«Da questa parte, prego.»

Noah superò Allison e le baciò una tempia.

«Vediamo se riusciamo a contrattare ancora un po' su quel prezzo stracciato», le sussurrò alzando le sopracciglia, felice.

Allison ricambiò il sorriso, ma qualcosa cambiò appena il marito sparì dentro la casa.

Si ritrovò da sola, e provò un senso di angoscia alieno e inaspettato che non le apparteneva.

Controllò le assi di legno sotto ai suoi piedi. Anche il patio era candido. Come aveva detto Jack Jill, l'esterno era in condizioni quasi perfette.

Scese gli scalini e camminò a ritroso sul prato, fino a che non si trovò perfettamente di fronte alla vecchia casa.

Il vento soffiava leggero. Per essere una giornata di aprile non faceva neanche troppo freddo. Allison si aprì la giacca scamosciata e allentò la sciarpa al collo. Il sole brillava alto nel cielo privo di nuvole, e lei si sentì protetta da quel calore. Un sole che spaccava le pietre doveva chiaramente essere un buon segno.

La casa era solida e si stagliava con il suo bianco così pulito contro l'azzurro del cielo.

Sembrava davvero perfetta, ma più la guardava e più sentiva nascere in lei uno strano turbamento che non sapeva spiegarsi. Forse era proprio quella struttura così massiccia e robusta a turbarla, anche se non riusciva a capirne il motivo.

Sembrava che la casa gridasse a gran voce che sarebbe sopravvissuta fino alla fine del tempo.

Allison cercò di analizzare razionalmente quel turbamento. Forse era l'idea di abbandonare la città che la agitava. Ne aveva parlato con Noah, a lungo, e alla fine erano arrivati alla fatidica decisione... ma forse, sotto sotto, era rimasta un po' scettica.

Chiuse gli occhi e respirò a pieni polmoni l'aria pulita. Un vento leggero le scompigliò i capelli e le sembrò di ritrovare improvvisamente la calma.

«Basta, Allison. Decisione presa. Non puoi cambiare idea adesso», si rimproverò a voce bassa.

Si sforzò e cercò di immaginarsi a bere con Noah un bicchiere di vino sul patio in una sera d'estate. Immaginò Michael che correva per il giardino, seguito da – *perché no* – un cane. Come aveva detto dopotutto il signor Jill? «Sono utili i cani qui in campagna.»

Allison guardò gli alberi e il fitto fogliame che cresceva oltre il muretto di cinta di mattoni.

Che razza di animali potevano avventurarsi nel loro giardino oltre ai procioni? Volpi e opossum? Un cane avrebbe fatto comodo.

Sorrise al pensiero di Michael davanti a un cucciolo. Sarebbe impazzito dalla gioia.

Allison riuscì davvero a vedersi in quella vecchia casa bianca. Continuò a sorridere, pensando alla loro vita, a ciò che li aspettava.

La scrutò ancora una volta, soffermandosi sulle cornici delle finestre. Erano nere. Una scelta bizzarra, pensò, quando tutto il resto era bianco latte.

Vide un'ombra scura stagliarsi contro una delle finestre del piano di sopra. Era alta e snella e Allison riconobbe Noah. Alzò una mano per salutarlo, ma il marito non ricambiò.

Una folata di vento gelido la fece rabbrividire, e Allison decise che era ora di raggiungere gli altri due.

Adesso moriva di curiosità. Voleva scoprire l'interno di casa sua.

Sì, aveva deciso, quella sarebbe stata la loro nuova casa.

Casa sussurrò nel vento.

Il ricordo si interruppe quando Allison sentì le mani di Noah accarezzarle i capelli. Lei mugolò nel sonno, rannicchiandosi ancora di più sotto la coperta. Noah doveva averle poggiato un lenzuolo addosso e lei doveva essersi riaddormentata.

Si stropicciò gli occhi, sbadigliando.

«Ho sognato di quando siamo venuti a vedere la casa per la prima volta», gli disse ancora con gli occhi chiusi. «Ti ricordi cosa ti avevo confessato?» ridacchiò nel letto al ricordo delle finestre e dello «sguardo troppo umano» della casa.

Come risposta, sentì il peso del marito spostarsi nel letto.

«Noah?» Allison aprì gli occhi e si voltò.

Non c'era nessuno nella stanza. Era sola.

4
Noah

14 dicembre 2019

«UN'ALTRA vittoria per i migliori acchiappafantasmi d'America.»

Noah stava raccogliendo le sue cose cercandole tra i resti dei mobili del salone mentre lo spirito della moglie gli svolazzava attorno.

«Dovremmo disegnare un logo sulla fiancata della macchina, e magari farci cucire delle divise.»

L'unica risposta di Noah fu un grugnito mentre recuperava la sua sacca da terra.

«Che poi, se ci pensi bene, noi siamo più dei 'libera fantasmi' che degli acchiappafantasmi» continuò a cinguettare Allison.

Noah grugnì due volte.

«Sei di cattivo umore?»

Un altro grugnito.

«Prima stavamo scherzando. La tua battuta sugli scacchi mi ha fatto ridere. Sai che noi fantasmi non ridiamo spesso...»

Noah la guardò, frustrato, indicando con un gesto la devastazione che lo circondava: «Gli abbiamo distrutto casa».

Allison si piazzò davanti al marito e lo guardò seria.

«Li abbiamo salvati da un destino ben peggiore di doversi andare a comprare una nuova Billy da Ikea. Sai bene cosa sarebbe successo se non fossimo intervenuti.»

Noah digrignò i denti e strinse i pugni fino a sbiancare le nocche.

«Pensi si sentiranno mai più a loro agio qui dentro?»

«Penso che le case siano molto di più di muri e finestre... e penso che questo tu lo sappia meglio di me. So che sei arrabbiato, quindi che ne dici di dirmi subito il perché?»

Noah attraversò il fantasma di Allison lasciandosi il salone alle spalle, diretto all'ingresso.

«Noah King, non ti azzardare mai più ad attraversarmi!»

Il marito si girò e le gridò contro. L'urlo gli gonfiò le vene del collo.

«È stato come a Dallas!»

Allison si fermò al centro della stanza, colpita.

«Non è stato come a Dallas!»

«Avevi detto che gli spiriti della casa erano per lo più pacifici.»

«Perché era vero, ma sai benissimo che non si tratta di una scienza esatta. La maggior parte di loro è confusa e ha perso molta della coerenza che ha una mente umana.»

«Non mi interessa, dopo Dallas mi hai giurato che saresti stata attenta.»

«Erano entità minori, avevo la situazione sotto controllo.» mentì Allison.

«Col cazzo che era così. Stavano per ammazzarti!»

Allison rimase a bocca aperta.

Noah sembrava davvero sconvolto. Si avvicinò al marito che ora si guardava la punta dei piedi imbarazzato.

«Amore, io sono già morta, non mi può succedere una seconda volta.»

Noah fece per ribattere, quando una coppia di fari illuminò la stanza attraverso la vetrata della porta d'ingresso.

I Vollman, i proprietari della villetta che avevano appena disinfestato, erano una coppia giovane molto credente e le presenze nella loro casa li avevano terrorizzati. Per Noah era stato semplice convincerli che avrebbe potuto salvarli dalle fiamme dell'Inferno.

Dopo quattro anni in giro per l'America alla ricerca delle case marchiate con il simbolo di quello che lui e Allie avevano iniziato a chiamare l'Architetto, Noah aveva imparato a adattare il proprio approccio ai proprietari di casa. Con quelli che continuavano a cercare spiegazioni razionali agli eventi inspiegabili che accadevano nelle loro dimore, fingeva di essere un operaio del comune addetto alla derattizzazione, ma con gente come i Vollman bastava declamare qualche verso dell'*Apocalisse* di Giovanni e agitare in aria una vecchia Bibbia per risultare più che credibile.

Il salone messo a soqquadro e i mobili distrutti furono per la coppia un'ulteriore conferma dell'epica battaglia che aveva intrapreso padre Dubois, l'alter ego di Noah creato ad hoc per quel lavoro, contro il demone che aveva spezzato la loro armonia familiare.

Ringraziarono in maniera così accalorata Noah che fu con un certo imbarazzo che si rimise alla guida del suo scalcinato pick-up. Si tolse il collarino da prete che aveva infilato nel colletto della camicia nera e si abbandonò sbuffando sul sedile.

«Dovevi accettare i loro soldi», lo rimproverò Allison, fluttuando sul posto del passeggero.

«Sono io il fantasma della coppia, tu devi ancora mangiare per sopravvivere.»

Noah avviò il motore della vecchia Ford e si girò verso la moglie con aria stanca.

«Non lo so, Allie. A volte anche io ho l'impressione di essere...» si fermò alla ricerca della parola giusta.

Allison, osservando le occhiaie nere, gli occhi infossati, la pelle di un malsano colore grigiastro tirata sopra gli zigomi, la barba incolta e i capelli lunghi, finì la frase per lui: «Stanco morto?»

Noah sorrise amaramente e poi, distogliendo per un attimo lo sguardo dalla strada e incontrando quello della moglie, disse: «Evanescente».

* * *

Negli ultimi anni Noah aveva vissuto per lo più in orribili motel gestiti da proprietari convinti che il *Bates Motel* fosse un punto di riferimento per le loro attività.

Il *Big Ranch Inn,* dove tornò dopo aver salvato la casa dei Vollman, non faceva eccezione.

La grossa insegna al neon, che ritraeva un cappello da cowboy intermittente, invadeva con una fioca luce verde e viola il parcheggio. Grazie a quella Noah riuscì a scaricare la macchina. I lampioni del piazzale non funzionavano. Probabilmente erano stati rotti da prostitute e spacciatori in cerca di privacy.

Noah tirò fuori dal cassone del pick-up un borsone di pelle voluminoso e se lo poggiò su una spalla, attraversando il parcheggio, diretto alla sua camera. Era quasi un mese che viveva lì, ma non lasciava mai nulla in stanza. Aveva imparato a sue spese che posti che affittavano stanze a quindici dollari a notte difficilmente avevano a cuore la sicurezza dei propri clienti. Per questo non si separava mai dalla sacca in cui teneva tutti i suoi documenti, qualche vestito, le poche cose preziose che gli rimanevano e, nascosta in un paio di calzini oversize, la sua Glock semiautomatica. L'arma era assolutamente inutile contro i fantasmi, ma non avere una casa, dormire spesso in auto, o peggio, in posti come il *Big Ranch Inn*, avevano reso Noah vigile, forse anche un pochino paranoico. La presenza della pistola lo rassicurava.

Aprì la porta della stanza 237 e si trascinò stancamente oltre la soglia, accolto dalla puzza di cane bagnato e dal rumore assordante della stufa nell'angolo.

Allison attraversò la camera andandosi a posare sulla poltroncina della piccola scrivania che occupava la parete con la finestra.

«Ti chiedi mai perché sembra sempre che ci sia morto qualche animale in queste stanze?»

Noah sorrise debolmente guardando la camera.

Era un buco, il collettore del lavandino del bagno perdeva, la tazza si intasava ogni giorno, con la stufa spenta si gelava, ma se la si teneva accesa per più di dieci minuti, si moriva di caldo.

«Se avessi accettato i soldi dei Vollman adesso saresti in una stanza in cui non è deceduto nessun animale domestico.»

Noah sfilò da sotto al letto la cassetta del pronto soccorso che teneva sempre a portata di mano. La aprì sul copriletto e iniziò a medicarsi. Si spalmò della connettivina sul braccio ustionato e lo bendò accuratamente con delle garze. Si levò la scarpa e il calzino insanguinato e osservò il piede che si era ferito con la scheggia di ceramica. A forza di ferirsi nelle case infestate, era diventato bravo a rattopparsi. Allison, seduta alla scrivania, osservava le operazioni paziente.

«Odio non poterti aiutare, ma anche se ho imparato a spostare gli oggetti, quando ti tocco...» la frase rimase in sospeso. Allison aveva un'aria colpevole. Da quando era morta, le sue capacità come fantasma erano lentamente aumentate. Di anno in anno.

Adesso era persino in grado di rendersi momentaneamente corporea, ma essere toccati da un fantasma non era un'esperienza piacevole, anzi.

Noah guardò la moglie e desiderò con tutte le forze di poterla abbracciare.

«Che ne dici di spegnere la stufa? Sto iniziando a sudare», le disse.

Allison fluttuò via, felice di essere utile, e Noah tornò a dedicarsi al piede. Una volta pulita, la ferita si era rivelata meno brutta di quanto gli fosse sembrata all'inizio.

Rimise a posto la cassetta e iniziò a fare ordine nel delirio di documenti, mappe catastali e appunti che ingombrava la scrivania. Allison lo interruppe mentre cercava di fare spazio tra le carte per aprire il portatile.

«Lascia stare la mia roba!»

«Stavo cercando di sistemare un po'.»

«Non serve, in questo modo trovo tutto quello di cui ho bisogno. Ho un preciso sistema di catalogazione.»

Noah staccò da sotto il pc di Allison una buccia di banana.

«Immagino che questa quindi debba essere schedata sotto la B?»

Allison incrociò le braccia sul seno e lo guardò scuotendo la testa.

«È chiaro che tu non abbia ancora compreso il mio raffinato sistema di catalogazione. Le bucce di banana vanno sotto la F di frutta e verdura.»

Noah lanciò il resto della banana in un cestino ricolmo accanto alla scrivania e si fermò a osservare la bacheca di sughero con attaccate sopra le foto di quelle che, all'apparenza, erano abitazioni comuni. Le foto erano fissate con puntine sulle cui estremità Allison aveva legato dei fili di lana rossi, tesi a loro volta verso altre puntine che tenevano su fogli con stampati loghi di ditte edili. Chiunque, entrando nella stanza, avrebbe scambiato Noah per uno squilibrato, ma lui, che sapeva esattamente cosa stava cercando la moglie, capiva che c'era del metodo nel lavoro di Allison.

«Vuoi che rimaniamo qualche altro giorno? Se partiamo domani dovresti già iniziare a smontare la tua bacheca da pazza», disse sorridendo stanco.

«Non è un problema, tranquillo. Ho delle piste interessanti, quindi vale la pena cominciare a muoversi», rispose Allison.

Noah non se lo fece ripetere due volte, sfilò i pantaloni e li calciò in un angolo insieme a una pila di vestiti sporchi, poi si gettò a peso morto sul letto, facendo gemere la rete sfondata.

Allison lo guardò divertita e fece fluttuare di nuovo le carte sulla scrivania.

«Niente doccia? Il fatto che io non possieda più il senso dell'olfatto non ti autorizza a trasformarti in un barbone.»

«Non penso di avere le forze per alzare le braccia, forse non riesco neanche a slacciarmi la camicia.»

Noah aveva gli occhi chiusi, ma sentì l'aria spostarsi sopra la sua testa. Allison diede prova delle sue nuove abilità, sollevando l'orrenda coperta di lana rosa e sprimacciando il cuscino bitorzoluto.

«Mentre ti riposi, prima di impacchettare tutto, continuo a fare un po' di ricerche. Ieri ho trovato altre due ditte legate alle case dell'Architetto. In Georgia uno dei proprietari ha demolito la sua abitazione passandoci attraverso con il suo camion. Vicino a Tampa ho scoperto un paio di incendi dolosi perpetrati dai proprietari che sono piuttosto sospetti, visto che nessuno dei due aveva un'assicurazione da incassare né precedenti di disturbi mentali. Ho ristretto a tre il numero di case che potrebbero essere le nostre prossime tappe.»

Noah guardò la moglie con sguardo spento. «Non deve essere male non essere mai stanchi, non aver bisogno di dormire.»

Allison gli sorrise mentre Noah si sfilava la camicia senza finire di sbottonarla, rimanendo incastrato nei polsini. Lo aiutò afferrando il colletto e tirandogliela via.

«Così puoi riposare tranquillo sapendo che ci sono sempre io a fare la guardia.»

«A fare la guardia e a catalogare indizi, mio fedele Watson!» disse Noah prima di voltarsi su un fianco. Allison gli poggiò la coperta addosso ribattendo stizzita: «E per quale motivo non dovrei essere io Holmes?»

Noah non rispose.

Allison si sporse e vide che il marito si era addormentato. Sorrise, fino a quando non si rese conto che la coperta rosa lasciava la schiena di Noah scoperta. Allison provò quel familiare e inquietante senso di angoscia che la coglieva ogni volta che osservava il marchio impresso nella pelle del marito. Lo stesso simbolo che distruggevano in tutte le case che disinfestavano insieme, il segno che imprigionava gli spiriti tra le pareti di quegli edifici e che aveva vincolato la sua anima a quella di Noah.

5
Allison

2 luglio 2015

«QUANTO resterà tua madre?» le chiese Noah a colazione.

Erano in veranda, a godersi l'aria fresca del mattino. Il tecnico della fornitura elettrica aveva appena completato l'allaccio alla rete e ora vivevano finalmente nel Ventesimo secolo. Avevano fatto colazione mangiando gli avanzi della cena precedente – ovvero una mezza pizza fredda – e adesso erano stesi al sole come gatti.

«Non lo so. Effettivamente non me lo ha detto.»

Noah rimase in silenzio.

«Perché me lo chiedi?»

«No, niente», rispose lui con una scrollata di spalle.

Allison si puntellò sui gomiti per guardare meglio il marito.

«Noah, cosa c'è?»

Lui sbuffò.

«Ma niente, è tutto ok. Ho solo chiesto se il sergente ti avesse comunicato la durata della sua permanenza.»

Allison ridacchiò.

«Cercherò di indagare e scoprirlo.»

«E ti sarei molto grato se riuscissi anche a rendere il soggiorno il più breve possibile.»

«Lo sai che con il sergente non funziona così. È lei che dà gli ordini, non il contrario.»

Noah lo sapeva molto bene e si rabbuiò.

«Avanti, è stata gentile a tenerci Michael e a guidare fino a qui per portarcelo.»

«Gentilissima. Sai che adoro Maggie, Allie.»

«Allison. Sai che odio quando mi chiami Allie.»

«È vero, *Allison*.»

«E allora qual è il problema?» chiese lei spazientita.

«Il problema è che sai benissimo che tua madre è una despota. Sono sicuro che se il diavolo se la ritrovasse davanti, tremerebbe.»

«Dici così solo perché è un po' brusca.»

Noah si avvicinò per baciarle una tempia.

«Mia cara, definire tua madre 'un po' brusca' equivarrebbe a dire che Hitler era solo 'un po' irritabile'.»

Allison scosse i capelli, alzando gli occhi al cielo, poi, controllò l'orologio al polso. Glielo aveva regalato suo padre, sei anni fa, prima di morire. Da allora non se ne era mai separata.

«Comunque aveva detto che sarebbe arrivata con Michael per pranzo. E vedrai come le vorrai ancora più bene, quando arriverà con scorte di cibo per una settimana. La amerai come mai prima d'ora.»

Si alzò in piedi e si scrollò la polvere dai jeans sbiaditi. Aveva quei pantaloni dai tempi dell'università. Un altro pezzetto della sua vecchia vita che l'aveva seguita.

«Bene, ho ancora un po' di tempo per dare una sistemata alla camera di Michael. Vorrei finire di pulirla.»

Noah la seguì dentro casa.

«Pensi che potremmo avere anche un po' di tempo per dare di nuovo una... sistemata al materasso?»

Allison rise e lui se la caricò su una spalla, portandola in camera da letto.

Maggie parcheggiò la sua monovolume in cima alla collina alle 12.45 e, come aveva predetto Allison, arrivò carica di contenitori per il frigo, in cui aveva stipato quelli che aveva definito «i loro futuri pasti», ma che Noah era sicuro fossero abbastanza da sfamare una piccola truppa.

Scesa dall'auto, mentre Michael correva incontro ai genitori, non si soffermò a guardare la casa neanche per un singolo istante, invece puntò dritta verso la cucina.

«Per un attimo ho avuto paura che non aveste neanche attaccato il frigorifero», borbottò mentre cominciava a riempirlo, svuotando le quattro borse che aveva portato.

Noah, nascosto alle spalle della suocera, fece un saluto militare e Allison si morse un labbro per non ridere.

«Mamma, davvero, non c'era bisogno di cucinare così tanto.»

«Come avreste fatto altrimenti?» le rispose brusca, infilata per metà dentro l'enorme frigo.

«Avremmo fatto la spesa», disse Allison, arrendendosi. Poi si guardò intorno.

«Ma dov'è Michael?»

Noah guardò fuori dalla finestra della cucina.

«È in giardino. Lo vado a prendere così gli facciamo vedere finalmente la casa.»

«Aspetta, vado io.»

Allison lasciò la madre a combattere contro il frigorifero a doppia anta e, superando gli scatoloni ammassati in una muraglia lungo il corridoio e l'ingresso, uscì dalla casa, sulla veranda.

Il sole era alto nel cielo e adesso iniziava a fare davvero caldo.

«Michael!» chiamò il figlio. Noah aveva detto che era fuori, ma lei non lo vedeva.

«Vieni, amore, mamma e papà ti fanno vedere la casa nuova!»

«Michael?» chiamò ancora, proteggendosi gli occhi con la mano, cercando il bambino nel giardino.

Nessuna risposta.

Scese le scalette del portico e si guardò attorno.

Il giardino era immerso nel silenzio. Le due macchine scintillavano sotto al sole. Persino le fronde degli alberi del bosco al di là del muretto di mattoni rossi erano immobili.

Allison continuava a guardarsi intorno turbata. Non voleva

comportarsi da madre apprensiva, anzi, cercava in tutti i modi di controllare il più possibile le sue ansie. Quando vedeva Michael cadere per terra, ad esempio, invece di precipitarsi Noah le aveva insegnato a trattenersi. Invece di piagnucolare o chiamare la mamma, si rialzava, si puliva le ginocchia e tornava a correre ridendo.

«Noah! Noah, vieni qui.»

Allison chiamò il marito, senza riuscire a nascondere una nota stridula nella voce.

Noah apparve immediatamente sulla veranda. Aspettava il momento giusto per poter scappare dalla cucina e dal sergente.

«Che succede?»

Allison gli andò incontro sulla veranda.

«Michael non mi risponde. Non so dove sia finito. Credo che si sia nascosto di nuovo.»

Noah si guardò subito intorno, allarmato nel vedere Allison così agitata. Michael negli ultimi mesi aveva preso la brutta abitudine di nascondersi in giro per l'appartamento. Una volta, dopo averlo perso per più di tre ore, e dopo aver allertato polizia, pompieri, aver radunato tutto il vicinato e aver chiamato tutti gli ospedali vicini per sapere se un bambino di sei anni con i capelli corti e biondi, gli occhi azzurri e un neo sul labbro superiore, fosse stato portato al pronto soccorso, lo avevano scoperto dentro un armadio, addormentato nella cesta dei panni da stirare.

«Stai tranquilla, starà giocando qui da qualche parte, lo troviamo subito.» Le baciò la fronte e scese le scalette in fretta.

«Michael? Dove sei? Così spaventi a morte la mamma, amore. Esci fuori che ti do una fetta di pizza avanzata. Basta nascondersi.»

Entrambi i genitori rimasero zitti, in attesa di sentire la voce del figlio o una sua risatina soffocata.

Niente.

Noah e Allison si scambiarono un'occhiata e poi lui si portò un dito alle labbra, per dirle di continuare a non parlare. Poi, facendo attenzione a non alzare un polverone rivelatorio con gli scarponcini, si avvicinò lentamente alla macchina di Maggie.

Aprì di scatto la portiera e fissò la schiena del figlio. Si era nascosto sotto il sedile del passeggero.

«Michael, accidenti! Fanno quasi quaranta gradi qui dentro! Da quanto tempo sei nascosto?»

Il bambino si tirò su sudato, con le guance arrossate e il viso sorridente.

«Da un sacco, papà! Non mi trovavate!»

Noah scosse la testa e lo sollevò da sotto le ascelle per farlo scendere dall'auto.

«Cosa avevamo detto riguardo al nascondersi?»

Michael non guardò il padre negli occhi e si soffermò a osservare con grande attenzione Cavalier Tony, il dinosauro di plastica blu elettrico che aveva tra le mani.

«Michael?»

Noah si inginocchiò cercando gli occhi del figlio, ma il figlio continuava a fissare ostinatamente il dinosauro.

Allison scese dalla veranda. «È lì?»

Noah si voltò per annuire alla moglie che gli stava venendo incontro.

«Oh, Michael, un'altra volta?» chiese lei contrariata ma decisamente sollevata.

Michael cominciò a far emettere al suo dinosauro delle pernacchie.

Allison allungò una mano per prendere il bambino, ma Noah la fermò.

«No, aspetta. Non abbiamo finito qui.» Tornò a voltarsi verso il figlio. «Cosa avevamo detto io e la mamma riguardo al nascondersi?»

Gli prese Cavalier Tony dalle mani e il bambino, arrendendosi, ricambiò lo sguardo del padre.

«Che non va bene.»

«Esatto. E perché non va bene?»

Michael rimase in silenzio un pochino, pensando.

«Perché è pericoloso.»

«Di nuovo esatto. Soprattutto in posti nuovi che non conosciamo. Potresti perderti o farti male... o farci morire di paura. Vuoi far venire i capelli bianchi alla mamma?»

Michael si voltò verso la madre con espressione colpevole e scuotendo la testa con forza.

«No, mammina.»

Allison gli sorrise e aprì le braccia, pronta ad accoglierlo. Erano passati solo due giorni da quando si erano separati, ma le era mancato terribilmente, anche se non lo avrebbe mai confessato a Noah.

«Grazie, amore. Molto premuroso da parte tua.»

Michael si buttò tra le braccia della madre. Era caldo e un po' sudato. Allison affondò il naso nella piega del suo collo e annusò il profumo di bambino. Sapeva già, con una punta di nostalgia, che le sarebbe mancato quando sarebbe diventato un adolescente scorbutico e maleodorante.

«Avanti, vieni a vedere casa.»

Noah restituì Cavalier Tony al legittimo proprietario che iniziò a saltellare e a trotterellare verso la casa.

«Speriamo che la smetta in fretta con questa storia del nascondersi. La casa e il giardino sono troppo grandi per un simile scherzetto.»

Allison abbracciò la vita del marito, pensierosa.

«Forse dovremmo davvero far parlare Michael con qualcuno, come ci aveva suggerito il dottor Hill.»

Noah grugnì.

«Non voglio portare mio figlio da uno strizzacervelli, Allie.»

«Allison.»

Noah la guardò divertito.

«È un bambino, *Allison*, e si comporta come tale.» Noah scrollò le spalle. «A tutti i bambini piace nascondersi.»

Allison rimase in silenzio, pensierosa. Quando erano andati a parlare con il pediatra di Michael per chiedergli consiglio, o anche solo per capire perché il figlio avesse questa strana passione a rimanere nascosto per ore intere, il medico aveva suggerito loro di fargli fare una bella chiacchierata con una sua collega psicologa infantile. Noah si era dimostrato subito scettico e aveva rifiutato con gentilezza.

Il discorso si era poi concluso a casa, con una piccola discussione in cui Noah aveva avuto la meglio.

Adesso però, mentre Allison calpestava l'erba verde brillante del loro nuovo enorme giardino, sotto l'ombra della vecchia casa bianca dalle cornici delle finestre nere, il non aver portato il figlio a fare due chiacchiere con quella dottoressa le sembrava improvvisamente un grande errore.

«Allora, Mike? Che ne pensi di casa nuova?»

La voce di Noah risvegliò Allison dai suoi pensieri.

Michael le sfrecciò accanto e, all'improvviso, il tempo parve rallentare, fino a fermarsi.

Allison fu attanagliata da un terrore sordo, un orrore senza spiegazione, che le fece accapponare la pelle e drizzare i capelli sulla nuca. Afferrò il braccio di Michael, come un serpente che morde la sua preda, facendogli male, annaspando come se stesse affogando nell'acqua nera dell'oceano. Le mancò l'aria e le sembrò di soffocare, la gola che si stringeva.

«No...» gorgogliò, stringendo più forte il braccio al figlio. Poi, sentì caldo. Sentì la pelle bruciare, come quando da bambina teneva il palmo aperto sulla fiamma di una candela.

Si sentiva andare a fuoco.

Michael sgranò gli occhi, sorpreso dalla punizione improvvisa e senza apparente spiegazione della madre che continuava a stringerlo sempre più forte.

«Allison, che ti prende?»

Noah era dietro di lei, e la fissava senza capire.

Allison era rigida come un tronco, tutti i muscoli tesi nel compiere un enorme sforzo fisico. Continuava a tenere stretto per un braccio il figlio, impedendogli di correre verso la veranda ed entrare dentro la casa.

Casa, pensò, e le lettere apparvero reali e vivide nella sua mente, come se fossero state scritte con un gesso bianco su una lavagna nera.

«Amore?» Noah le toccò una spalla, confuso. «Che succede?»

Allison si voltò di scatto verso il marito, ansante, stordita, svegliandosi solo in quel momento da quell'incubo a occhi aperti.

Si guardò attorno con occhi sgranati, ancora spaesata.

«Mammina... mi fai male», piagnucolò Michael, ancora appeso, con il braccio teso sopra la testa.

Allison lo lasciò subito, come se la pelle del braccio improvvisamente scottasse, e si sentì male quando vide i segni rossi che aveva lasciato sulla carnagione bianca del figlio.

«Che ti è preso?» chiese Noah con un tono di sincera curiosità, più che di accusa, accarezzando la testa bionda di Michael.

Allison boccheggiò ancora, portandosi una mano alla gola. Riusciva di nuovo a respirare.

«Stava... stava per pestare una vespa, qui sul prato», mentì vergognandosi subito.

Perché aveva detto quella bugia? L'aveva detta quasi di riflesso...

«Non volevo lo pungesse...» sussurrò lei, passandosi i palmi delle mani sudate sulle cosce, mettendosi poi i capelli dietro le orecchie, cercando di riprendere il controllo di sé.

«Ah, ma certo. Hai fatto bene a fermarlo», disse Noah comprensivo mentre la superava, raggiungendo Michael che sgambettava verso casa.

«Su avanti, Mike, vieni che papà ti fa fare un giro turistico!»

Michael urlò un «Sì!» estasiato e corse saltando sugli scalini della veranda.

Noah raggiunse il figlio, ridendo anche lui, contagiato dalla sua felicità.

Solo Allison rimase indietro, incapace di fare un passo, di muovere un muscolo, chiedendosi, mentre continuava a rabbrividire per il terrore provato fino a un attimo prima, cosa diavolo le fosse preso.

Senza riuscire a trovare una risposta, alzò gli occhi verso la casa, che ricambiò lo sguardo, serafica e taciturna, scrutandola con i suoi vuoti occhi neri.

6
Noah

15 dicembre 2019

Noah si fermò alla pompa di benzina e uscì dal pick-up sbadigliando. Avevano viaggiato per nove ore filate e aveva passato la notte in bianco per colpa degli orribili letti del *Big Ranch Inn.*

La campanella, piazzata sopra alla porta della stazione di servizio, suonò al passaggio di un cliente e lo risvegliò.

Noah si sgranchì le ginocchia indolenzite e la schiena dolorante e iniziò a fare benzina.

«La prossima casa è in Montana. Siamo mai stati in Montana io e te?» domandò Allison sollevando una cartina, seduta al posto del passeggero. Noah afferrò la piantina infilando il braccio nel finestrino aperto e si guardò in giro preoccupato.

«Che stai facendo, Allie? Qualcuno potrebbe vederti!»

«Innanzitutto ti prego di smetterla di chiamarmi Allie, il mio nome è Allison. E poi sono un fantasma, ti ricordo che tu sei l'unico che può vedermi. A meno che non mi concentri davvero molto, o mi arrabbi, o mi venga da piangere. Penso che funzioni con un po' tutte le emozioni forti», concluse con una punta di malinconia.

«Quindi dici che una cartina volante non desterebbe nessun sospetto?»

«Quanto un tizio che parla da solo», rispose lei increspando lievemente le labbra e indicando una coppia di vecchi signori che stavano fissando Noah, preoccupati. Noah sollevò una mano in segno di saluto, con un sorriso tirato, e poi si allungò verso il cruscotto per afferrare il portafoglio e sussurrò ad Allison: «Ora stai buona fino a quando non ci siamo rimessi in viaggio, o...»

«O altrimenti mi sculacci?»

Noah trattenne a stento una risata e aggiunse con aria comicamente severa: «Potrei, Allison King».

«Mi piacerebbe potessi, Noah King.»

Rispose Allison, puntandosi l'indice sotto al naso per fare segno che si sarebbe zittita.

La stazione di servizio era parecchio affollata per essere una pompa di benzina in mezzo al nulla. Noah immaginò che si trattasse dell'unico punto di servizio per miglia. Si avventurò verso la distesa di banchi frigo che occupava il lato più lontano del locale, scelse una bevanda che prometteva un mostruoso contenuto di caffeina e l'unico panino al pollo che non avesse l'aspetto di un incidente stradale. Si guardò ancora un po' attorno e poi imboccò la corsia che dava alle casse.

Allison protestò: «Basta così? Neanche una confezione di Twinkie, nessun dolcetto al cioccolato o qualche schifosissima merendina al caramello? Non vuoi neanche provare gli occhiali da sole di plastica vicino alla cassa?»

Noah, cercando di evitare di sembrare un pazzo che parlava da solo, ignorò la moglie che però non sembrava intenzionata a mollare l'osso. «Ti prego, controlliamo almeno la sezione dei libri. Ti ricordi quando abbiamo trovato quel manuale che spiegava ai bambini come lavarsi senza commettere atti impuri? Quando viaggiavamo adoravi i posti come questo. Sei diventato un vecchio noioso!»

Noah si premette indice e pollice all'attaccatura del naso, fingendo un mal di testa e nascondendosi così la bocca. «Ti prego, Allie, sono stanco.»

Allison aprì la bocca per denunciare la violazione della sacra legge contro l'uso dei diminutivi, ma poi guardò meglio il marito, percorse con lo sguardo i solchi violacei delle occhiaie e tacque.

Nel frattempo, davanti a Noah, la fila stava lentamente diminuendo. Il cassiere stava servendo i clienti avendo sempre qualcosa da ridire su ognuno di loro. Noah alzò gli occhi al cielo sbuffando infastidito quando il tipo grugnì un «Meno male che hai preso la Coca Diet!» mentre una donna, chiaramente sovrappeso, piazzava sul nastro della cassa la sua bevanda nel formato da tre litri, seguita da una cascata di snack. La donna prese la sua spesa sul punto di scoppiare a piangere e il cassiere la seguì con lo sguardo fino all'uscita con un ghigno crudele dipinto sulla faccia da bifolco. Noah diede il panino e la bibita all'uomo, di cui ora poteva leggere la targhetta appuntata sulla divisa che recitava solamente «I'M THE OWNER», e gli passò la carta di credito dicendo: «Ho anche fatto benzina alla pompa cinque».

The Owner ghignò, mostrando ancora una volta una chiostra di denti giallognoli.

«Lo so, qui nessuno prende niente a sbafo», disse indicando con un pollice una serie di monitor collegati a ulteriori telecamere di sicurezza, posizionati dietro al bancone. Noah osservò gli occhi porcini dell'uomo, i baffi radi e lo sguardo ebete e per un attimo poté intravedere la vita orrenda che doveva aver avuto per essere finito a prendersi le sue piccole rivincite sul mondo da dietro la cassa del minimarket.

Mentre strisciava la carta, l'uomo parlò ancora. «Sai amico, è un piacere vedere un bianco una volta ogni tanto», e poi, indicando con un gesto del mento un cliente in fila dietro Noah, aggiunse «Qui girano solamente i mangiafagioli e questi negretti. Per fortuna il presidente se ne sta occupando», concluse picchiettando un dito contro un grosso adesivo sbiadito incollato alla cassa con lo slogan «MAKE AMERICA GREAT AGAIN».

Noah strinse un pugno. Stava per rispondere qualcosa, quando un BIP familiare smontò la sua furia.

«Ehi, qui dice che sei un poveraccio!» sbraitò l'uomo restituendogli la carta rifiutata. Noah riuscì a stento a contenere la rabbia e gli diede un'altra carta. L'esito non fu differente da quello avuto con la prima.

«Ritiro quello che ho detto, se c'è qualcosa di peggio di uno di questi musi neri, è un bianco al verde.»

Noah pescò dal portafogli due banconote spiegazzate da uno, lasciò sulla cassa il panino e afferrò la sua bibita avviandosi verso l'uscita, lottando contro la tentazione di scavalcare il bancone e pestare quel pezzo di merda come avrebbe meritato.

La voce dell'uomo lo seguì fino alla porta.

«Il buon Dio ti aveva dato una possibilità in più di questi qua, ma tu sei riuscito a sprecarla, amico, l'unico con cui dovresti arrabbiarti ce l'hai di fronte ogni volta che ti guardi in uno specchio!»

Noah fece qualche metro oltre la porta, si fermò e respirò forte dalle narici, stringendo la lattina in mano fino a farsi male. Ricominciò a camminare verso la macchina, deciso a non attirare l'attenzione su di sé. Un bifolco che aveva votato Trump e si divertiva a insultare i suoi clienti, non si meritava neanche la sua rabbia. Tirò fuori le chiavi della macchina dalla tasca, le inserì nella portiera e poi le lasciò penzolare lì dentro.

«Fanculo», disse, prima di voltarsi, deciso a tornare nel piccolo supermercato per fargliela pagare.

Quando alzò lo sguardo verso il negozio però scoprì che l'uomo era già alle prese con un altro cliente scontento... Attraverso la parete a vetri della stazione di servizio, Noah vide una gran quantità di merce volare in aria e schiantarsi contro il proprietario. L'uomo, terrorizzato, si era nascosto dietro la cassa cercando di proteggersi con una mazza da baseball. Anche da quella distanza a Noah non sfuggì il dettaglio dell'adesivo della bandiera confederata con cui l'aveva decorata.

Una bottiglia di sciroppo d'acero fluttuò fin sopra l'uomo, il tappo si svitò, e il denso contenuto iniziò a colargli sul testone, mentre il tipo iniziava a piangere terrorizzato. Nessuno a parte lui poteva vedere Allison e Noah si godette la scena. La moglie prese un grosso pacco di popcorn, lo aprì e lo versò sopra a *The Owner*, già zuppo di sciroppo d'acero, completando la sua versione di una punizione da vecchio west: pece e piume da minimarket.

I clienti fuggirono, facendo sgommare le auto nel parcheggio. Quando Noah notò le telecamere di sicurezza, si rese conto che non era il caso di rimanere insensibile allo spettacolo che stava dando la moglie e, fingendosi spaventato, si infilò nel pick-up partendo a razzo.

Appena uscito dalla stazione di servizio il fantasma di Allison, come fosse al guinzaglio, fu strattonato dentro la macchina che aveva già imboccato l'autostrada.

Non si potevano allontanare più di tanto.

Allison era ancora livida dalla rabbia. «Non dirmi niente. Quello stronzo si meritava di peggio!»

«Non ho intenzione di dirti proprio niente», le rispose Noah, continuando a guidare.

Si voltarono poi all'unisono, guardandosi in faccia, scoppiando a ridere.

Risero ininterrottamente per i successivi dieci minuti, risero tanto forte che Noah fu costretto ad accostare per evitare di fare un incidente.

Lì, sul ciglio della strada, dopo essere finalmente riuscito ad arrestare un eccesso di tosse, Noah si voltò verso la moglie.

«Sei riuscita a far lievitare degli oggetti, e tanti, tutti in una volta!»

Allison rispose celando a malapena la soddisfazione. «Ho imparato a farlo negli ultimi giorni. Mi sono esercitata mentre dormivi.»

«Ti sei anche materializzata molto distante da me, te ne sei accorta?»

Allison sorrise mestamente, stringendo le spalle.

«È da un po' che ci riesco. L'altro ieri sono andata alla lavanderia accanto al motel e ti ho lavato quella fetida camicia a quadri che hai addosso ora. La parte più difficile è stata infilare un dollaro nella fessura della lavatrice. Non riesco ancora a essere precisa ed è piuttosto frustrante.»

Noah si avvicinò la camicia al naso e commentò ridendo: «Ecco cosa era questa insopportabile puzza di pulito».

La sua risata si interruppe improvvisamente, tramutandosi in un brutto attacco di tosse che durò almeno per un minuto intero e Allison se ne stette lì impotente, mentre quella tosse terribile e secca squassava il marito fino a piegarlo in due.

«Dovresti farti vedere da qualcuno», disse Allison preoccupata.

Noah si pulì la bocca con la manica della camicia.

«Certo e con quali soldi? Non avevo neanche abbastanza denaro per pagare un panino e una Coca.»

«Potrei spaventare il medico a morte per convincerlo a visitarti gratuitamente», disse Allison.

«Stai scherzando, vero?» ribatté Noah.

«Ma certo!» rispose con un tono poco convincente Allison. «Hai bisogno di un po' di contante», aggiunse perentoria.

Noah si stropicciò gli occhi e aprì la lattina che aveva poggiato nel portabevande. Osservò l'autostrada buia davanti a sé, sorseggiando la sua bevanda.

«Stai per proporre una rapina?» Allison mimò con indice e pollice una pistola «Potresti diventare Clyde e io la tua Bonnie fantasma. Ma non ti ci vedo molto a gridare a tutti di stare pancia a terra mentre io forzo il caveau. Che ne dici invece di chiedere agli Stroud? Dopo avergli salvato la casa si sono offerti di aiutarci, e quella era una casa dannatamente grande, non penso che abbiano problemi economici.»

Noah bevve un'altra sorsata mentre scuoteva la testa.

«È grazie a loro che è stato possibile l'intervento dai Vollman, Victor mi ha fatto un bonifico senza dirmi nulla, non me la sento di chiedergli altri soldi.»

Allison annuì pensierosa. Poi fece lievitare la cartina fuori dal cruscotto.

«Per arrivare in Montana passiamo vicino a Jackson...»

Noah quasi si strozzò con la Coca.

«No, ti prego, non il sergente!»

«Hai bisogno di soldi, Noah, e casa di mia madre è proprio di strada.»

Noah poggiò la testa contro il volante, sconsolato.

«Sei proprio sicura di non voler discutere meglio quella tua idea di rapinare una banca?»

TRASCRIZIONI DEI NASTRI (REPERTO 247C) TROVATI DURANTE LA PERQUISIZIONE ALL'APPARTAMENTO DI RICHARD MATHESON. IL LABORATORIO HA IDENTIFICATO LA VOCE REGISTRATA COME QUELLA DELLO STESSO MATHESON.

REGISTRAZIONE Nr.1
DATATA 27 giugno 1962

Quell'idiota del dottor London mi ha consigliato di scrivere per superare il lutto. Scrivere. Ma mi ci vedi a scrivere un diario? Ronald Soderbergh mi ha costretto a rivolgermi a questo dottorino con la faccia da ragazzino che si fa il bagno nel profumo. Ronald mi ha detto che il Consiglio è nervoso e che «mi comporto come un pazzo», parole loro, da quando te ne sei andata.

[UNA LUNGA PAUSA, PASSI CHE SI ALLONTANANO. AL RITORNO DI MATHESON, NEI PRESSI DEL MICROFONO, SI SENTE DISTINTAMENTE IL RUMORE DI UN BICCHIERE CHE VIENE RIEMPITO.]

Si fotta il Consiglio e si fotta quello stronzo del dottor London.

Il ragazzino mi ha consigliato di scriverti, Rebecca, capisci? Di scriverti dopo che ti ho vista in quella cassa, immobile.

C'erano tutti al funerale, hanno dovuto chiudere al traffico la Quinta Strada per far sfilare il corteo. Hai fatto fermare New York per l'ultima volta, amore mio.

Non sono bravo a scrivere, ma London mi ha assicurato mi avrebbe fatto bene e che se carta e penna non facevano per me c'erano altre soluzioni, quindi mi sono fatto montare un registratore qui a casa e sto provando a parlarti... ma non mi sento meglio. Mi sento uno schifo, Rebecca.

[SINGHIOZZI DI SOTTOFONDO, MATHESON SVUOTA IL BICCHIERE E LO RIEMPE NUOVAMENTE.]

Probabilmente non ti farebbero piacere tutte queste parolacce. Mi mancano i tuoi rimproveri. Mi ripetevi sempre che ero un buzzurro con troppi soldi e un pessimo gusto in fatto di cravatte. Non ti sono mai piaciute le mie cravatte. Mi ricordo che al nostro primo appuntamento me l'hai sfilata e l'hai gettata nell'Hudson. Mi ha sempre fatto sorridere pensare a tutti quei giornalisti che erano convinti che non portare la cravatta facesse parte del mio stile. Patetici coglioni. Merda. Scusa, Rebecca... giuro che la smetto con le parolacce.

[SINGHIOZZI TRATTENUTI]

Da quando non ci sei, il tempo si è fermato, le mie giornate sono interminabili e vuote come il cervello di quella testa di cazzo di psicologo. Non ho bisogno di uno strizzacervelli, ho bisogno di te. Vorrei passare un'altra giornata insieme, una soltanto. Vorrei andare a dormire stasera e sentirti accoccolata contro la mia schiena. Ho sempre amato quando lo facevi, anche d'estate, quando in città c'era più caldo che in un forno. La mattina vorrei poter sentire ancora i tuoi passi lievi sul parquet, quando ti svegliavi prima di me e ti andavi a truccare. Sono quasi trent'anni che fingo di credere che sei nata con il rossetto e quella roba nera che mettevi attorno agli occhi.

Mi manchi da impazzire, Rebecca, e non me la sento di continuare quest'idiozia del diario, fa troppo male. Dopo averti avuto al mio fianco per tutto questo tempo... dopo averti avuta come moglie, amica e amante, non mi accontento di fare finta che tu possa ascoltarmi mentre farnetico in un microfono.

Sono troppo vigliacco per seguirti dove sei andata, eri tu quella coraggiosa. Sei stata tu che hai passato gli ultimi mesi a consolarmi e a prenderti cura di me perché te ne stavi andando. A consolare me!

[RUMORE DI VETRI INFRANTI, MATHESON URLA. LA REGISTRAZIONE VIENE INTERROTTA.]

[LA REGISTRAZIONE RIPRENDE.]

Questa è la prima e l'ultima volta che faccio questa cazzata delle registrazioni, sia chiaro. Ovviamente non la farò ascoltare a quel coglione di London.

Sto provando con tutte le forze a non pensare a te, ma è impossibile. Sono sicuro di non averti mai meritato, ma sappi, Rebecca, che ti ho amato più che potevo e ora darei qualunque cosa per rivederti anche solo per un minuto. Anche struccata.

Non sono sicuro ti riconoscerei struccata, ma mi accontenterei anche solo di quello.

[FINE REGISTRAZIONE]

7
Allison

18 luglio 2015

ERANO passate due settimane e Allison non aveva più pensato a quell'incidente, a quando aveva afferrato Michael per impedirgli di entrare in casa. Non si era interrogata per capire il motivo del suo gesto insensato, si era semplicemente detta che era stato un momento di stanchezza.

Una fuga momentanea da sé stessa.

Succede, soprattutto quando sei *così stanca*.

Erano state settimane frenetiche e quando l'ultimo scatolone venne aperto, Noah dovette, suo malgrado, riconoscere che metà del merito – o forse *tutto* il merito – andava al sergente Maggie che, instancabile, aveva pulito, strofinato, spolverato, lucidato e lavato ogni centimetro quadro dell'abitazione, senza mai lamentarsi o aver bisogno di riposare. Certo, i libri erano ancora accatastati alla rinfusa e senza alcun ordine logico nelle librerie, i pennelli, le matite, le pile di carta e rotoli di carta da spolvero erano stati momentaneamente poggiati sugli enormi tavoloni dello studio di Allison insieme a tutto il resto del suo materiale da lavoro. Anche i dinosauri di Michael non avevano ancora trovato posto sulle mensole della cameretta, ma adesso potevano finalmente chiamare quel luogo *casa*.

«Chissà perché la tua collezione di vinili è stata la prima cosa a essere messa a posto», disse Allison osservando il marito che catalogava per l'ennesima volta i suoi lp. Adesso, dopo aver tentato l'approccio alfabetico, aveva pensato di provare il brivido di una disposizione in ordine cronologico.

Dopo una lauta cena del sergente Maggie, Michael era andato a dormire seguito dalla nonna, e Allison e Noah si erano rifugiati in salotto a bere un bicchiere di vino.

Noah era seduto per terra, accanto al tappeto ancora impacchettato e arrotolato. Allison si segnò mentalmente di aprirlo l'indomani per fargli prendere aria fuori prima di rimetterlo in casa.

«Perché quando si ha un tesoro simile dentro casa è un delitto trascurarlo», disse concentrato mentre spostava *This is not a love song* dei PiL nella pila degli inglesi anni Ottanta.

«Ah, trovato!» esclamò vittorioso. Si alzò e fece partire il giradischi.

Allison bevve un sorso di vino, la puntina gracchiò per un attimo, poi partì la musica.

«È per caso quel cantante con un sacco di brillantina che ti piace tanto?»

Noah fece finta di rabbrividire inorridito.

«È solo perché ti amo molto che riesco a tollerare la tua blasfemia.»

Allison rise.

«Vieni qui.»

Noah prese il calice che Allison aveva in mano e lo poggiò sul tavolino di noce, poi la fece alzare dal loro vecchio divano di velluto verde oliva, e la strinse a sé.

«Cosa stiamo facendo?»

«Balliamo, mia poco romantica moglie.»

Allison sorrise, stringendosi contro il suo petto.

«Quindi siamo una di quelle coppie che balla in salotto?»

Noah le poggiò la guancia contro la fronte.

«Shhh. Ascolta la musica e smettila di protestare.»

Allison allora ubbidì, si strinse a lui e chiuse gli occhi.

8
Noah

18 dicembre 2019

«Hai cominciato a drogarti?»

Noah quasi si strozzò con la cucchiaiata di purè che aveva portato alla bocca. Maggie se ne stava seria e severa, con le mani poggiate ai fianchi, all'altro lato del tavolo della cucina. Aveva ancora davanti la zuppiera piena della salsa con cui aveva inondato la bistecca del genero, ma improvvisamente tutto il calore che gli aveva riservato appena arrivato era sfumato. Adesso rimaneva soltanto l'intransigente sergente di ferro.

Noah sapeva, grazie ai racconti di Allison, che Maggie non era sempre stata così. Seguire il marito di base in base le aveva indurito il carattere, un carattere già di per sé non particolarmente amabile in realtà.

Aveva incontrato il marito, Rupert Madden, durante gli scontri di Baltimora nell'aprile del Sessantotto. Martin Luther King era stato appena assassinato e Maggie stava per lanciare una pietra contro una vetrina, quando il suo futuro consorte le aveva puntato addosso il fucile. Le aveva ordinato di gettare a terra il sasso, la mano tremante e gli occhi, pieni di terrore, nascosti da un elmetto troppo grande. Maggie lo aveva squadrato, soppesando la minaccia, poi aveva lanciato il sasso contro la vetrina e si era consegnata al ragazzo. Si erano sposati l'anno dopo e da allora quella tenera figlia dei fiori diciassettenne aveva abbracciato la disciplina del corpo del marito, diventando ancora più dura e inflessibile. Nello stesso momento però aveva contaminato il compagno con le sue idee progressiste, addolcendolo. Così i due avevano finito per scambiarsi i ruoli, Maggie era diventata il sergente di ferro che aveva guidato la famiglia attraverso gli anni più difficili, e Rupert il porto sicuro in cui ci si rifugiava quando c'era bisogno di una pausa dal mondo di fuori.

«Allora? Hai iniziato a drogarti?» ripeté Maggie mentre Noah rimaneva lì imbambolato, con il purè a metà strada tra il piatto e la bocca. «Ho letto un articolo che dice che capita a un'alta percentuale di vedovi. Io non ho mai pensato neanche per un istante di avvicinarmi a quelle schifezze quando è morto Rupert, ma tu sei sempre stato un tipo *sensibile*...»

Maggie aveva pronunciato l'aggettivo masticandolo come fosse un boccone amaro.

«Non mi drogo, Maggie, è solo che non dormo bene ultimamente.»

«Pensi ancora ad Allie?»

Maggie non aveva mai avuto nessun pudore verso la morte della figlia, né verso il dolore di Noah e lui gliene era sempre stato grato. La parte più difficile dei giorni dopo il suo lutto era stato accogliere le condoglianze di amici e parenti che continuavano a ripetergli che la moglie sarebbe stata sempre con lui, del tutto ignari della presenza di Allison che aleggiava tristemente lì accanto a loro.

«Sì, Maggie. Penso ancora ad Allison e non credo che smetterò mai.»

La suocera si alzò da tavola. Andò a trafficare con le stoviglie nel lavello, dandogli le spalle.

«Invece dovresti trovarti una brava ragazza e tornare a innamorarti. Eri molto più bello quando eri innamorato della mia Allie.» Noah guardò la schiena curva della suocera.

«Secondo me lo ha sempre fatto apposta a chiamarmi Allie, lo sa che mi fa imbestialire», disse Allison accanto alla madre. La donna venne percorsa da un brivido.

«Comunque sappi che sono contraria al piano di mia madre. Non mi piacerebbe se ti trovassi una brava ragazza. A letto saremmo sempre in tre, e non siamo degli hippie come lei. Non sono pronta a vedere un'altra donna divertirsi con mio marito.»

Noah fulminò la moglie con uno sguardo, e Maggie pensò che l'occhiataccia fosse diretta a lei.

«Lo so che non ti piace l'idea, ma Allie se n'è andata quattro anni fa e non vorrei ti riducessi come me.»

Maggie si lasciò cadere stancamente sulla sedia.

«I vecchi non dovrebbero stare soli», aggiunse con un sorriso triste.

Maggie improvvisamente gli sembrò molto più anziana e stanca di come gli era apparsa quando gli aveva aperto la porta. Noah si protese oltre il tavolo per accarezzarle la piccola mano raggrinzita.

«Maggie, mi spiace, non sapevo che...»

Maggie sfilò la mano da sotto quella di Noah, con un gesto brusco.

«Non volevo muoverti a compassione. Non ho mai voluto essere un peso per voi, ho sempre cercato di essere discreta... ma stavolta c'è bisogno che io mi metta in mezzo. Quando Rupert se ne è andato ho deciso che non avrei mai più amato nessuno, che quella parte della mia vita era finita con lui, ma ho sbagliato. Un fantasma... un ricordo, non può consolarti quando piangi, né scaldarti il letto quando arriva la brutta stagione. Non fare i miei stessi errori, Noah, puoi continuare ad amare mia figlia anche lasciandola andare.»

Allison guardò la madre con uno sguardo tremendamente triste. Maggie indirizzò il suo al genero, Noah alla moglie, e i tre rimasero per qualche secondo sospesi in quel triangolo di commiserazione.

Maggie ruppe il silenzio, tornando a essere ruvida come suo solito. «E ora finisci la tua bistecca e poi vai a letto.»

Noah sorrise. «Lo hai detto come fossi un bambino.»

Maggie aggiunse una cucchiaiata di purè al piatto di Noah.

«Gli uomini sono tutti dei bambini.»

* * *

Noah si addormentò appena toccato il materasso. Prima di stendersi aveva aperto il portatile per Allison e lei era rimasta sola davanti allo schermo. Voleva cercare informazioni sulla nuova casa, ma non riusciva a fare altro che fissare le pareti spoglie della sua vecchia camera. Quando era piccola, a causa della carriera militare del padre, avevano cambiato città con la frequenza con cui le sue coetanee cambiavano i ragazzi, quindi quella stanza, che sarebbe dovuta essere *sua*, era assolutamente priva di qualunque personalità. Non era mai riuscita a mettere radici, fino a quando lei e Noah non erano andati a vivere insieme e avevano poi comprato la casa. Dopo essere passati per un sacco di appartamenti in affitto, era stata la prima volta che si era legata davvero a quattro mura, e quel posto l'aveva uccisa.

Si rese conto con stupore di essere nervosa. Da quando era morta le sembrava che l'essere incorporea avesse levato sostanza anche ai suoi sentimenti. Non riusciva più ad arrabbiarsi o intristirsi davvero, o almeno non come quando era viva. Reagiva nella maniera giusta quando le succedeva qualcosa, ma era una risposta istintiva che avveniva senza controllo, come quando il medico picchia il martelletto contro il ginocchio e quello scatta in alto. Anche adesso il suo senso di fastidio suonava distante come un'eco, ma doveva ammettere a sé stessa che quello che Maggie aveva detto a Noah l'aveva ferita e turbata.

Si sollevò dalla sedia. Continuava a sedersi anche se non ne aveva bisogno, per abitudine, e visto che Noah aveva chiuso la porta prima di andare a dormire, attraversò il muro della sua camera, diretta a quella della madre.

Odiava quando Maggie interferiva nel suo rapporto con Noah e aveva tutta l'intenzione di fargliela pagare.

Spuntò in corridoio e galleggiò verso il soffitto. Stava pensando di afferrare le gambe del letto della madre e scuoterle un po' per farle prendere uno spavento.

Attraversato il pavimento della camera di Maggie però si fermò di colpo.

Sua madre era appoggiata ai bordi del letto, con una cornice tra le mani, e parlava con sé stessa. Le bastarono pochi secondi per capire cosa stava succedendo e, anche se protetta dalla sua insensibilità di spettro, Allison venne investita da un'ondata di vergogna per quello che stava per fare. Se avesse potuto piangere l'avrebbe fatto. Tornò invece da Noah che dormiva profondamente e gli si stese accanto.

Lo vide rabbrividire quando gli si avvicinò.

La mattina dopo Noah si svegliò davvero riposato e si chiese da quanto tempo non gli succedeva. Maggie lo aveva costretto a ingurgitare una quantità di cibo insensata e ora, mentre riempiva la sua sacca con i vestiti profumati appena usciti dall'asciugatrice, sentiva la fortissima tentazione di fermarsi lì, prendersi una pausa e farsi coccolare dalla suocera, smettere per un po' di sballottare il suo corpo stanco da un confine all'altro della mappa del Paese.

«La famiglia da cui stiamo andando... sono tutti e due medici e sai cosa significa. I medici sono razionali e di solito cercano di dare una spiegazione logica a quello che succede loro. Hai ancora il tesserino che hai rubato a quel disinfestatore?»

Allison si era materializzata senza nemmeno degnarlo di un saluto. Era tutta la mattina che si comportava in maniera strana.

«È nel cruscotto della macchina», le rispose Noah e, cercando di farle alzare lo sguardo, scherzò «Comunque non l'ho rubato, l'ho solo preso in prestito. Un prestito di lungo corso... a tempo indeterminato si potrebbe dire.»

Allison continuò a fissarsi la punta dei piedi. Noah stava per chiederle cosa avesse, quando Maggie irruppe nella stanza dissipando il fantasma della figlia aprendo la porta.

«Tieni, ti serviranno per il viaggio», disse infilando nella mano di Noah uno spesso rotolo di banconote.

«Non posso accettarli, Maggie» rispose Noah di riflesso.

«Certo che puoi accettarli», disse Allison e subito dopo le fece eco la madre: «Li puoi accettare o puoi smetterla di venire a farmi visita. Lo so che hai finito i soldi dell'assicurazione della casa già da un po'».

«Io non ho...» provò a protestare Noah prima di essere interrotto di nuovo.

«*Io non ho voce in capitolo* è l'unico modo corretto di completare quella frase. Ti ho stretto tutti i pantaloni ieri notte.»

«Non dovevi.»

«Invece dovevo, stai diventando uno scheletro e rischiavi di rimanere in mutande. Ho anche trovato un sacco di cartacce nelle tasche dei tuoi giacconi e, prima che tu mi dia della vecchia impicciona: lo sono e non me ne vergogno. Voglio che la smetti di mangiare schifezze nei fast food e i soldi servono a quello. A comprare un pasto decente e ad alloggiare in posti dignitosi.»

Noah, un po' stordito dalla raffica di parole della suocera, aprì la mano con il rotolo di banconote e si accorse che erano tutti pezzi da cento.

«Ma quanti sono, Maggie? Sono troppi, non posso», disse scuotendo la testa, porgendole indietro i soldi.

Maggie puntò le mani contro i fianchi e trafisse con uno sguardo severo il genero.

«Noah King, sei tutta la famiglia che mi è rimasta e, visto che i tuoi genitori sono morti, io sono tutta quella che è rimasta a te. Non ho fiatato quando hai incassato i soldi dell'assicurazione e, invece di comprarti un'altra casa, hai cominciato a viaggiare. Non mi sono intromessa perché non riesco neanche a immaginare il dolore che ti ha accompagnato da quella dannata notte. Ma se non la smetti di dire sciocchezze, giuro che ti prendo a pugni.»

Noah vide gli occhi lucidi di Maggie e la vista si iniziò ad annebbiare anche a lui.

«Se devo essere sincera mi sento sola da quando se ne sono andati via tutti e sì, vorrei che rimanessi. Non capisco cosa fai in giro su quel macinino, ma me ne sto zitta. Però starò in disparte solo a patto di essere sicura che hai un tetto sulla testa e un pasto caldo nello stomaco. Quindi tieni quei dannati soldi e smettila di farmi arrabbiare.»

Noah la abbracciò senza pensarci. Quando strinse il maglione voluminoso, si accorse di come quei quattro anni avessero reso il sergente di ferro più magra, quasi fragile.

Maggie fu scossa da un breve singhiozzo, poi si staccò da lui nascondendo le lacrime in un fazzoletto.

«Negli ultimi tempi ho iniziato a fare una cosa davvero stupida, sai? Oltre a piangere come una ragazzina, intendo. Prima di andare a letto parlo con mio marito, con il piccolo Michael e soprattutto con Allie. So che non sono qui, non sono ancora rimbambita, Noah... ma ho messo delle loro foto in una cornice sul comodino e racconto loro la mia giornata.»

Maggie aveva rialzato lo sguardo e gli occhi arrossati avevano incontrato quelli di Noah. «Lo so che è una cosa senza senso, ma io sono sicura che Allie mi ascolta, sono sicura che è sempre al nostro fianco, che non è andato tutto in cenere in quella maledetta casa.»

Allison attraversò la stanza e si piazzò tra la madre in lacrime e il marito.

«Ti prego, dille che le voglio bene. Mentile, dille che siamo tutti insieme, che la guardiamo dall'alto e che sentiamo le sue preghiere», chiese a Noah, con un sussurro rotto dal pianto.

Maggie scoppiò di nuovo a piangere, questa volta senza trattenersi e Allison, se solo avesse ancora potuto, si sarebbe unita a lei.

9
Allison

2 agosto 2015

ALLISON rimase stupita dalla velocità con cui quella casa estranea divenne *casa* loro.

Le ci erano voluti ben sei mesi per sentirsi a suo agio nel vecchio appartamento di Boston, il primo che aveva preso in affitto con Noah, in cui erano rimasti per anni. Sei mesi passati a costruire faticosamente una routine, a trovare i loro spazi e la loro intimità.

Adesso invece erano trascorsi solo pochi giorni, eppure le sembrava di essere lì da sempre. Aveva imparato ad amare la luce screziata dall'ombra degli alberi che entrava dalle finestre, a riconoscere l'odore di ogni stanza e gli scricchiolii di ogni angolo del parquet.

«Quello andrà sostituito» le aveva detto precipitosamente Noah, quasi a scusarsi. Lei però non aveva fretta. Era il bello di vivere in una casa così vecchia dopotutto: bisognava entrare in confidenza e imparare ad accettare quella vecchia signora che sì, aveva un po' di acciacchi, ma custodiva anche mille storie da raccontare.

Mentre Allison si gustava quella lenta e intensa conoscenza, a Noah prudevano le mani. Allison se ne era accorta: vedeva che il marito moriva dalla voglia di rivoltare l'abitazione come un calzino.

«Un pezzetto alla volta, Noah. Voglio vivere in una casa, non in un cantiere», lo aveva minacciato lei a cena dopo che per l'ennesima volta Noah aveva cominciato a elencare la breve lista di lavori *urgenti*.

«La casa non ci sta crollando in testa, ho l'acqua calda per la mia doccia mattutina e nel mio studio non è ancora mai saltata la luce. Va bene così, possiamo affrontare la manutenzione un po' per volta.»

«E gli occhi neri della casa? Pensi di riuscire a sopportarli ancora? L'esterno sarà l'ultima cosa di cui mi occuperò.»

Allison gli sorrise. «Resisterò.»

Maggie era subito intervenuta a dar man forte alla figlia.

«Ben detto. Allison ha ragione. Se ti metti a smontare tutto potrebbe essere pericoloso per Michael. Sai, con questa brutta abitudine che ha di nascondersi.» Il consiglio non richiesto della suocera fu accompagnato da una generosa dose di purè di patate con piselli. Noah rispose con un'occhiata esasperata ad Allison che voleva solo dire *quando torna a casa sua, tua madre*?

«Piuttosto, questo nuovo incarico? Allison mi ha accennato qualcosa» gli chiese brusca Maggie mentre si lasciava cadere sulla sedia.

Michael, indisturbato, aveva infilato un paio di dinosauri nel purè di patate e stava creando una fila di piselli sul tavolo.

«Noah ha preso un grosso progetto a Portland. Dovrà ristrutturare tutti gli uffici del comune», disse Allison raggiante.

Maggie si voltò e guardò Noah un po' sorpresa.

«Cosa c'è, Maggie? Stupita?» chiese Noah divertito.

Maggie arrossì, conscia di essersi mostrata un po' troppo stupefatta.

«Ma figurati, Noah. So che sei bravo nel tuo lavoro», si complimentò la suocera, cercando di essere il più spontanea possibile.

«Grazie, lo apprezzo molto», rispose Noah, sinceramente contento, sfilando i dinosauri dal piatto di Michael.

«Quand'è che inizierai?» chiese Allison. Si era allungata verso il figlio e gli aveva rimesso la fila di piselli verdi nel piatto.

«Fra un paio di settimane. I ragazzi mi raggiungono tra poco. Dovrò anche cercarne un paio da assumere, magari direttamente lì sul posto.»

«I 'ragazzi' sono i tuoi vecchi collaboratori?» chiese Maggie.

«Squadra vincente non si cambia», rispose Noah con entusiasmo.

«Squadra vincente!» urlò Michael lanciando un cucchiaio di piselli in aria.

Poco più tardi i piatti erano stati lavati, i pochi avanzi del cibo erano stati messi via, Michael aveva bagnato lo spazzolino e annunciato a tutti che si era lavato i denti *per davvero* ed era stato messo a letto da Noah, con tanto di check anti mostro sotto al letto e dentro l'armadio a muro.

Maggie si era ritirata nella camera degli ospiti augurando a tutti una buonanotte, complimentandosi ancora, forse questa volta con un po' troppa foga, con Noah, che comunque gradì il gesto. Allison si chiuse nel suo nuovo studio a buttare giù un bozzetto. Durante la cena, mentre osservava i dinosauri nel purè di patate, aveva avuto un'idea per un layout che avrebbe potuto usare per l'illustrazione che doveva consegnare a fine mese a un editore.

Il suo lavoro era uno dei motivi per cui aveva potuto accettare di trasferirsi così su due piedi. Era un'illustratrice freelance, come tutti i suoi colleghi, si occupava un po' di tutto: copertine, libri illustrati per bambini, locandine pubblicitarie. Tutto quello su cui riusciva a mettere le mani. Noah aveva sempre detto, soprattutto quando era incinta di Michael, che poteva rallentare quando voleva, scegliersi i progetti migliori e rifiutare quelli che non la convincevano, «tanto i soldi non ci mancano» le ripeteva in continuazione, ma Allison era testarda. Voleva seguire la propria passione, faticare e crearsi una carriera tutta sua, passo dopo passo. Voleva avere il suo conto in banca – anche se sapeva benissimo che tutti i suoi risparmi, escluse le spese in comune con Noah per la casa, le bollette e la spesa, sarebbero finiti nei fondi per il college di Michael – e sentirsi indipendente. Le piaceva sapere di poter entrare in un negozio e comprarsi ciò che voleva senza dover fare i conti con i sensi di colpa per aver speso i soldi di Noah, cosa con cui sua madre aveva sempre convissuto. Era suo padre a portare lo stipendio a casa anche se Maggie non poteva certo essere accusata di starsene con le mani in mano.

Allison aveva srotolato della carta da spolvero e l'aveva stesa sul tecnigrafo. Lo aveva posizionato accanto alla grande finestra del suo studio. La stanza affacciava a oriente, così finiva per essere illuminata tutta la giornata. Era sicura che, sì, adesso che era estate avrebbe sofferto il caldo, ma durante i mesi invernali avrebbe ringraziato per tutta quella luce e quel calore.

Armata di taglierino, cominciò a fare la punta alla matita. Durante il trasloco aveva perso quello sottile che di solito usava e adesso si destreggiava con quello universale, un po' troppo grande e scomodo per essere maneggiato con precisione.

Corrucciò le sopracciglia e si passò la matita tra le dita, facendola dondolare. Era il suo rituale mentre focalizzava nella mente lo schizzo.

Appena poggiò la punta sulla carta venne investita da un olezzo nauseabondo.

Le si chiuse la gola ed ebbe un conato di vomito che la fece tossire. Si tappò la bocca e il naso con le mani, guardandosi sconvolta attorno.

Cosa poteva emanare un tale fetore?

Sembra quasi... odore di carne marcia, pensò con orrore.

Si alzò di scatto, disgustata, come se lo sgabello scottasse e si guardò febbrilmente attorno.

Il fetore aveva riempito la stanza così velocemente che Allison non riusciva a individuarne l'origine. Era così forte, così acre e pungente, che presto venne investita da un nuovo conato che la costrinse a piegarsi su sé stessa. Deglutì a vuoto più volte, cercando di controllarsi.

Appena l'ondata di nausea passò, iniziò a ispezionare il pavimento, aspettandosi di trovare da un momento all'altro il cadavere di qualche animale che aveva deciso di scegliere proprio il suo studio per morire.

Setacciò tutta la stanza senza fare nessuna spiacevole scoperta. Facendosi coraggio, controllò anche nell'angolo della stanza dove aveva accatastato degli scatoloni con robaccia pubblicitaria e vecchi lavori, ma niente, non trovò nulla.

Più i secondi passavano e più la puzza si faceva forte, e con il cattivo odore aumentavano anche la nausea e il mal di testa.

Allison stava per chiamare Noah per farsi aiutare, quando sentì qualcosa. All'inizio le sembrarono dei passi in lontananza, pensò fosse Michael che correva al piano di sopra, proprio all'altezza della sua testa, a piedi scalzi.

Minuscoli passetti che si susseguivano leggeri e veloci.

Poi, i passi si spostarono dentro il muro, fulminei, quasi innaturali.

Allison rimase immobile, raggelata, la mano ancora stretta sul viso a coprire bocca e naso.

Qualcosa si abbatté con uno schianto contro il muro, all'improvviso. Il rumore fu così forte che fece vibrare la stanza e ad Allison scappò un urlo strozzato.

Sentì un pizzicore doloroso sotto le ascelle. Un'iniezione di adrenalina dovuta all'improvvisa paura.

Rimase immobile, incapace di muovere anche solo un muscolo, mentre i colpi si susseguivano, sempre di più, sempre più forti. Si facevano eco a vicenda. Sembrava quasi che qualcuno stesse battendo disperato dall'interno delle mura di casa.

Così come erano iniziati, i colpi cessarono all'improvviso.

Quando il silenzio tornò a regnare nella stanza, Allison trovò la forza di infrangere l'incantesimo che la teneva con i piedi ben piantati sul pavimento e corse via dalla stanza, terrorizzata, salendo gli scalini a tre alla volta, precipitandosi nella camera da letto. Non aveva la più pallida idea di cosa fosse quella puzza, di chi fossero i passi o chi – o *cosa* – stesse cercando di fuggire da dentro il muro, ma non aveva la minima intenzione di scoprirlo.

Noah era sdraiato in boxer sopra le lenzuola e stava leggendo un libro, illuminato dalla luce della lampada del comodino.

«Già finito? Hai fatto presto», le chiese quando Allison entrò come una furia nella stanza. Poi, vedendola così sconvolta, lasciò il libro e si alzò per andarle incontro.

«Allison, che succede?» le chiese mentre le prendeva il viso tra le mani.

Allison, tremando come una foglia, scosse la testa, deglutendo più volte, senza riuscire a trovare la forza di parlare.

«È Michael? Sta bene?» chiese Noah preoccupato, già pronto a correre nella camera del figlio.

Allison venne travolta dal ricordo dell'incidente con Michael.

Rivide la sua mano stringersi attorno al braccio bianco del figlio, i segni rossi della sua presa sulla pelle pallida del bambino...

Una fuga momentanea da sé stessa.

Scosse con forza la testa, per scrollarseli di dosso una volta per tutte quei pensieri insistenti.

«Michael sta bene. È... è successo qualcosa di strano nello studio. All'improvviso... un odore infernale, come di carne marcia e poi...» Allison balbettava come una bambina. Noah la guardava preoccupato, accarezzandole il volto, mentre lei cercava di trovare le parole per descrivere cosa aveva appena visto e, soprattutto, sentito.

«Un odore 'infernale'?»

Allison annuì con forza e gli descrisse la puzza nel dettaglio.

Noah le sorrise con dolcezza, accarezzandola ancora, mentre ascoltava il suo racconto confuso.

«Non ti preoccupare, amore, penso che sia solo qualche bestiola morta nelle vicinanze che ha deciso di omaggiarti con il suo olezzo. Purtroppo è una cosa che capita quando si abita in campagna. Adesso controlliamo.»

Noah la baciò sulla fronte e poi la strinse. Allison si aggrappò alle spalle del marito, improvvisamente sfinita, sconvolta dalla paura provata poco prima. Si lasciò scappare un singhiozzo e Noah la prese per le spalle, per guardarla meglio.

«Allie, non starai mica piangendo?»

Lei scosse la testa, cercando di negare la presenza delle lacrime che avevano fatto capolino agli angoli degli occhi.

«Devi davvero essere sconvolta se non mi correggi neanche, *Allie*», le disse con un sorriso, mettendole i capelli dietro le orecchie.

Lei scoppiò a ridere mentre si asciugava gli occhi imbarazzata.

«È che mi è sembrato di sentire... dei passi», confessò, sentendosi molto stupida. Adesso che era lì con Noah le sembrava tutto così sciocco e irreale, e la paura che l'aveva attanagliata nello studio, così puerile.

«Dei passi?» chiese lui, aggrottando le sopracciglia.

Allison annuì. «E anche dei tonfi? Erano davvero forti, come se qualcuno stesse battendo dentro al muro. Mi è sembrato che tremasse tutta la stanza.»

«*Qualcuno*?» chiese Noah, e Allison si vergognò di nuovo quando sentì il tono scettico con cui lo chiedeva.

«O *qualcosa*. Non so che cosa fosse, ma i colpi erano davvero forti, Noah.»

Allison si avvicinò al muro e lo colpì con la mano aperta.

«Erano tipo così!»

«Ssh! Sveglierai Michael, o peggio, tua madre!» Noah le prese la mano e la guardò serio, poi le sue labbra si distesero in un sorriso quasi canzonatorio.

«Pensi forse che la casa sia infestata?»

«Santo Cielo, non penso che la casa sia infestata, Noah! Dico solo che qualcosa ha fatto un casino terribile dentro ai muri!» gli rispose spazientita, sentendosi le guance avvampare.

«E cosa può esser stato a fare quel rumore?» la punzecchiò ancora.

Allison sospirò, esasperata.

«Non ne ho idea, per questo ti ho chiamato! So solo che c'era un odore orribile e poi tutti quei tonfi... stavo morendo di paura!»

Noah sorrise di nuovo, abbracciandola stretta.

«Se vuoi la mia opinione da esperto, posso assicurarti che la casa non è infestata, ma devo darti comunque una pessima notizia: è probabile che abbiamo degli inquilini abusivi a casa.»

«Cioè?» chiese lei confusa.

«Topi.»

Allison rabbrividì e fissò spaventata Noah.

«Topi?» chiese inorridita.

Noah annuì. «Topi. Ma guarda il lato positivo: nessun fantasma.»

Noah la prese per mano e la accompagnò giù per le scale.

«Non ho pensato a un fantasma neanche per un istante.» protestò lei.

Noah ridacchiò e la guardò sornione.

«Ti conosco come le mie tasche, amore, so perfettamente che hai pensato di essere vittima di un'intrusione soprannaturale. Fifona che non sei altro.»

Lei rimase in silenzio, senza controbattere.

Ho sentito qualcosa però, pensò, e un brivido le attraversò la schiena, e non sono sicura che fossero topi.

Entrarono nello studio e il viso di Noah si contrasse in un'espressione disgustata.

«Sì, confermo. Qualcosa è morto qui dentro.»

Allison lo seguì, tenendolo ancora per mano, entrando nella stanza dietro di lui.

Con gran sorpresa, scoprì che l'odore si era affievolito. Certo, era ancora nauseabondo, ma non era niente al confronto dell'odore di marcio e di putrefazione che l'aveva investita poco prima.

Noah ispezionò con attenzione la stanza, per poi fermarsi davanti a una piccola grata argentata nel muro a cui Allison, durante la sua prima ispezione, non aveva fatto caso.

«Aspettami un attimo qui, torno subito.»

Noah la lasciò sola. Allison si sedette sul suo sgabello, i piedi tirati su e le ginocchia strette al petto, ubbidiente e in attesa.

Lo studio era immerso nel silenzio.

Allison si massaggiò gli occhi.

Stai chiaramente esagerando. E ti stai comportando in maniera completamente irrazionale si rimproverò.

Con insistenza, le tornò in mente l'incidente di Michael.

Perché gli ho stretto il braccio così forte?

Ripensò ai tonfi, ai passi veloci che sciamavano sopra alla sua testa e, per un attimo, non riuscì a impedirsi di rabbrividire ancora.

Noah tornò poco dopo con la cintura degli attrezzi appoggiata a una spalla. Si accucciò davanti alla grata, ancora in boxer e scalzo – per quanto Allison insistesse, il marito sembrava essere allergico alle scarpe –, e si mise ad armeggiare con un cacciavite.

Le quattro viti vennero via facilmente, mentre la grata sembrava essere cementata alla parete. Con un po' di forza, Noah riuscì a infilare la punta del cacciavite in una fessura, e spinse, usando l'attrezzo come leva.

Appena la grata venne via con un «clack» metallico, Noah gemette disgustato, nascondendo la bocca e il naso nella piega del gomito.

«Maledizione», esclamò sorpreso, scattando in piedi come se fosse stato punto da qualcosa.

Allison scese timorosa dallo sgabello e si avvicinò, sempre tenendosi a debita distanza, nascondendosi dietro a Noah. Sbirciò da sopra la spalla del marito e, di nuovo, si sentì male.

Dal buco nel muro dove era fissata la grata, sporgeva appena la pelliccia decomposta di qualche animale. La carne in decomposizione brulicava di larve che si contorcevano, cibandosi della carcassa. Anche a quella distanza poteva scorgere i vermi lattiginosi muoversi affannosamente in mezzo ai peli.

Chiuse gli occhi, cercando di cancellare dalla mente ciò che aveva appena visto, ma era sicura che l'immagine si sarebbe gentilmente riproposta a colazione la mattina dopo.

«Topi. È davvero una sfortuna avere sempre ragione. Un fantasma sarebbe stato meno disgustoso», scherzò Noah. Si abbassò a controllare ancora l'apertura del buco e scosse la testa.

«Non ti preoccupare. Adesso prendo dei guanti, una busta dell'immondizia e lo faccio sparire. Domani ci preoccuperemo di pulire tutto per bene, e vedrò anche di piazzare delle trappole. Credo che questa grata porti direttamente al solaio.»

Allison si allontanò e tornò a sedersi sul suo sgabello.

«Perché c'è un passaggio simile nel muro?» chiese rabbrividendo.

Noah alzò le spalle.

«Bella domanda. Non ne capisco l'utilità», disse con un sorriso.

Si avvicinò alla moglie e le baciò la fronte.

«Mistero svelato. Nessuna 'presenza', solo un roditore morto che probabilmente è rotolato nell'intercapedine del muro per schiantarsi qui nel tuo studio.»

Allison abbracciò il marito, annuendo piano.

Avrebbe rinchiuso il ricordo di quella paura orribile provata poco prima, dell'innaturale odore di morte nella stanza, dei passi e dei tonfi assordanti, in un luogo nascosto della sua memoria, per continuare a sentirsi protetta, al sicuro a casa sua.

Casa.

Dopotutto, erano solo topi.

10
Noah

20 dicembre 2019

Non era stato difficile convincere i Price a lasciargli la casa per la «disinfestazione». Sia Laura che Trevis Price sapevano benissimo che non erano dei topi a produrre i rumori che li svegliavano in piena notte o a spostare i mobili in salotto, ma avevano scelto di credere al tesserino spiegazzato di Noah e a quella confortante bugia. Era più facile che ammettere che la casa in cui avevano appena investito i risparmi di una vita fosse infestata.

A convincerli era stato soprattutto il tono calmo con cui Noah aveva descritto tutti gli strani fenomeni che erano avvenuti in casa nelle ultime settimane, dando a ognuno una spiegazione più che logica. Si erano fidati della loro premurosa e provvidenziale agenzia immobiliare, che lo aveva mandato a controllare dopo una segnalazione da parte degli ex inquilini, così scrupolosi, che si erano resi conto solo adesso di aver omesso di segnalare l'infestazione, ma che si offrivano di pagare per quella dimenticanza.

Avevano creduto a tutto quello che aveva detto perché volevano con tutte le loro forze che la verità dietro alle loro spaventose notti insonni fosse semplice, addirittura un po' banale. Ci avevano creduto perché era evidente che Noah capiva il loro sconforto e, in effetti, era così.

Ogni volta che entrava in una di quelle case, sentiva acuirsi il dolore che da anni provava a medicare e che, puntualmente, tornava. Era come un bambino che alzava una crosta sul ginocchio con l'unghia, scoprendo la carne viva, rossa e brillante.

Si sedette a terra nell'ingresso, si sfilò l'anonima tuta da lavoro grigia, che portava sopra alla camicia a quadri e i jeans, e saltellò su un piede verso il salone cercando di sfilarsi uno degli scarponi.

«Ancora quell'idiozia di stare scalzo per sentire la casa?»

«Scusa, ma ti dico forse come fluttuare e aleggiare e fare tutte quelle altre cose da fantasma?»

«È che non mi pare fosse andata molto bene recentemente. O me lo ricordo solo io quel piede insanguinato? Ma poi scusa, cosa sono queste altre *cose da fantasma* che faccio?»

«Che ne dici di smetterla di discutere e andare a fare...»

«Le mie cose da fantasma?» lo interruppe Allison.

«Esatto. E questa volta sarebbe meglio se riuscissi a intavolare una trattativa meno bellicosa dell'ultima volta.»

Noah sfilò anche il secondo scarponcino Timberland e si accomodò a gambe incrociate su un tappeto nel salone.

«Siamo più o meno nel centro della casa? Puoi raggiungere tutte le stanze?»

La risposta di Allison non le uscì mai dalle labbra. Una vecchia signora attraversò la parete sud del salone e si diresse verso i due con una calma serafica, sorridendo.

«La vedi anche tu?» chiese Allison a Noah.

«La vedo.»

«E io vi sento», disse la donna con un sorriso che sarebbe sembrato cordiale, se non si fosse aperto solo su metà del viso. La carne della guancia sinistra penzolava contro una serie di molari ridotti in schegge. Parte della mandibola era saltata via e solo un moncone rimaneva aggrappato a stiracchiate fasce muscolari che lo collegavano allo zigomo.

«Mi spiace che il mio viso sia una distrazione, cercherò di stare di profilo se vi dà fastidio.»

Allison e Noah guardavano la donna esterrefatti.

«Posso chiedervi cosa ci fate in questa casa e perché lei riesce a vedermi e a sentirmi?» chiese la donna mettendosi di profilo, come aveva promesso, e fissando Noah con l'occhio sano. «Solitamente i vivi ci riescono a vedere solo dopo aver passato molto tempo in questo posto.»

Allison si riscosse dalla sorpresa prima del marito e, continuando a fissare la donna, rispose: «Ci capita di incontrare spiriti pacifici, ma lei è il fantasma più controllato con cui abbiamo mai parlato».

«Anche lei mi sembra in grado di avere una conversazione civile, cara», rispose la signora.

«Io e mio marito siamo legati, come lei è legata a questa casa... ma la nostra convivenza è meno frustrante per me considerato che non sono imprigionata tra quattro mura.»

«E questo spiega come fa suo marito a vederci e a sentirci sebbene sia ancora tra i vivi. Anche se inizio a dubitare lo sia davvero. Sa fare altro oltre starsene a bocca aperta?»

Noah richiuse la bocca, improvvisamente cosciente di quanto dovesse sembrare stupido e la riaprì con l'intenzione di rispondere, ma Allison lo precedette.

«Ho la brutta abitudine di parlare troppo, lui è quello riflessivo della coppia. Siamo Allison e Noah King. Ci spiace se non ci siamo presentati, ma solitamente veniamo accolti da grida strazianti e mobili lanciati attraverso le stanze. Tanta gentilezza ci ha lasciati un po' disorientati.»

«Non sono mai stata particolarmente iraconda, ma se volete posso ribaltare quel tavolinetto!» disse la donna indicandone uno su cui stava poggiato un ridicolo abat-jour a forma di cigno: «Ho sempre detestato quella lampada».

Noah e Allison scoppiarono a ridere e Noah sentì la presa del grumo nero di disperazione che gli si era aggrappato al cuore, allentarsi per un attimo.

Il fantasma della signora raccontò loro che si chiamava Violet, che non sapeva da quanto tempo era intrappolata lì dentro e che aveva sempre cercato di portare ordine nel gruppo di fantasmi prigionieri nella casa.

«Quando ero viva ero una maestra elementare e da morta ho scoperto che ragionare con un fantasma non è poi tanto diverso dal parlare con un ragazzino di sette anni», disse mentre saliva le scale, diretta al primo piano.

Noah e Allison la seguivano, incantati dalla sua calma e compostezza.

«Purtroppo, nell'ultimo periodo è giunta da noi un'anima davvero molto tormentata e non sono riuscita a riportarla alla ragione come invece ho fatto con *gli altri*. Abbiamo avuto qualche problema a gestire i suoi umori e per colpa della sua rabbia i Price hanno vissuto un paio di brutte nottate.»

«Forse noi possiamo aiutarvi», si intromise Allison «Siamo qui per spezzare il vincolo che vi lega alla casa. È stato impresso un sigillo qui, da qualche parte sulle mura della casa. Il simbolo di solito viene impresso su un muro portante e attira le anime dei morti come fa la luce con gli insetti. Mi spiace, ma non mi viene in mente una metafora più gentile. Una volta che avete attraversato la gabbia formata dalle mura di casa, siete intrappolati per sempre. Noi però possiamo rompere il simbolo e liberarvi.»

Violet si girò verso la coppia e con un sorriso stanco disse: «Ho pregato per qualcosa del genere per quelli che sono sembrati secoli. Vi daremo una mano a trovare il simbolo, ma prima devo spiegare la situazione agli altri abitanti della casa e forse è meglio che vediate con i vostri occhi il nostro... problema».

L'anziana indicò a Noah una corda che pendeva dal soffitto. Lui la tirò e la botola che portava alla soffitta si aprì con uno scricchiolio. Le scalette che conducevano di sopra erano immerse nel buio, e cigolarono sotto al suo peso mentre le saliva.

Ci volle un po' perché gli occhi di Noah si abituassero, ma dopo qualche secondo, il profilo di un gruppo di figure lattiginose si iniziò a delineare nell'ombra del sottotetto.

Al centro della soffitta, trattenuto da quattro spiriti fumosi, un quinto fantasma, più grande e scuro degli altri, con la pelle del viso scorticata da terribili bruciature e la bocca digrignata in un sorriso folle, si agitava come un forsennato tentando di liberarsi. Sembrava essere molto più reale di tutti gli altri, quasi come se avesse ancora un corpo.

«È tornata la mamma, ragazzi. Lasciate che io la abbracci.» Il fantasma dell'uomo ammiccò verso Noah, e gridò: «Hai portato un altro umano da terrorizzare, mammina?»

Violet gli si avvicinò lentamente. «Ti ricordo per l'ennesima volta che sei un umano anche tu, Roger. E dovresti provare a comportarti come tale.»

La creatura emise una risata animalesca e la bocca si riaprì in un sorriso costellato da denti rotti. A differenza di quello che aveva detto Violet, non sembrava esserci rimasto molto di umano in lui.

Uno dei fantasmi che tratteneva Roger si rivolse alla donna che li guidava con aria supplicante e una voce che suonava lontana ed evanescente quanto il suo proprietario.

«Non riusciamo più a trattenerlo, Violet.»

Noah si intromise nella discussione: «Noi possiamo esservi utili». E poi rivolto a Violet: «Come ti stavamo dicendo, in questa casa c'è un simbolo intagliato in un'asse del tetto o inciso in uno dei piloni portanti. Non è mai nello stesso posto, ma ha sempre lo stesso scopo. Aiutateci a trovarlo e Roger non sarà più un problema».

Violet guardò Noah speranzosa, ma anche confusa. «Non ho mai visto nulla del genere e sono rinchiusa qui dentro da... molto tempo.»

Allison si intromise: «Spesso il simbolo è nascosto, sotto la carta da parati, all'interno di una cavità nel muro, ma noi fantasmi lo sentiamo. C'è una parte della casa che vi mette i brividi? Che vi fa sentire a disagio, ma che allo stesso tempo vi attira? È la stessa sensazione che si prova passando accanto a un incidente, non vuoi guardare perché sai che la vista sarà orribile, ma non puoi fare a meno di voltare la testa».

Violet rifletté per qualche secondo, mentre Roger prorompeva in una scarica di insulti e continuava a divincolarsi nell'abbraccio dei suoi lattiginosi custodi. La calma e la serenità con cui il fantasma della vecchia signora riusciva ad astrarsi da quel fiume di bestemmie, erano sovrumane.

«Forse ho capito», disse alla fine Violet con un sorriso inquietante che mostrava un'intera fila di denti fino ai molari sul fondo della bocca «Nella cucina c'è una vecchia stufa. A volte sembra che mi si rizzino i capelli in testa quando ci passo accanto. So che non ho più dei veri capelli, ma la sensazione è quella.»

«Potrebbe essere quello che cerchiamo», annuì Noah.

La soffitta venne percorsa da mormorii entusiasti, le figure pallide che l'affollavano voltarono gli sguardi vuoti verso Noah speranzosi. L'unico che sembrava interessato a essere liberato era Roger, che colpì uno dei suoi carcerieri e cercò di divincolarsi dalla loro presa mentre prometteva a Noah di strappargli la pelle dalla faccia.

«Diventerai carino come me!» gridò mentre Violet li guidava ancora una volta al piano di sotto.

«Credo abbia sofferto molto quando è trapassato. Penso che parte di quella sofferenza ci rimanga dentro anche da morti. Sebbene gli altri nostri sentimenti si annebbino, sembra che la rabbia non svanisca», disse Violet, guidandoli attraverso l'entrata della cucina.

Noah lanciò un'occhiata alla moglie e per la prima volta si chiese cosa provasse lei.

La vecchia stufa troneggiava nera al centro della cucina, il resto dell'arredamento era moderno, con qualche richiamo a quell'elemento originale. Nessun inquilino sano di mente si sbarazzerebbe di un pezzo tanto bello. Un nascondiglio perfetto, pensò Noah con interesse professionale.

Si piegò sulle ginocchia e si accucciò per guardare sotto ai quattro piedini che sorreggevano l'imponente stufa in ferro.

«È qui sotto», confermò, rialzandosi. Lo aveva scorto chiaramente, ma anche senza affidarsi alla vista avrebbe riconosciuto il suo «pulsare» senza alcuna fatica.

Uscì dalla stanza e tornò con la cassetta degli attrezzi.

«Sta sulla parete dietro la stufa, facendo un po' di contorsionismo, potrei raggiungere il simbolo e rompere con martello e scalpello il muro su cui è inciso.»

Si voltò a sorridere rassicurante verso Violet.

«Tra un minuto sarete tutti liberi.»

Il viso del fantasma della donna invece di distendersi in un'espressione di sollievo, come si sarebbe aspettato Noah, mutò in una maschera di paura.

«La prego, aspetti!» gridò con voce strozzata.

Noah la guardò sorpreso. Allison si frappose tra lui e la donna con fare protettivo.

«Scusate. Non volevo gridare, ma prima di rompere il sigillo vorrei sapere», disse la donna cercando di riprendere la sua compostezza «Vorrei sapere cosa ci succederà... dopo.»

Noah poté quasi percepire la tensione allentarsi nello spirito di Allison.

«Non lo sappiamo. Non sono mai stata libera... immagino solo che si vaghi privi di coscienza per il mondo. Oppure smettiamo semplicemente di esistere. Io non sono credente, ma mio marito ha delle teorie decisamente più romantiche delle mie.»

Noah si mise a sedere e si passò una mano sul viso, cercando le parole giuste.

«Alcuni dei fantasmi che abbiamo incontrato avevano smesso di ricordare chi erano in vita. Solitamente sono anche il tipo più pacifico che incontriamo, praticamente innocui. Credo che lo stato in cui vi troviate sia solo una forma passeggera... ma i simboli e le case in cui vengono impressi, la 'prigione' in cui vi trovate adesso, pervertono l'ordine naturale delle cose e vi costringono a riottenere coscienza in maniera violenta; il processo, proprio perché innaturale, è straziante. Sono sicuro che le anime siano destinate a una nuova vita una volta che hanno abbandonato tutti i loro ricordi terreni. Una specie di reincarnazione.»

«Oppure si spengono le luci e buonanotte. Nessuno di noi può sapere davvero cosa succede», disse Allison, alzando le spalle «Ma so cosa si prova a esser bloccati qui da quei marchi e non posso credere che ci aspetti qualcosa di peggio.»

Noah guardò la moglie con espressione ferita e lei abbassò gli occhi.

Violet stette in silenzio per un momento, assorbendo quella notizia, indecisa se credere al cinismo di Allison o alla spiegazione confortante di Noah.

«Se c'è la possibilità che io adesso sparisca per sempre... ho bisogno che facciate una cosa per me», disse scossa.

«Sono cresciuta con l'esempio dei miei genitori. Erano molto innamorati e sono stati l'uno accanto all'altra fino all'ultimo. Il cuore di mio padre non ha retto alla morte della moglie. Ho sempre pensato che essere cresciuta in una famiglia tanto unita sia stata la mia più grande fortuna e volevo che fosse lo stesso per mia figlia quando è nata. Io e Sam, mio marito, saremmo stati il suo esempio di amore sconfinato. A volte stupisce quanto ci si possa illudere nel tentativo di far aderire la realtà ai propri sogni.» Violet si interruppe per un momento, lo sguardo perso alla ricerca di un ricordo lontano.

«Io e Sam ci siamo sposati tardi, i miei erano appena venuti a mancare e io avevo un gran bisogno di tornare nell'abbraccio di una famiglia. Sarah, mia figlia, è stata concepita in luna di miele. I primi quattro anni di matrimonio sono stati perfetti, sembravamo partoriti da un melenso pubblicitario che ha avuto il compito di vendere la famiglia americana modello: casa in periferia, giardino sul retro e uno steccato di un bianco abbagliante. Al quinto compleanno di Sarah ho beccato Sam in atteggiamenti un po' troppo... *intimi* con la nostra baby-sitter sul retro del capanno degli attrezzi. Il mio mondo idilliaco è andato in pezzi e, una volta tolto quel velo che avevo piazzato sulla mia vita, ho scoperto che, proprio come in uno spot sulla famiglia americana modello, era tutto finto. Erano anni che Sam mi tradiva e quando l'ho affrontato mi ha vomitato addosso tutto il suo disprezzo per il *mondo* che avevamo costruito insieme. Si sentiva *prigioniero dei miei sogni*, costretto a vivere una menzogna. Non aveva mai voluto sposarsi e mai avrebbe voluto un bambino da me. Il giorno dopo la nostra litigata, ha fatto i bagagli ed è sparito per sempre.»

«Ho passato l'anno successivo a scoprire la lunga lista delle sue scappatelle e dei suoi creditori. Sam sommergeva le sue amanti di regali costosi. La cosa è ironica se penso che mi compravo e mi incartavo i miei regali di compleanno da sola, sempre attenta a spendere il minimo indispensabile. Ho smesso di uscire, di lavarmi, di andare al lavoro... ho iniziato a bere, ma soprattutto ho lasciato sola mia figlia. Questo è il rimpianto più grande della mia vita. I frammenti del mio sogno infranto mi si sono piantati nel cuore e ho smesso di essere capace di amare.»

Violet si interruppe, apparentemente incapace di continuare e

Allison le si avvicinò passandole un braccio attorno alle spalle in un gesto che, nella loro condizione, perdeva molto del suo significato.

«Mi spiace, Violet.»

«Non devi dispiacerti, non merito la compassione di nessuno. Questo me lo sono fatto io, mi sono piantata una pallottola nel cranio», gridò indicando il cratere di carne che le sfigurava il viso e guardando entrambi i King negli occhi, senza nascondere la ferita. «Ho scelto la via più facile. Non sono stata meno vigliacca di Sam, sono scappata fregandomene di quello che sarebbe successo a Sarah.» Il fantasma della donna tremò appena, poi si fece di nuovo vivido.

«Vi prego, vorrei che la trovaste e le diceste che la amavo, che mi dispiace per quello che ho fatto. Il suo nome è Sarah Paulson, vivevamo a North Folk, nell'Idaho.»

Noah annuì, stringendo gli attrezzi tra le mani.

«Lo faremo, Violet, troveremo Sarah e la saluteremo per te, le diremo che era la cosa più preziosa per te, ma sono sicuro che lei lo sappia già...»

Un grido animalesco rimbombò per tutta la casa, scuotendola. Noah sentì i capelli sollevarglisi sulla nuca. Il fantasma di Roger attraversò la parete alle sue spalle urlando.

«Ti ammazzo, dannata stronza!»

Il fantasma investì in pieno Allison, scaraventandola dall'altro lato della cucina e avventandosi su Violet.

«Finirò quello che hai iniziato da sola, ti strapperò la faccia!»

Allison bloccò il pugno di Roger prima che calasse ancora contro il viso della donna.

«Lasciala stare», disse Allison piegando all'indietro il braccio del fantasma: «Non so se sono in grado di farti davvero del male, ma lo stiamo per scoprire».

Noah fissava attonito e impotente la scena.

Il fantasma di sua moglie brillava di una luce accecante, irradiava persino calore nella stanza. Si sentì accaldato anche lui, il sudore gli imperlava la fronte, le ginocchia parevano fatte di gelatina. Ebbe la sensazione che il pavimento della cucina gli stesse correndo incontro.

Solo quando tutto divenne nero si accorse che stava svenendo.

11
Allison

10 agosto 2015

Il corridoio dell'ospedale era illuminato da una tenue luce rossastra. C'era uno strano odore nell'aria.

Allison non riusciva a capire quale fosse il problema, ma *sapeva* che c'era qualcosa che non andava.

Conosci questo odore. Lo conosci bene.

No.

Odore di fiamme. Odore di carne bruciata.

No, non lo conosco.

È odore di medicinali. È odore di vecchiaia. Di pelle vecchia.

Sì, lo so.

È odore di morte.

Non voglio vedere ancora. Non di nuovo, ti prego.

Basta fare i capricci.

Allison scosse la testa con forza. Perché doveva rivivere tutto quanto di nuovo? Voleva solo scappare.

Si era liberata di quei ricordi. Era stato difficile. Così difficile.

Li aveva chiusi in una scatolina piccola e scura. Aveva richiuso quella scatolina in un'altra scatola e la scatola in un'altra scatola ancora. E poi l'aveva sotterrata, in profondità. Aveva sepolto tutto e adesso era libera... o almeno così credeva.

«Allison.»

Qualcuno la stava chiamando.

Lui l'aveva chiamata.

Allison si portò entrambe le mani alle orecchie, come una bambina che vuole proteggersi dal rombo spaventoso di un tuono.

Meglio fingersi sorda.

In fondo al corridoio adesso Allison poteva scorgere il fuoco. Le lingue arancioni si alzavano vive e ardenti, pronte a far festa – *a farle la festa* – avviluppando nel loro morso mortale le sedie di legno dell'attesa e una stampa della Vergine Maria con il Bambino.

Allison guardò stupita le fiamme. Erano estranee a quella scena. Non dovevano esserci. Era la prima volta che le vedeva.

Dopotutto non c'era nessun incendio in ospedale il giorno in cui suo padre morì.

«Allison.» La voce morente la chiamò ancora.

Proveniva dalla stanza 23.

Si girò, dando le spalle al fuoco e si toccò la pancia. Era incinta di Michael. Vi si aggrappò con tutte le sue forze, come se la vita dentro di lei fosse la sua unica salvezza.

Ti prego, Michael, ho troppa paura.

La porta della stanza numero 23 era aperta, e Allison entrò, sapendo di non potersi sottrarre allo scorrere del sogno.

«Allison...»

Lo vide.

Si trovava nell'esatto punto della stanza in cui lo aveva visto l'ultima volta. Steso nel letto, sommerso da un intricato groviglio di tubi, fili, cannule e flebo, c'era sua padre. O almeno quello che rimaneva di lui.

Il cancro lo aveva divorato, e dell'uomo alto quasi due metri, che pesava un centinaio di chili e che da bambina la sollevava facendola volteggiare in aria, era rimasto un mucchietto di ossa del peso di un uccellino. La pelle si era tesa sul cranio, le mani, chiazzate da lividi blu e neri, erano un insieme di falangi avvolte da un sottilissimo strato di pelle, che al minimo sforzo si apriva in dolorose ferite che non la smettevano più di sanguinare.

«Allison...» gorgogliò il padre.

Sembrava che stesse annegando.

È così. Ha i polmoni pieni di acqua.

Sta morendo affogato.

Allison si costrinse a fare un passo avanti, le mani ancora serrate sul pancione.

Quando suo padre morì aspettava Michael da ventisette settimane. Sapere che non avrebbe mai conosciuto suo nipote sarebbe stato per sempre il suo rimpianto più grande.

Sono qui. Avanti. Dillo. È facile. Apri la bocca e parla, cazzo!

Allison rimase in piedi, minuscola e spaventata, incapace di proferire parola.

Anche se non le vedeva, adesso Allison sapeva che le fiamme stavano arrivando. Sentiva il calore sulla nuca, lo sentiva mentre le lambiva le caviglie.

«Allison... devi andartene...» disse suo padre mentre annegava.

Lei lo fissò, non capendo.

«Non sono state queste le tue ultime parole», disse confusa.

L'uomo allungò la mano simile a un artiglio, macchiata dalla vecchiaia e dalla malattia e, con uno sforzo enorme, afferrò con una forza inaspettata il polso della figlia.

«Devi andartene da quella casa... Sei in pericolo.»

Le strinse il polso con forza. Con troppa forza.

Allison fissò terrorizzata il cadavere di suo padre che si metteva a sedere sul letto d'ospedale. Al posto degli occhi adesso aveva due buchi neri, la pelle sul viso si era aperta, mostrando i muscoli marroni e marci tesi sul teschio.

«Morirai lì. Devi andartene.»

Le fiamme irruppero nella stanza come un fiume scarlatto in piena.

Bruciavano le pareti, bruciava il letto e bruciava Allison. Si portò le mani disperatamente alla pancia ma non la trovò. Michael non c'era più. Le mani annasparono sul suo ventre piatto e Allison fu colta da un orrore mai provato prima d'ora.

Vide le dita prendere fuoco. Stava bruciando anche lei adesso. Le fiamme l'avevano raggiunta.

«Morirai. Devi andartene», mormorò un'ultima volta con voce rauca il cadavere dell'uomo che un tempo era stato suo padre.

Allison si svegliò all'improvviso, con il cuore che le batteva all'impazzata. Si portò le mani al viso e soffocò le lacrime che le pizzicavano gli occhi.

Non sognava suo padre da tre anni. Non sognava la morte di suo padre da ancora più tempo. Per quanto Noah odiasse gli psicologi, Allison doveva ringraziare la sua analista. In solo un anno di sedute era riuscita a liberarla dal suo incubo ricorrente: sognava di continuo la notte passata in ospedale, quella in cui suo padre era scomparso tra atroci sofferenze. I versi, i sibili gorgoglianti prodotti dai polmoni al collasso, l'avevano perseguitata.

Allison si mise seduta sul bordo del letto, ancora scossa e tremante. Sentiva il respiro dolce di Noah nel letto. Si voltò a guardarlo. Dormiva profondamente.

Sì alzò per andare a prendersi un bicchiere d'acqua, ma rimase immobile, e il sangue le si congelò nelle vene.

Ai piedi del letto si muoveva la sagoma nera di un uomo.

Rimase ferma, agghiacciata da quell'apparizione.

«Allison...» sussurrò gorgogliando l'uomo.

Allison aprì la bocca e urlò terrorizzata.

12
Noah

20 dicembre 2019

AVEVANO lasciato casa dei Price da appena un'ora quando le vetrate della tavola calda avevano interrotto la striscia di buio ai lati dell'autostrada. Noah si era fermato perché quel posto sembrava uscito dall'America degli anni Cinquanta e le sue luci soffuse promettevano intimità e fragranti torte di mele.

Purtroppo la crosta della torta era molle, le mele sfatte e il frullato al cioccolato aveva quel terribile gusto chimico del preparato in polvere. La stazione di servizio, che dalla distanza era sembrata un gioiello degli anni d'oro, si era rivelata solo vecchia, con la vernice della facciata crepata e gli sgabelli del bancone arrugginiti e cigolanti.

«Capita sempre di più che le cose in questo Paese siano belle solo da lontano», disse Noah, convinto di averlo solo pensato.

«Cosa hai detto, tesoro?» gli domandò la cameriera aprendo la bocca rugosa in un sorriso macchiato di rossetto.

«Scusi, parlavo tra me e me», rispose Noah mentre la donna tornava ancheggiando al bancone.

«Hai ricominciato a parlarmi o stavi *davvero* solo mormorando?» disse Allison andando a sedersi all'altro lato del tavolo. Si guardò attorno. «Questo posto è deserto, ma mettiti gli auricolari, così se la cameriera ti sente non ti prenderà per pazzo.»

Noah tirò fuori dalla sacca il portatile, lo accese e ci attaccò un paio di cuffie. Allison cercò il suo sguardo prima di continuare.

«Mi spiace di averti... mi spiace per quello che è successo, quando sei svenuto. Era l'unico modo che avevamo per uscire vivi da quella casa.»

Noah si guardò la punta di uno scarponcino che spuntava da sotto al tavolo come se fosse la cosa più interessante al mondo.

«Non è colpa tua, era davvero la sola cosa che potevi fare, ma è ugualmente strano. Ero svenuto, ma quando hai preso possesso del mio corpo ho avvertito la tua presenza. È stato come essere messo in un angolo, come essere sfrattati dalla propria mente.»

Noah prese una sorsata del frappè al cioccolato, pentendosene immediatamente.

«Non succedeva da Hemlock Hill.»

Allison richiuse la bocca appena sentì quel nome e fissò il marito turbata. Le ci vollero parecchi minuti prima di trovare il coraggio per parlare di nuovo.

«Mi spiace, Noah. Ma per fermare quello spirito dovevo rompere il sigillo e tu eri svenuto. Avevo bisogno di un corpo e nella stanza tu eri l'unica persona ad averne ancora uno... forse dovremmo cambiare il nostro giro di amicizie», aggiunse con un sorriso mesto.

«Essere posseduti non è divertente, Allison. È come... è come quando siamo tornati a casa a Boston e abbiamo trovato la porta sfondata e casa a soqquadro», rispose Noah infastidito.

Il sorriso di Allison le morì sulle labbra.

«Mi spiace, cercavo solo di scherzarci su. Lo sai come sono fatta, sono assolutamente inadatta a gestire il dolore. Ti ricordi quando al funerale di mio padre ho raccontato la barzelletta del cetriolino sott'olio?»

Noah sorrise debolmente. «Faceva ridere, sono sicuro che gli sarebbe piaciuta.»

«Puoi scommetterci, quel vecchio brontolone avrebbe sputato la dentiera a forza di sghignazzare. Era l'uomo più serio del mondo, ma le battute zozze lo facevano ghignare come un bambino.»

Noah rise e si massaggiò le tempie per scacciare via un brutto mal di testa.

«Stai bene?»

«Abbastanza, Allie.»

Non si lamentò del diminutivo e Noah capì che era davvero preoccupata.

«Non so cosa sia successo nella casa dei Price, non capisco come mai sono svenuto... Forse ha ragione tua madre, dormo male e mangio peggio», disse masticando con aria disgustata un altro boccone di torta molliccia.

«Piuttosto... a te cosa stava succedendo? Sembrava avvampassi. Eri più luminosa del solito. Ed era come se fossi anche più... reale.»

Allison scosse la testa e si strinse nelle spalle, puntando lo sguardo fuori dalla vetrata, lontano, perdendosi nell'orizzonte nero.

«Ero arrabbiata. Mi sentivo... potente. Per un attimo sono stata certa di poter ammazzare quel Roger.»

Noah corrucciò le sopracciglia, preoccupato.

«Si può ammazzare un fantasma?»

«Non lo so. So che però quando sei svenuto quella... Dio, non so in che altro modo definirla. Quella *scintilla* che sentivo dentro di me si è spenta di colpo e sono tornata a essere evanescente.»

Noah si grattò la spalla destra. Il simbolo gli prudeva al centro della schiena.

«A volte vorrei che questa cosa avesse un libretto delle istruzioni.»

«È la stessa cosa che hai detto la nostra prima notte di nozze!»

«Non è vero.»

«No, ma sarebbe stato divertente se lo avessi fatto. Da quando sono morta tocca sempre a me essere quella simpatica.»

Il sorriso di Noah si spense.

«Ho detto qualcosa di sbagliato?» chiese Allison esitante.

Noah scosse la testa.

«No, è solo che... il modo in cui parliamo, il fatto che sei sempre in giro... Spesso mi dimentico di quello che ti è successo a Hemlock Hill.»

Un silenzio doloroso germogliò tra loro e Allison cercò di cambiare argomento.

«Vuoi seguire la pista che ti hanno dato i Price?»

Noah annuì, e ad Allison parve sollevato di avere qualcosa su cui concentrarsi in quel momento che non fosse lo spirito della moglie che prendeva possesso del suo corpo.

Noah inserì la password del Wi-Fi scritta sul retro del menù appiccicoso del locale per connettere il portatile.

«La cittadina di cui ci hanno parlato è a pochi chilometri da qui. Come si chiamava?»

«Marrow Creek. Mi ha fatto un po' tenerezza Trevis quando ti ha raccontato che era entrato in quel gruppo Facebook sulle case infestate, ma che *non ci crede davvero a certe cose*.»

Noah aprì la home del social e poi, tra i commenti a un post della pagina *Real haunted mansion*, trovò il profilo di un uomo di colore sulla quarantina, gli occhiali dalla montatura di corno e un sorriso gentile.

«La maggior parte di questa gente è chiaramente pazza o in cerca di attenzioni, ma questo Marvin Blum ha postato un filmato in cui sembra che le sedie della sua cucina si spostino davvero e ha descritto parecchi dei fenomeni che si manifestano nelle case dell'Architetto. Sul suo profilo ci sono alcune foto della famiglia in chiesa. Magari potrei farmi passare un'altra volta per un esorcista.»

Allison gli rivolse un sorriso malizioso.

«Mi piace. Sei sexy con il collarino bianco.»

Noah finì il frullato e la disgustosa torta di mele mentre cercava più informazioni sulla famiglia Blum. Allison si era trasferita accanto a lui passando attraverso il tavolo per aiutarlo con le ricerche.

Il fantasma assistette impotente a due nuovi eccessi di tosse del marito. Noah sembrava davvero sofferente e pallido. Aveva trentasette anni, ma in quel momento sembrava più vecchio.

La seconda volta che si sentì male la cameriera, con un rassicurante sorriso ancora macchiato di rossetto, gli portò una tisana calda e del miele. Erano sempre più frequenti quegli attacchi e duravano sempre di più, e Allison si sentiva sempre più frustrata dall'assoluta impossibilità di essere d'aiuto al marito.

Fuori aveva cominciato a piovere e la tavola calda, che prima gli era sembrata un po' troppo squallida, si era trasformata in un luogo confortevole, in un rifugio contro la tempesta.

«Non riesco a trovarla da nessuna parte questa Marrow Creek», disse Noah dispiegando la cartina e seguendo con un dito la strada che attraversava le montagne.

«Noah King, penso che tu sia rimasta l'unica persona in tutta l'America a usare ancora le cartine» disse Allison mentre premeva concentrata i tasti del portatile, sbagliando solo un paio di volte prima di riuscire a digitare correttamente il nome della cittadina su Google.

«Ehi, non c'è neanche qui!» esclamò contrariata.

Noah la guardò con un sorrisetto soddisfatto, poi si alzò in piedi e si diresse al bancone, a caccia di informazioni alla vecchia maniera.

La cameriera non aveva idea di dove fosse Marrow Creek, ma il cuoco aveva detto che la conosceva. L'aveva cerchiata con la penna sulla cartina di Noah su cui era segnata con il vecchio nome: Blue Creek.

Pagò la torta e il frappè prima di tornare al tavolo per mettere in borsa le sue cose. Stava per chiudere il pc, quando la moglie lo fermò. «Ci stiamo dimenticando della figlia di Violet.»

Noah sospirò, riaprì il computer e si infilò di nuovo le cuffie.

«Hai ragione, ma non saprei proprio come cercarla. Sono quello che usa ancora le cartine stradali, ti ricordi?»

Allison lo guardò con un sorriso amorevole.

«Ti aiuterò io, ma non mi far battere sui tasti, faccio una fatica del diavolo a essere precisa.»

Noah digitò «SARAH PAULSON» e poi «NORTH FOLK IDAHO»

e Allison lo aiutò a trovare il risultato giusto tra quelli prodotti dalla ricerca.

I due guardarono in silenzio lo schermo, immobili, mentre lungo l'autostrada i fanali delle auto fendevano il buio e la pioggia prima di sparire dalla linea di vista offerta dalle vetrate della tavola calda.

«Doveva essere molto che il fantasma di Violet vagava per il mondo prima che venisse attratto dal simbolo e imprigionato nella casa», disse Noah rompendo il silenzio.

«Forse è quello il destino di tutti noi dopo la morte», rispose con voce incolore Allison.

«Non dire così. Non posso crederlo, non avrebbe senso.»

Chiuse con un click la scheda che avevano aperto e che riportava una notizia del giornale locale di North Folk. Sarah Paulson si era sparata un colpo di pistola in bocca otto anni prima, dopo che la madre, Violet, aveva scelto lo stesso modo per togliersi la vita nel 1982.

13
Allison

10 agosto 2015

«AMORE, calmati. È stato solo un incubo.»

Noah si sedette accanto alla moglie, la mazza da baseball poggiata in grembo.

«Ho controllato per la tutta casa. Ho controllato anche fuori e ti giuro che non c'è nessuno.»

La gamba di Allison tremava incontrollata.

Maggie entrò nella camera da letto con un enorme bicchiere d'acqua gocciolante e lo mise tra le mani della figlia.

«Come sta Michael?» le chiese Noah con un sussurro.

«Si è calmato. L'urlo di Allison ha spaventato a morte me che sono una mummia, immaginati un bambino. Su, avanti. Bevi.»

Allison tirò su con il naso e si strofinò il viso con il dorso della mano.

«Vi giuro che era lì, davanti al letto. Ero sveglia. Ero perfettamente sveglia e l'ho visto», disse balbettando.

Noah sospirò, passandosi poi una mano sul viso stanco. Lui e Maggie si guardarono, poi la donna gli fece un cenno con il capo e si sedette accanto alla figlia.

«Noah, vai a controllare Michael. Di sicuro un abbraccio del suo papà è più utile di quello della nonna.»

Noah annuì. Baciò la nuca della moglie e uscì.

Appena furono sole, Allison studiò la madre.

«Non mi credi, vero, mamma? Neanche Noah mi crede.»

Maggie la guardò e le ravviò i capelli spettinati.

«Tesoro, sei molto stanca e hai avuto un incubo. Sono cose che possono succedere. Il trasloco è stato davvero stressante. Anche solo tutto questo silenzio di notte è un bel cambiamento. Può fare un po' paura.»

Allison scattò in piedi. Il bicchiere cadde a terra ma non si ruppe e sparì rotolando sotto al letto.

«Ti giuro, mamma. Era lì. Era lì in piedi che mi fissava. Era un uomo, fatto di carne e sangue.»

Maggie sospirò.

«Allie. Non c'è nessuno qui in casa. Io e Noah abbiamo già controllato. Ti assicuro che si è trattato solo di un brutto sogno.»

Allison si guardò spaesata intorno. Noah aveva acceso la luce e nella stanza illuminata adesso non c'era più posto per un'ombra spaventosa acquattata ai piedi del suo letto.

Si strofinò di nuovo gli occhi con le mani e si asciugò il naso con la manica della T-shirt.

«Vuoi che ti porti qualcosa per dormire? Ho le pillole che mi ha prescritto il dottor Johnson per l'insonnia se vuoi.»

Allison annuì, sconfitta. Si lasciò cadere sul letto e nascose il viso tra i capelli.

«Te le vado a prendere. Aspettami qui. Vedrai che ti sentirai meglio.»

Vide sua madre allontanarsi attraverso le ciocche bionde davanti agli occhi, Noah rientrò poco dopo. Le si avvicinò timidamente.

«Ehi.»

Allison lo guardò indifesa, con gli occhi pieni di lacrime.

«Ti giuro, Noah. Era lì, davanti al letto. E mi ha parlato.»

Appena ebbe pronunciato queste parole, Allison si sentì un'idiota, una patetica bimba spaventata.

«Allie...» disse il marito con dolcezza.

«No, Noah. Hai ragione», lo interruppe lei, cercando di riprendere il controllo. «*Avete ragione*. È stato sicuramente un incubo a occhi aperti. È impossibile che un uomo sia entrato in casa nostra e che lo abbia visto solo io. Deve per forza trattarsi di un sogno.»

Noah le rivolse un sorriso sollevato e Allison sentì una stretta dolorosa all'altezza dello stomaco.

«Il trasloco è, in assoluto, una delle esperienze di vita più traumatiche. Sei molto stressata, Allie. Va tutto bene, torniamo a dormire.»

Noah le mise le mani sulle spalle e le baciò la fronte, stringendosela poi contro il petto con dolcezza.

Allison tirò su con il naso e annuì, respirando il suo profumo, calmandosi.

Maggie rientrò con il braccio teso e due pillole bianche che le scintillavano nel palmo della mano.

«Ecco qui. Prendine due e vedrai che ti addormenti subito. Domani mattina ti sveglierai riposata come mai prima d'ora, fidati di me.»

Noah le guardò contrariato mentre le ingoiava senza battere ciglio.

«Cosa le stai dando?»

«È per dormire meglio», tagliò corto Maggie.

Diede poi loro la buonanotte e chiuse la porta. Noah fece accoccolare Allison tra le sue braccia e poi la strinse a sé. Spense la luce e rimase in silenzio ad ascoltare il respiro della moglie, mentre le accarezzava i capelli.

Sentì che, lentamente, Allison si stava finalmente rilassando e il suo corpo si fece più pesante accanto al suo.

«È davvero impossibile che fosse lui», biascicò Allison, mentre le pillole iniziavano a fare effetto.

«Lui chi?» chiese Noah curioso.

Allison chiuse gli occhi, stanca, distrutta.

«Mio padre», disse.

14
Noah

21 dicembre 2019

IL pick-up di Noah ebbe qualche difficoltà a risalire i tornanti che si arrotolavano lungo il fianco della montagna come spire di un serpente nero. Era tarda mattina e finalmente il cielo si era rischiarato. Durante il viaggio avevano incontrato una nevicata, roba da poco, giusto un'innocua spolverata di bianco, ma Noah si era comunque dovuto fermare per mettere le catene alle ruote e adesso procedeva con cautela lungo la strada ghiacciata.

Marrow Creek si intravedeva già. Spuntava in mezzo alle nuvole basse, arroccata sul crinale in ombra, attraversata dal torrente da cui prendeva il nome che si lanciava dalla vetta della montagna in una cascata spumeggiante.

«Sembra un bel posto», disse Allison.

«Sembra l'inizio di *Shining*», rispose Noah.

«Un'atmosfera alla *Twin Peaks*.»

«Anche un po' quella serie sui bambini che scompaiono. Come si chiamava?»

«Non so di cosa stai parlando, di sicuro l'avrai vista senza di me. Inizi sempre le serie senza di me!» rispose Allison offesa.

«Non è possibile», protestò Noah «Siamo *sempre* insieme e tu neanche dormi.»

Noah si zittì quando vide il sorriso affiorare sulla bocca di Allison.

«Sei una stupida.»
«Sei tu che ci caschi sempre.»

Si erano lasciati alle spalle la perigliosa stradina di montagna e avevano imboccato lo stretto ponte che attraversava con un arco il fiume. Il pick-up procedeva traballando sul cemento ghiacciato. Alla loro sinistra la cascata schizzava i finestrini dell'auto.

Passata la metà del ponte, Noah sentì le viscere annodarsi di colpo e il respiro farsi improvvisamente pesante. Fu travolto da un'ondata di gelo, attraversato da un brivido di paura che lo fece vibrare come un diapason.

Si girò verso la moglie ansante e lei gli restituì uno sguardo terrorizzato.

«L'hai sentito anche tu?» gli sussurrò Allison.

Noah annuì, lasciandosi il ponte alle spalle.

«È come se qualcuno mi si fosse seduto sul petto.»

«Avevo provato una sensazione simile davanti alla casa dei Price. Il marchio lì era più potente, più...» Allison cercò la parola giusta per descrivere quella sensazione.

«Sembrava più... *vivo*. La casa dopotutto era stata ristrutturata da molto tempo, il marchio aveva avuto il tempo di... attecchire.» Allison rivolse una nuova occhiata pallida a Noah.

«Forse ci stiamo avvicinando.»

Il marito annuì, stringendo la presa sul volante.

«Forse a Marrow Creek troveremo qualche informazione in più sull'Architetto.»

Sapeva che sarebbe stato così.

Sulla schiena sentì il marchio pulsare.

La casa dei Blum, la coppia che secondo i Price stava subendo un'infestazione, era la quintessenza del sogno a stelle e strisce: una villetta pitturata di fresco, il prato tagliato alla perfezione e appena spalato, circondato da uno steccato bianco come i denti di una star hollywoodiana e un grande albero che gettava la sua ombra sul portico e dal quale pendeva un'altalena di legno. La neve aderiva sul tetto spiovente e tutto intorno era un tripudio di decorazioni natalizie. Distese di lucine sulle grondaie, intorno alle cornici delle finestre e con un esercito di renne luminose sul tetto.

Era il modello della casa perfetta, uscito dall'immaginario di un'America piccolo borghese che, dopo la crisi, sembrava ormai destinata a scomparire. Tutte le abitazioni del vicinato erano una la copia dell'altra, tutte perfettamente allineate sulla strada, pulite e ordinate, come un servizio di piatti in una credenza.

Allison uscì dalla macchina attraversando la portiera.

Noah aveva parcheggiato sul lato opposto della villa dei Blum e ora stava sorseggiando caffè freddo dal termos, mentre teneva d'occhio la casa, ancora in macchina. Il motore era spento e dentro l'abitacolo il tepore iniziava progressivamente a scomparire.

Noah buttò giù un'altra sorsata di caffè e rabbrividì, dal freddo e dal disgusto.

«Questo posto è una vera noia», si lamentò Allison mentre attraversava di nuovo lo sportello, per tornare composta a occupare il posto del passeggero. «Secondo te la signora con il pastore tedesco gli farà fare un altro giretto o per oggi pomeriggio non dobbiamo aspettarci altra azione?»

Erano appostati lì da cinque ore e il quartiere era rimasto silenzioso, restituendo ai suoi indagatori uno sguardo indifferente e innocente. A parte la donna di mezza età trascinata dal suo grosso cane lungo la strada, non si era mossa una foglia.

«Se ci sono davvero dei fantasmi in quella casa sono di sicuro di persone che vivevano qui e sono morte di noia!»

«Non ti va di giocare al gioco del silenzio?» chiese Noah.

«Non sei divertente, anzi. Sei piuttosto scortese a zittirmi così.»

«Non volevo esserlo, scusa. Questa calma non mi piace. Ho i nervi a fior di pelle.»

Allison osservò il marito che scrutava fuori, teso come la corda di un violino, con la tazza del termos in mano.

«Forse un po' di riposo ti farebbe bene. Reclina il sedile e chiudi gli occhi. E ti prego, Noah, smetti subito di trangugiare quella brodaglia immonda. Non è vero caffè. Dormi un po', ti avviso io se qui a Pleasantville torna il colore.»

Noah la guardò aggrottando le sopracciglia. «Cosa?»

«Oggi avevi citato *Shining* e mi ero illusa che improvvisamente fossi guarito dalla tua totale incapacità di ricordare i titoli dei film, ma mi sbagliavo. Comunque *Pleasantville* è quel film in cui Tobey Maguire viene catapultato in una sitcom anni Cinquanta.»

«Non mi dice nulla, forse il film l'hai visto con qualcun altro», disse Noah, offeso.

«Ma se stiamo sempre insieme e...»

Allison si interruppe. «Stavi provando a fregarmi con la mia stessa battuta?»

«Non ci stavo provando, ci sono riuscito.» Noah le sorrise. Per un attimo il suo viso sembrò riprendere un po' di colore.

Allison stava per ribattere, quando sulla strada apparve una macchina seguita a ruota da un furgoncino. Noah e Allison li seguirono con lo sguardo, in silenzio, mentre si parcheggiavano di fronte alla villa dei Blum.

Dalla macchina uscì un afroamericano dall'aria nervosa, vestito come il contabile di una sitcom: dal giaccone aperto si ergeva una fila di penne nel taschino della camicia bianca, occhiali dalla montatura nera e spessa e i pantaloni di un completo grigio.

«Marvin Blum», disse Noah, indicando l'uomo alla moglie con il mento.

«Ma gli altri chi sono?»

Allison stava squadrando i due uomini che stavano uscendo dal furgone. Erano di media altezza, uno aveva un berretto di lana calcato in testa, l'altro invece i capelli lunghi legati in una coda. A quella distanza non riuscì a vederli bene in viso. Indossavano due giacconi sportivi imbottiti, uno blu scuro e l'altro verde militare, pantaloni e scarpe da lavoro.

Il signor Blum entrò in casa in fretta, mentre gli altri due indugiarono. Si diressero sul retro del furgone e aprirono il portellone, tirando fuori un paio di telecamere a spalla e altre attrezzature.

«Non lo so, ma stiamo per scoprirlo», disse Noah chiudendosi il cappotto e uscendo dall'abitacolo del pick-up.

Attraversò la strada sfregandosi le mani. Non si ricordava di aver mai provato un freddo simile.

Mentre si avvicinava a uno dei due sconosciuti, quello con la coda di cavallo e il pizzetto biondo da matricola iscritta a Lettere, prese un appunto mentale: aveva bisogno al più presto di un paio di guanti e un cappotto più caldo.

Una folata di vento gli scompigliò i capelli e per un attimo gli mozzò il fiato.

E un berretto, ho bisogno di un berretto.

«Ehi, non è che state per girare un film, vero?» gli chiese Noah.

Fu l'altro, quello con il cappello di lana, a rispondere. Adesso che se lo ritrovava davanti Noah si accorse di quanto in realtà fosse enorme e di come quella barba ispida e i baffoni lo facessero sembrare un tricheco.

«Lei vive qui?» chiese circospetto. Aveva la voce profonda e roca di chi fuma allo sfinimento. «Siamo qui per i problemi che ha in casa il signor Blum. Lavoriamo per Rupert, forse ne hai già sentito parlare. Il nostro amico è dotato di poteri particolari... vede cose di cui gli altri non si accorgono», concluse con un sorriso giallo alla nicotina.

Noah, a quelle parole, ebbe quasi un mancamento.

Non era solo!

La sconvolgente notizia dell'esistenza di qualcun altro che poteva vedere i fantasmi come lui, gli fece tremare le ginocchia e dovette lottare con sé stesso per trattenere un enorme sorriso di sollievo.

Cercò di darsi un contegno, ma appena pronunciò le prime sillabe si accorse che gli era impossibile tenere a freno l'eccitazione. «Non ci credo, dopo tutto questo tempo! Come ha detto che si chiama il vostro amico? Anche voi siete sulle tracce dell'Architetto? In macchina ho una pila di documenti su quell'uomo, se ci scambiassimo le informazioni che abbiamo messo insieme forse...»

Il tricheco mise una manona su una spalla di Noah per tranquillizzarlo, interrompendolo.

«Ehi, amico, più lentamente, ti farai venire un embolo se continui a sparare fuori dieci parole al secondo. Che ne pensi se ti microfono e ti faccio una breve intervista? Ti faccio firmare una liberatoria così potremo usare tutto per fare sapere al mondo quello che succede qui.»

Noah si mise una mano sulla bocca, lisciandosi la barba ossessivamente, eccitato. «Non sa da quanto tempo aspetto questo momento.»

L'uomo gli sorrise incoraggiante, e gli diede ancora delle pacche su una spalla.

«Dimmi il tuo nome innanzi tutto, non ci siamo neanche presentati. Tom, tu vai a prendere i moduli e il Lavalier per il nostro amico» disse l'uomo rivolto alla matricola.

«Io sono Benjamin, Ben per gli amici. Sono il produttore del nostro piccolo show. Cerchiamo sempre testimonianze dal vicinato. Rendono il racconto più vivo, mi capisci? Rupert, la vera star qui, l'uomo con i poteri, arriverà domani a controllare la casa, ma se a te va bene vorremmo saperne di più su Blum e sul vicinato, magari anche su questo *Architetto*. Per caso è un tizio accusato di qualcosa? C'è un omicidio dietro? Le piccole cittadine sono una miniera di queste storie.»

Noah era confuso.

«No, l'Architetto è il nome che io e Allison abbiamo dato all'uomo che incide i marchi sulle case, non sappiamo se è davvero un architetto... ma le infestazioni capitano sempre in edifici che hanno subito pesanti ristrutturazioni.»

Il fantasma di Allison si frappose tra lui e Ben: «Noah, non...»

Noah scacciò la moglie con una manata, infastidito. «Non adesso, Allison!»

Benjamin ora lo stava osservando con un altro tipo di sorriso, quello compiacente di chi capisce di parlare con un matto e di essersi appena guadagnato qualche minuto extra di follia e ilarità per il proprio programma.

«Non ti agitare, sarà solo una breve intervista, ma il nostro canale YouTube ha quasi dieci milioni di iscritti e, se le cose che hai da dire sono interessanti, potremmo farti anche un approfondimento, una puntata spin-off tutta tua. Non posso assicurarti nulla perché Rupert fa sempre la prima donna quando riequilibra le energie della casa, ma magari riusciamo a tirarne fuori un bel segmento.»

Noah sentì il gelo piombargli addosso, un freddo che non aveva nulla a che fare con la temperatura esterna.

«...Energie della casa?»

«Sì, *Rupert The Whisperer*, hai mai visto qualcuno dei nostri video? Il mio amico riesce a vedere l'aura della casa e a manipolarla.»

Noah afferrò il braccio dell'uomo e iniziò a scuoterlo, mentre la rabbia gli montava dentro.

«Che cazzo stai dicendo? Quella casa è infestata, ci sono intrappolati dei fantasmi!»

Benjamin allontanò Noah con gentile decisione. L'omone si avvicinò a Tom, il ragazzo con la coda di cavallo che se ne stava davanti al furgone con un microfono in una mano e dei moduli nell'altra e gli sussurrò: «Dammi una mano, Tom. Questo è uno di quei matti... uno di quelli veri, troppo anche per noi».

Noah, che aveva sentito tutto, strinse i pugni e digrignò i denti. «Non sono matto. Io libero le case dai fantasmi, lo faccio *davvero*. Voi non siete altro che degli avvoltoi del cazzo.»

Il sorriso giallo sparì di colpo dalla faccia del tricheco e l'uomo divenne improvvisamente aggressivo.

«Sei uno dei *Ghost Hunters*? Guarda amico che l'abbiamo trovato noi per primi questo pollo e ci siamo fatti tre giorni di macchina per raggiungere questo buco di culo. Gira al largo, non ci facciamo fregare. Chi ti manda? È Oscar che ti ha detto di seguirci?»

Noah, che era sul punto di prendere a pugni l'uomo, si sentì improvvisamente più confuso che arrabbiato. Ben tirò fuori dalla giacca un portafoglio gonfio e iniziò a tirare fuori delle banconote.

«Senti, sono disposto a darti duecento dollari se torni da quel frocetto di Oscar e gli dici dove può infilarselo quel suo canale da quattro soldi.»

Il suono di una sirena squarciò il silenzio indolente del quartiere residenziale, facendo sobbalzare Noah e i due uomini.

Due volanti si fermarono davanti alla casa dei Blum e due agenti, un uomo bianco, grasso e con la faccia da scemo, e una donna afroamericana, con i capelli corti e una stella da sceriffo appuntata sulla giacca imbottita, scesero dalle auto.

La donna zoppicava vistosamente, era alta quanto Noah e aveva l'aria di una con la quale era meglio non litigare.

«Voglio questo catorcio fuori dal vialetto tra cinque minuti e voi fuori da Marrow Creek entro un'ora», disse lo sceriffo appena li raggiunse. Stava in piedi di fronte a loro, le gambe larghe e i pollici infilati nella cintura, rivolgendo ai tre uomini un'occhiata che non ammetteva repliche.

«Guardi, signora, che siamo in una proprietà privata con il permesso del signor Blum che ha anche firmato una liberatoria per apparire in video e...»

«E a me non frega un cazzo», concluse la donna. «Siete degli avvoltoi e non siete i primi a sentire l'odore di una carcassa, ma fino a quando io sarò lo sceriffo di Marrow Creek, voi stronzi starete alla larga da mio fratello!»

Ben allungò un braccio per piazzare una manona sulla spalla della donna, come aveva fatto poco prima con Noah, probabilmente per offrirle un accordo generoso. Lo sceriffo gliela afferrò prima che potesse anche solo sfiorarle la giacca e, con un movimento deciso, gli piegò prima il palmo all'indietro, facendo leva sul polso, e poi gli torse l'intero braccio dietro la schiena.

Benjamin grugnì di dolore, sbuffando da sotto i baffi ispidi.

«Non si azzardi a toccarmi.»

«L'ho già fatto mi sembra», disse lei con dolcezza.

Sulle labbra dell'uomo, sotto ai baffi, comparve un sorriso da sciacallo. «Riprendi tutto, Tom. Quest'idiota ci ha appena regalato milioni di visualizzazioni!»

Il ragazzo provò ad alzare la telecamera, ma il poliziotto con la faccia da scemo si mosse molto più in fretta di quanto uno avrebbe creduto considerata la sua stazza.

«Mi sa che questa ora la dai a Otis», disse con un accento strascicato che tradiva le sue origini del sud. Poi, dopo aver guardato per aria per un attimo e come se, improvvisamente, fosse stato colpito da un'illuminazione, aggiunse: «Sono io Otis».

«Penso che lo avesse già capito», disse lo sceriffo con un sospiro mentre ammanettava Ben spingendolo contro un lato del furgone.

L'uomo cercò di opporre resistenza, l'enorme faccia schiacciata contro la carrozzeria. «Ci state arrestando? E con quale accusa?»

«Aggressione e oltraggio a pubblico ufficiale. Lo hai visto anche tu cercare di mettermi le mani addosso e chiamarmi idiota, vero Otis?»

L'agente ci impiegò un tempo ingiustificatamente lungo a rispondere. «Certo, capo. L'ho visto.»

Allison fece segno al marito di rimanere dove si trovava, mentre i due uomini venivano spinti nella volante.

Noah era confuso, gli eventi erano precipitati in un batter d'occhio. Quasi in uno stato di incoscienza, iniziò a tornare verso il pick-up. Riuscì a fare una manciata di passi, quando lo sceriffo si girò, come se avesse gli occhi dietro la testa, e gli gridò: «Dove diavolo pensi di andare?»

Noah, in difficoltà, era già pronto a spiegare che non aveva nulla a che fare con quei tizi, quando Marvin Blum uscì da casa gridando.

«Ti ho già detto che la devi smettere di intrometterti nella mia vita, Emma. Questi uomini mi stanno aiutando!»

Aveva lasciato in casa il giaccone, ed era corso in strada con l'aria stravolta.

«Questi uomini sono dei truffatori e non permetterò loro di approfittarsi della mia famiglia.» La donna puntò il dito sotto al naso del signor Blum.

«Tu hai visto cosa succede qui dentro», disse Blum aggiustandosi nervosamente gli occhiali sul naso, ignorando il dito puntato della sorella.

«Quante volte devo ripetertelo? È stata una delle esplosioni alla miniera a far traballare la credenza.»

Noah assistette alla scena, senza parole. Notò il dubbio dietro l'espressione dura della donna, e pensò al volo che se una donna come quella, chiaramente pragmatica e inflessibile, aveva delle perplessità, la casa doveva essere infestata. Stava per parlare, quando Allison gli si parò davanti, per ammonirlo di nuovo.

«Stai zitto. Lei è arrabbiata e il fratello è terrorizzato, ti prenderebbe per un pazzo o, nella migliore delle ipotesi, per uno di questi idioti» disse indicando i due uomini che l'agente Otis aveva fatto accomodare nella volante. «Stai calmo e aspetta la tua occasione. Devi solo aver pazienza.»

Noah annuì, e non protestò quando l'agente lo accompagnò alla seconda autopattuglia, mentre lo sceriffo Emma e il fratello continuavano a litigare nel vialetto.

Marvin Blum gridò parecchio e poi rientrò in casa sbattendosi la porta alle spalle. Lo sceriffo rimase da solo per qualche istante, scuotendo la testa, le mani ancora sui fianchi, poi risalì in auto.

Noah vide Blum spiare la scena da una finestra al secondo piano, scostando una tenda bianca.

Un'improvvisa fitta di dolore, pulsante e calda, si irradiò dal simbolo impresso al centro della sua schiena, che bruciò come se stesse andando a fuoco. Di nuovo.

Chiuse gli occhi per un attimo, esausto dopo quel male così intenso. Quando li riaprì, tornò a fissare Blum. Fu attraversato da un brivido di orrore quando si accorse dell'ombra nera alle sue spalle. Prima che l'uomo chiudesse la tenda, nascondendogli alla vista l'interno della casa, Noah poté scorgere sul volto indistinto della figura alle sue spalle un agghiacciante sorriso crudele.

15
Allison

13 agosto 2015

Noah sistemò con attenzione la cartella dei progetti e i documenti sul sedile del passeggero, poi richiuse la portiera.

Il sole era alto nel cielo e brillava così intensamente da aver spazzato via qualsiasi ombra dal giardino.

Allison era rimasta sotto al patio, a osservarlo, le braccia strette convulsamente al corpo. Non c'era un alito di vento e il termometro segnalava che i quaranta gradi erano stati largamente superati, ma lei non riusciva a smettere di rabbrividire.

Noah tornò verso di lei sorridendo, la T-shirt bianca incollata addosso.

«Credo che dovrò farmi un'altra doccia prima di partire.»

Si passò una mano sul viso sudato, poi si chinò verso di lei per sfiorarle la guancia con le labbra.

Allison lo abbracciò, cogliendolo di sorpresa, premendo forte le sue labbra contro quelle di lui.

«Sono tutto sudato, faccio schifo», protestò Noah.

«Non importa», disse lei, indispettita quando lui cercò di allontanarsi.

Quella mattina era nervosa e sapeva benissimo perché. Era la prima volta che Noah partiva per un lavoro fuori da quando avevano traslocato.

Sapeva che sarebbe successo prima o poi solo che adesso c'erano un sacco di «ma» a rovinare tutto e non poteva fare a meno di sentirsi inquieta. Le sembrava che stesse succedendo tutto troppo in fretta.

Il ricordo dell'uomo, l'ombra che assomigliava a suo padre, seduta sul bordo del letto le tornò violentemente in testa, provocandole un nuovo brivido.

(Allison... devi andartene)

«Allie?» chiese Noah, scrutandola. Sembrava preoccupato e Allison si odiò per questo. Dall'incidente di quella notte Noah non l'aveva lasciata un attimo da sola. Era stato così dolorosamente premuroso che Allison aveva il sospetto che la credesse sull'orlo di una crisi di nervi.

Tornò in lei, affondandogli lo sguardo negli occhi, cercando di dimostrarsi sicura, padrona di sé stessa, nascondendo nel suo profondo le incertezze. Sotterrandole.

Sfoderò uno dei suoi sorrisi migliori e gli accarezzò la nuca umida.

«Se vai a fare una doccia al volo posso venire con te?»

Noah annuì, baciandola ancora.

«Sbrighiamoci allora.» Le pizzicò il sedere e scappò dentro casa.

«Mi chiami?» le chiese Noah, baciandole gli occhi.

Allison annuì.

«Qualsiasi cosa succeda, ok?» continuò serio «Chiamami se hai paura, chiamami se finisce il latte o se venite attaccati da zombie o alieni.»

Allison scoppiò a ridere.

«In quel caso non saresti molto d'aiuto a Portland.»

«È vero, ma potrei darti un sacco di ottimi suggerimenti. Ti ricordi come impugnare la mazza da baseball nel modo più giusto?»

«Non in fondo al manico, ma a metà. Così non me la possono strappare dalle mani», rispose Allison sorridendo. «Hai visto? Ho fatto i compiti.»

«Brava la mia ragazza.»

Noah la strinse, affondandole il naso nei capelli biondi.

«Papà, papà!»

Michael si era attaccato alle tasche posteriori dei jeans del padre e lo stava tirando.

«Quando torni è vero che mi porti un regalo?» chiese con un sorriso smagliante, gli occhi che brillavano eccitati.

«Lasciami pensare...» Noah si fece pensieroso, guardando prima il figlio e poi Allison, che si gustava il gioco.

Con una fitta al cuore del tutto inaspettata, Allison si rese conto di come Michael scrutasse il padre. Aveva la stessa espressione contrita e seria di Noah. Ritrovare il viso di Noah in quello ancora così piccolo e delicato del figlio era una magia incredibile e improvvisa che la stupiva e commuoveva sempre.

L'amore che provò in quel momento era assoluto e così inaspettato che fece fatica a ricacciare indietro le lacrime. Noah non avrebbe capito e si sarebbe preoccupato se l'avesse vista piangere.

Dio, Allison King sei davvero matta, si sgridò da sola.

«Un cane? Davvero? Ti prego papà, ti prego!»

Le grida di Michael risvegliarono Allison dai suoi pensieri.

Il bambino le abbracciò le gambe, entusiasta.

«Solo se la mamma è d'accordo», rise Noah.

«Ma la mamma è d'accordo, vero, mamma?» gridò Michael, saltellando prima su un piede e poi su un altro.

Allison accarezzò i capelli morbidi del bambino. Sotto alle sue dita erano come fili di seta dorata che brillavano al sole e avevano ancora la morbidezza dell'infanzia.

«Be', un cane in una casa così grande potrebbe essere utile», ammise con un sorriso, pronta a godersi la reazione di Michael, che non tardò ad arrivare: il bambino la strinse ancora più forte, saltò di nuovo e cercò di arrampicarsi su di lei, continuando a ridere felice. Era davvero al settimo cielo.

«Però solo se farai il bravo mentre sono via.»

Noah lo prese sotto le ascelle e lo sollevò, prendendoselo in braccio.

«E sai cosa significa questo, giovanotto?»

Il sorriso di Michael sparì, facendo largo a un'espressione solenne. Loro figlio sapeva prendersi sul serio come solo i bambini sanno fare.

«Certo signore. Niente *nascondimenti*.»

«Esatto», annuì Noah. «Non ci si nasconde nella casa nuova,

altrimenti fai venire tutti i capelli bianchi alla mamma e la fai morire di paura.»

Michael si sporse verso la madre, succhiandosi il labbro inferiore con espressione colpevole.

«Scusa mammina...» sussurrò con una vocina piccola piccola.

Allison gli sorrise e si sporse per schioccargli un bacio sulle guance paffute. Michael allora passò un braccio attorno al collo del padre e della madre e li strinse a sé, raggiante.

«Niente *nascondimenti*, lo giuro!»

Poco dopo, Allison e Michael stavano sotto al portico, stretti l'uno accanto all'altra, mentre osservavano Noah sparire oltre al cancello di ferro battuto nero con la loro Buick.

Allison era al fianco del bambino, leggermente dietro di lui, con entrambe le mani poggiate sulle sue spalle.

«Vedrai, papà tornerà prestissimo», gli disse, stringendo appena la presa. Sapeva benissimo che più che al bambino se lo stava dicendo da sola.

La testolina bionda del figlio annuì. «E avremo un cane!»

Allison sorrise di nuovo, come in automatico, senza smettere di seguire la macchina che si era fatta sempre più piccola all'orizzonte.

Il bambino si divincolò dalla sua presa e corse dentro casa, lasciandola da sola sotto al portico.

Allison si portò le mani ai gomiti e se li strinse, le braccia conserte sul seno, il sorriso ancora tirato sulle labbra.

Provò un senso di solitudine acuta, come mai le era successo prima e si odiò per questo.

Nella sua mente si affacciò di nuovo l'ombra dell'uomo e lei si portò le mani sugli occhi, come a voler cancellare fisicamente quel pensiero intrusivo e insistente.

Si sforzò di piegare le labbra in un sorriso, osservando il sole morire oltre le colline dorate, ma ormai sapeva che la paura si era annidata nel suo cuore. Dietro ai suoi occhi.

Era lì, profonda e spaventosa e sapeva che ogni volta che li avrebbe chiusi, anche solo per un secondo, si sarebbe impossessata di lei.

16
Noah

21 dicembre 2019

L'UFFICIO dello sceriffo di Marrow Creek era così inaspettatamente accogliente e le celle così calde e confortevoli, che durante le ore passate lì dentro, Noah si rese conto che aveva alloggiato in motel peggiori. Quando, alle sette di sera, il vicesceriffo Otis aprì la cella che divideva con i due truffatori Benjamin e Tom, Noah si era addormentato da una mezz'ora buona. L'uomo lo scortò alla guardiola dove lo lasciò nelle mani dello sceriffo Emma Blum, che passò i minuti successivi a fargli firmare scartoffie e a restituirgli gli oggetti personali che gli erano stati sequestrati a seguito del suo arresto.

«Mi spiace molto per l'inconveniente. Le posso assicurare, signor King, che solitamente non porto in commissariato gente a caso», disse lo sceriffo con un sorriso amichevole e un po' teso.

«Il che la pone di sicuro al di sopra del poliziotto americano medio, ma non si aspetti di ricevere un premio per questo», rispose Noah mettendo nella tasca posteriore dei jeans il portafogli che gli avevano appena restituito.

Emma Blum abbassò lo sguardo imbarazzata, un gesto che, Noah poteva scommetterci, non le era particolarmente familiare.

«Quei due hanno continuato a insistere sul fatto che lei stesse lavorando per la concorrenza... ho dovuto fare qualche chiamata per comprendere l'equivoco. Mi spiace davvero, ma mio fratello e la sua famiglia stanno passando un periodo difficile, si sono trasferiti da poco e casa loro...»

Emma Blum esitò e anche se non finì la frase, Noah sapeva benissimo cosa stava per dire. In un attimo tutto il risentimento maturato in cella si sciolse.

«So cosa significa provare a proteggere i propri cari... Quei tizi sono dei truffatori, si è comportata bene, sceriffo.»

Emma alzò gli occhi, rinfrancata.

«Mi può chiamare Emma, signor King.»

«Allora tu chiamami pure Noah.»

Lo sceriffo gli sorrise amichevole.

«Allora, Noah, se permetti, vorrei consigliarti di comprarti una giacca pesante», gli disse indicando quella di flanella che stava indossando.

«Come in tutti i posti freddi, a Marrow Creek si muore di caldo all'interno di qualunque edificio, ma rischi di congelare appena uscito da qui. La sera scendiamo di parecchio sotto lo zero.»

«Ti ringrazio, Emma, ma dovrei averne una nel pick-up che ho lasciato davanti casa di tuo fratello.»

Emma aggirò il bancone, si infilò la sua giacca e gliene porse una che doveva appartenere al suo vice.

«Ti accompagno alla macchina allora. Mi spiacerebbe sapere che sei morto ibernato per colpa mia, Noah.»

Allison fluttuò tra il marito e lo sceriffo con aria contrariata.

«Lo abbiamo capito che ora sai il suo nome, ma non c'è bisogno di ripeterlo continuamente. Vuoi consumarglielo?»

Noah resistette con tutte le sue forze a rispondere alla moglie. Invece rivolse un sorriso pieno di gratitudine a Emma.

Il viaggio in macchina fu breve. Marrow Creek era piccola, ma graziosa. Adesso che era calata la notte si potevano ammirare le case e le strade addobbate per le feste. Tutto il villaggio aveva l'aspetto di una vetrina natalizia.

Emma accostò la pattuglia accanto al pick-up di Noah. Durante il viaggio i due avevano chiacchierato del più e del meno e la tensione causata dall'arresto si era sciolta.

«Grazie ancora per il passaggio», disse Noah mentre cercava il coraggio di aprire la portiera e lasciare il confortevole calore della volante.

«Grazie a te per aver capito la mia buonafede. Purtroppo fino alla fine delle vacanze la miniera è chiusa, ma sono sicura che i primi di gennaio troverai un lavoro.»

A Noah ci volle qualche secondo per capire che la donna si riferiva alla bugia che le aveva raccontato per giustificare il suo arrivo a Marrow Creek. Le aveva detto che era lì per cercare un impiego alla miniera da poco riaperta.

L'esitazione di Noah non passò inosservata e il poliziotto che era in Emma si risvegliò.

«Come mai proprio Marrow Creek?» chiese, l'espressione indurita anche se ancora lontana da quella di ferro che aveva avuto durante l'arresto.

Noah, negli ultimi anni passati a disinfestare case, aveva imparato che per rendere credibile una menzogna bisognava infarcirla di verità.

Sorrise e mentì. «Sono anni che viaggio e faccio lavoretti in giro per il Paese. Ho sentito parlare di Marrow Creek ieri a una stazione di servizio. Sapevo della miniera e quindi sono venuto a vedere se avevate qualche posto libero.»

Emma lo squadrò con quel suo sguardo indagatore per qualche secondo di tesissimo silenzio, poi sollevò le spalle e disse: «Un sacco di gente è arrivata qui in città nello stesso modo e poi ci è rimasta».

Noah aveva appena aperto la portiera quando Emma sorrise di nuovo.

«Se devo essere sincera, non mi dispiacerebbe vedere in giro la tua faccia, signor King.»

Noah rimase fermo per un attimo. Le rotelle di un vecchio meccanismo sul fondo della sua testa iniziarono a girare per la prima volta da parecchio tempo, ma fallirono completamente nel cogliere il significato di quel commento... Significato che non sfuggì per nulla ad Allison.

«Questa stronza, dopo averti messo in cella, ci sta provando?» esclamò con un tono tanto arrabbiato da far dimenticare per un attimo a Noah che era l'unico che potesse vederla e sentirla, costringendolo a voltarsi verso la moglie con un'espressione scandalizzata.

Emma incrociò quello sguardo e improvvisamente il sorriso le morì in volto, sostituito subito dopo da un'espressione mortificata. «Oddio, non so cosa mi sia preso. Devo essere sembrata davvero inopportuna. Tre ore fa ti ho arrestato, siamo ancora nella mia volante e io me ne esco con una battuta davvero terribile.»

«Cazzo, puoi dirlo forte che sei stata inopportuna!» disse Allison infuriata.

«No, ma figurati, non ho pensato assolutamente che ci stessi provando» disse Noah.

Emma ridacchiò e concedette a Noah uno sguardo gentile. Uno sguardo che fece sentire l'uomo un po' sporco e gli fece cercare quello della moglie che aleggiava a pochi centimetri dallo sceriffo.

«Allora devo essere più fuori allenamento di quanto pensassi», disse Emma «Perché era esattamente quello che stavo facendo. Anche se ammetto che sembrava più una roba uscita da un articolo di cronaca sull'abuso di potere della polizia locale, che un complimento.»

Noah vide la mano pallida e bianca di Allison protendersi verso il termos infilato nel portabicchieri della macchina. Noah allungò la sua per cercare di fermarla quando il contenitore si rovesciò sui pantaloni di Emma.

«Merda! Scusa, devo averlo colpito inavvertitamente», si scusò prontamente Noah mentre afferrava il termos mezzo vuoto e lo infilava nuovamente al suo posto.

«Tranquillo, non pensavo lo avessi fatto apposta», disse lei mentre si allungava a cercare dei fazzoletti nel vano della portiera. Ne afferrò un paio e si tamponò i pantaloni sporchi.

Dopo una breve pausa e con un nuovo sorriso gli chiese: «Non l'hai fatto apposta, vero?»

Noah arrossì, visibilmente in imbarazzo, e sul viso di Emma il sorriso si allargò.

«Non stare a preoccuparti, stavo andando a casa e i pantaloni erano già sporchi. Sono parecchio imbranata, quindi sono contenta di non essere stata io a versarti il caffè addosso.»

Emma indicò la portiera lasciata aperta da Noah. «Inizia a fare freddo.»

Noah colse la palla al balzo e scese dall'auto, impacciato e ancora paonazzo in viso. Sperò che l'imbarazzo si confondesse con il rossore provocato dal freddo. Si sfilò la giacca che gli aveva prestato Emma e la ringraziò di nuovo. La donna scosse la testa.

«Grazie a te, per non aver sporto denuncia.»

Noah la salutò con un cenno della mano. Appena voltò le spalle, Emma si sporse dal finestrino della volante.

«Se cerchi un posto dove dormire, Lettie Johnson affitta una camera sopra a *Lettie's*, che è la sua tavola calda ed è anche l'unico posto di Marrow Creek in cui puoi mangiare un hamburger decente. Se rimani nei paraggi magari ci vediamo lì.»

Noah la salutò di nuovo con un cenno e la volante partì, sparendo ben presto dal suo campo visivo, lasciandolo solo davanti al fantasma della moglie che, con le braccia incrociate al petto e un sopracciglio sollevato, disse con un tono glaciale: «Non sapevo ti piacessero le culone».

Noah seguì il consiglio di Emma e prese in affitto la camera della signora Johnson, che all'apparenza gli sembrò una deliziosa signorotta di campagna, ma che presto si rivelò somigliare, in quanto a carattere, a sua suocera Maggie.

Le lenzuola sul letto erano morbide e profumate, un bel miglioramento rispetto agli orribili motel in cui alloggiava di solito. Si fece una doccia veloce, tirò fuori dalla sacca il suo cappotto pesante e nascose la pistola sotto al materasso.

Per tutto il tempo Allison gli somministrò il trattamento del silenzio e, visto lo stato confusionale in cui lo aveva fatto piombare l'incontro con Emma Blum, Noah fu grato di avere un po' di tempo per sé.

Dopo aver preso un hamburger e delle patatine d'asporto nel locale della signora Johnson, guidò di nuovo fino alla casa di Marvin Blum e parcheggiò sul retro, fuori vista. L'atmosfera tra lui e Allison non migliorò. Rimasero a fissare la casa in silenzio, mentre Noah continuava a mangiare le patatine che nel frattempo si erano freddate. Noah conosceva la moglie, sapeva che era capace di sfuriate terribili in cui metteva da parte logica e misura, ma che ogni volta che incontrava calma e silenzio, dalla sua parte, era anche in grado di tornare lucida. Sperava fosse quello il caso, ma comunque sapeva che rompere per primo il silenzio non avrebbe giovato alla sua posizione, sia se si fosse trovato di fronte l'Allison ragionevole, che quella pronta a staccargli la testa.

L'orologio del cruscotto segnava quasi la mezzanotte quando le luci del salone della casa dei Blum si spensero e quelle al piano di sopra, nelle camere da letto, si accesero.

Noah aveva freddo nonostante l'abbigliamento a più strati e il riscaldamento acceso.

Fu colpito da un improvviso attacco di tosse e fu difficile fermarsi. Era sempre più complicato farlo. Gli attacchi erano cominciati qualche mese prima e si erano intensificati fino quasi a diventare invalidanti. Negli ultimi giorni aveva perfino tossito sangue, ma era riuscito a tenerlo nascosto ad Allison. Sapeva che prima o poi avrebbe dovuto affrontare il problema: si stava ammalando e ora che il suo corpo non era più solo la sua di casa, ma anche quella della moglie, doveva prendersi maggior cura di sé stesso. Forse doveva davvero andare a farsi visitare come gli ripeteva sempre Allison.

Alzò gli occhi e incontrò quelli della moglie. Tutta la rabbia e la frustrazione che li aveva riempiti fino a un minuto prima erano spariti.

«Stai bene?» chiese lei preoccupata.

«Tutto ok, quando avremo concluso questa disinfestazione mi farò vedere da qualcuno.» Le rivolse un debole sorriso, mentre si passava il dorso della mano contro le labbra, continuando a schiarirsi la gola.

«Spero che con qualcuno tu intenda un medico in un ospedale. Lo so che l'ultima volta hai trovato affascinante farti dare una controllatina da un veterinario perché vuoi fingere di essere un criminale in un vecchio film noir... ma c'è un motivo per il quale i veterinari curano i cani e non gli esseri umani.»

«Era solo un graffio e il dottor Miller è stato gentilissimo. Quando ha finito di ricucirmi il fianco mi ha anche dato dei croccantini!»

«Vuoi che mi arrabbi di nuovo?»

Noah accennò a un sorriso. «Questo vuol dire che mi hai perdonato? A dire il vero sto ancora cercando di capire cosa ho fatto di male...»

Allison abbassò gli occhi e, il marito ne fu certo, sarebbe arrossita se solo avesse potuto ancora farlo.

«Scusami, è che proprio non ci riesco a vederti con un'altra e lo so che il mio è puro egoismo, ma...»

Noah allungò il braccio verso la moglie, ma Allison si ritrasse per evitargli quel contatto sgradevole.

Noah ritirò la mano, triste.

«Mi spiace, amore. Mi spiace tu ti debba sentire così.»

Allison scosse la testa, continuando a sfuggire alle sue occhiate.

«Non hai fatto nulla, sono io che mi dimentico di essere uno stupido fantasma!»

Noah distolse lo sguardo da lei e lo fissò di nuovo sulla casa.

«Sai che ti amo ancora, vero?»

Allison annuì piano.

«Lo so, e non sono arrabbiata con te. Sono furiosa con me stessa. Vorrei essere morta!»

Noah si voltò a guardarla, con un'espressione sofferente in viso che non cercò di nascondere. «Non dirlo. Quel giorno mi hai salvato la vita.»

«E tu mi odi per averlo fatto, per averti costretto a rimanere qui.»

«Anche questo non è vero. Sono contento di essere vivo perché so che un giorno troveremo l'Architetto e gliela faremo pagare.»

Le parole di Noah risuonarono vuote, prive dello slancio che avevano avuto anni prima. Poi, il suo tono cambiò, si fece più caldo e reale e disse: «Ti amerò per sempre, Allison King».

Noah stava piangendo. Il suo viso era privo di qualunque espressione, ma le sue guance erano rigate di lacrime. Allison pensò che forse anche i muscoli del viso si esauriscono e che dopo tanta tristezza non sono più in grado di sopportare lo sforzo di nuove lacrime.

Anche lei quasi per pudore rivolse l'attenzione alla villetta dei Blum, in cui ormai solo una luce illuminava una stanza al secondo piano.

Prima che l'ultimo interruttore consegnasse la casa alle tenebre, Noah fece in tempo a dare un'occhiata a una porzione di prato sul retro della villa. Attaccata al grosso ramo di un sicomoro, Noah osservò ancora una volta l'altalena di corda e, ai piedi dell'albero, notò dei giochi abbandonati tra i mucchi di neve candida.

Blum aveva un figlio.

Noah vide che Allison non era più triste. Adesso aveva di nuovo sul viso un'espressione furiosa.

Anche lei aveva visto l'altalena e i giocattoli.

La moglie lo guardò, terribilmente seria, e scandì con forza le parole: «Non un'altra volta».

Nello stesso momento, un grido straziante, un urlo di puro terrore, si sollevò dal secondo piano della villetta dei Blum.

17
Allison

18 agosto 2015

«ALLORA? Oggi si è nascosto?» chiese Noah dall'altro capo del telefono.

Allison si sporse ad abbassare la fiamma sotto alla pentola sul fornello.

«No signore. Con la promessa di un cane sei stato davvero molto convincente.»

Allison fermò il telefono con la guancia e la spalla, e con la mano appena liberata si mise a frugare nel cassetto alla ricerca di un mestolo. Ne aveva appena afferrato uno quando sentì puzza di bruciato.

«Merda», disse mentre il telefono le scivolava dalla spalla. Una presina a fiori particolarmente brutta, un altro preziosissimo regalo del sergente di ferro Maggie, dimenticata troppo vicino al piano cottura, aveva appena preso fuoco.

«Allie? Cosa stai combinando? Tutto ok?»

Allison lasciò cadere il telefono sul piano della cucina.

«Aspettami un attimo», gridò verso il telefono mentre lanciava la presina dentro alla pentola dell'acqua.

Le fiamme si spensero subito ma la puzza acre di bruciato le fece pizzicare le narici e si sparse per la cucina con rapidità.

«Non so chi abbia scelto un tessuto così altamente infiammabile per delle presine. Di sicuro non un genio», borbottò infastidita.

Agitò la mano sopra ai fornelli, per dissipare il fumo bianco e nauseabondo. Aveva combinato un bel disastro in un brevissimo lasso di tempo.

Riacchiappò il telefono e si lamentò con Noah.

«Decisamente non sono una brava casalinga come mia madre.»

Noah ridacchiò lontano e Allison chiuse gli occhi, assaporando la sua risata canzonatoria.

«Stai già provando a dare fuoco alla casa? Sono via solo da un paio di giorni, amore.»

Allison arricciò il naso: la puzza era davvero insopportabile. Si sporse verso la finestra sopra al lavabo e cercò di aprirla, senza successo.

«Questa maledetta finestra, Noah. È di nuovo bloccata», disse Allison offesa.

«Ah, mi dispiace. Appena torno vedrò di sistemarla.»

Lei alzò gli occhi al cielo, poggiandosi contro l'isola della cucina, fissando la presina annerita che galleggiava nell'acqua.

«Sì... be', fa niente. Lascia stare.»

Noah rimase un attimo in silenzio e anche Allison tacque, all'improvviso nervosa.

«Mi dispiace non essere lì con te a sistemare casa... ma sai perché sono qui. Abbiamo davvero bisogno di questo lavoro...»

Allison si portò la mano agli occhi. Sentì un terribile mal di testa pronto in agguato dietro agli occhi.

«No, senti, Noah, lo so. Lo so, lascia stare. Mi dispiace se mi sono comportata da stronza», disse brusca.

«Non ti sei comportata da stronza.»

Allison si morse il labbro inferiore.

«È che mi manchi...» disse strusciando un piede a terra, continuando a mordersi le labbra. «E lo sai che sono un disastro in cucina. Ieri Michael ha mangiato quello che sulla carta doveva essere un piatto di piselli ma sembrava più un mucchietto di carbone.»

Sentì il marito ridere dall'altro capo del telefono.

«Ti amo, Allison King, anche se sei la cuoca più terribile del mondo.»

Allison sorrise, più leggera. La risata di Noah la faceva sentire bene.

«Mi sa che stasera scongelo una pizza», disse recuperando con il mestolo i resti della presina gocciolante.

«Mi sembra un'ottima idea. Sono sicuro che Michael approverà. A proposito, me lo passi?»

Allison alzò la testa verso la finestra della cucina che si affacciava sull'enorme giardino.

«Sta giocando ai dinosauri in giardino. Ora te lo chiamo.»

Allison strinse gli occhi, scrutando fuori.

Il sole stava tramontando ma era ancora così forte che Allison si dovette schermare gli occhi con la mano. Non vide il bambino in giardino. Scorse solo i pupazzi colorati abbandonati in mezzo all'erba.

«Non lo vedo... aspetta, Noah, ti richiamo.»

Attaccò il telefono senza aspettare la risposta del marito e si precipitò alla porta della cucina che dava sul retro del giardino. Le pungeva la nuca e capì che era l'adrenalina che le stava montando dentro. Il panico non si fece attendere, ma cercò di tenerlo a bada, come cercò di scacciare dalla mente il ricordo dell'ombra dell'uomo ai piedi del suo letto che si ripresentò prepotente, costringendola a rabbrividire a causa di una paura irrazionale e folle.

«Michael?» chiamò. La porta finestra con la zanzariera alle sue spalle sbatté. Rimase ferma, in ascolto, pronta a udire la risposta del figlio.

Fece un paio di passi, scendendo gli scalini di legno della casa.

C'era qualcosa di strano, lo poteva sentire nell'aria.

Ma cosa? Cosa?

All'improvviso se ne accorse.

Era il silenzio. C'era troppo silenzio nel giardino.

Il frinire delle cicale si era interrotto, il vento aveva smesso di soffiare, le foglie e le piante erano immobili. Persino gli uccelli avevano smesso di cantare.

Tutto era come bloccato.

Tutto taceva.

Sembrava quasi di essere all'interno di un sogno.

Allison poteva sentire il rumore del sangue pulsarle nelle orecchie.

Si guardò attorno febbrile, alla ricerca della piccola figura di Michael. Il suono dei suoi passi sull'erba era quasi assordante.

Di nuovo, ebbe la sensazione di essere osservata.

Qualcosa alle sue spalle la stava osservando.

Si voltò, inquieta, ma dietro di lei non c'era nessuno.

C'era solo la casa. La casa che la sovrastava, immensa e silenziosa.

Si sentì travolgere dal panico e non riuscì a impedirlo, non riuscì a tenerlo lontano. Era lo stesso panico che l'aveva attanagliata e fatta sentire persa quando aveva afferrato Michael per non farlo entrare in casa. Quello che l'aveva fatta mentire...

Una vespa...

Adesso era sola, indifesa, impotente di fronte a quel mostro bianco dagli occhi neri pronto a ingoiarla.

Qualcosa si mosse al piano superiore della casa e catturò la sua attenzione.

Allison rimase pietrificata, atterrita mentre riconosceva la sagoma nera che si nascondeva dietro alla tenda colorata della cameretta di Michael.

Era la stessa che da quella notte la tormentava. Sia nei sogni, sia da sveglia.

Michael!

Cercò di urlare, ma invano. Aveva la gola serrata, chiusa come se qualcuno la stesse strangolando. Dalle sue labbra non uscì nemmeno un suono.

Non riusciva a smettere di guardare la figura nera che si stagliava dalla finestra del figlio.

Michael era lì? Aveva preso Michael?

Il respiro le usciva secco e roco dalla gola. Era irrigidita dal terrore.

Ti prego... ti prego muoviti. Michael è in pericolo.

Si ordinò invano.

Sapeva che doveva muovere i piedi e correre al piano di sopra...

e doveva farlo subito, altrimenti sarebbe rimasta per sempre lì, risucchiata da quella figura nera alla finestra e Michael sarebbe stato perduto per sempre.

«Mamma!»

La voce di Michael alle sue spalle la fece trasalire e Allison urlò.

Il bambino rimase interdetto, sorpreso dalla reazione della madre. Il sorriso gli morì sulle labbra e fissò spaventato la madre.

«Michael! Michael!»

Allison si sporse verso di lui, le braccia tese e il respiro affannoso, gli occhi stralunati.

Il bambino ebbe un sussulto, come se combattesse con sé stesso nel tentativo di non rifuggire le braccia materne che lo cercavano disperate.

Allison lo strinse e se lo portò al petto, per crollare poi in ginocchio, trattenendo invano i singhiozzi di sollievo. Alzò lo sguardo verso la casa, verso la finestra della cameretta. Le tende colorate si mossero appena, come sfiorate da una mano invisibile. L'ombra nera era sparita.

Strinse più forte la testa di suo figlio al petto, sollevata.

Era salvo.

Era salvo per ora.

Quel pensiero cupo si affacciò nella sua mente.

Allison sciolse l'abbraccio e afferrò il bambino per le spalle.

«Michael! Si può sapere che fine avevi fatto? Ma dove ti eri cacciato? Quante volte ti ho detto di fare attenzione? E perché non mi hai risposto quando ti ho chiamato?»

Michael la guardò spaventato.

«Mammina... mi fai male», disse con un filo di voce.

Allison solo allora si accorse con quanta forza lo aveva scrollato e si sentì malissimo.

Lo strinse di nuovo tra le sue braccia, questa volta cautamente, poggiandogli la testa contro il petto, conciliatoria.

«Scusami, amore, la mamma si è presa tanta paura.»

Tremava ancora tutta e fece uno sforzo enorme per controllarsi, per cercare di apparire calma.

«Ti ricordi cosa ti ha detto papà?»

Michael la guardò con gli occhi ancora spalancati dalla paura. Era pallido e sembrava farsi sempre più piccolo tra le sue braccia.

«Niente *nascondimenti*», sussurrò.

Allison annuì forte, accarezzandogli il viso.

«Niente *nascondimenti*, esatto. Perché ti sei nascosto allora? Perché lo hai fatto? Vuoi far morire di paura la mamma?»

Michael scosse con forza la testa e gli occhi gli si riempirono di lacrime.

«Ma non mi sono nascosto... sono andato a controllare una cosa.»

Allison lo guardò boccheggiando. «Che cosa?» chiese.

«Il buco», ripeté Michael, la vocina che si era ridotta quasi a un sussurro.

Allison sentì di nuovo il pizzicore alla nuca, come se fosse trafitta da mille aghi sottili.

Era la paura. *La riconosceva.*

«Quale buco?» chiese con un brivido.

Michael allungò il braccio e puntò il dito verso il limitare del giardino, dove i cespugli e l'erba si facevano più alti.

«Lì c'è un buco nel terreno. È un vecchio pozzo. Me lo ha detto il signore.»

Fu come ricevere uno schiaffo in pieno volto.

«Quale signore?» chiese Allison, pallidissima.

Il bambino non rispose. Strinse forte le labbra, come se volesse ricacciare nel fondo della gola delle parole pericolose e scrutò la madre, gli occhi azzurri improvvisamente cupi, meditabondi. Non sembrava quasi più lui.

«Quale signore, Michael?» chiese ancora Allison, terrorizzata dalla risposta che già conosceva.

Michael alzò lo sguardo e lo rivolse alle spalle della madre. Allison sapeva che stava fissando gli occhi neri della casa che incombeva alle loro spalle. Sapeva anche quale finestra aveva attirato la sua attenzione.

«Quello che c'è in casa», disse.

18
Noah

21 dicembre 2019

NOAH buttò giù la porta sul retro dell'abitazione dei Blum con una spallata mentre Allison era già schizzata dentro attraverso il muro. Il grido che aveva rotto la tranquillità del quartiere residenziale si era spento, ma ora, dal piano di sopra, arrivavano i passi concitati di quelli che Noah immaginò essere i Blum.

Arrivato alle scale che conducevano al piano di sopra, vide Allie fluttuare sopra la sua testa e sparire attraversando il soffitto.

La temperatura in casa era crollata: faceva freddo esattamente quanto ne faceva fuori, e i respiri di Noah si condensavano in nuvole di vapore mentre saliva le scale a perdifiato.

Il rumore ritmico dei suoi ansiti e dei passi pesanti sui gradini echeggiò in un ricordo doloroso. Per un attimo, gli sembrò di essere di nuovo nella casa che gli aveva portato via tutto. Noah scrollò la testa allontanando quel pensiero come fosse un parassita sul pelo di un cane. Continuò a salire con le gambe malferme, i muscoli alimentati dalla speranza di poter, almeno questa volta, salvare tutti.

Una volta arrivato in cima, la scena che gli si parò davanti lo immobilizzò come un animale abbagliato dai fari di una macchina. Le ginocchia di Noah quasi cedettero e un freddo terrore gli colò tra le scapole.

Al centro del corridoio era seduta una bambina. Riconobbe il signor Blum in pigiama, accanto alla moglie, accasciati a terra, entrambi protesi verso la bambina come a proteggerla, una fortezza fatta di carne contro un assalto incorporeo.

La madre teneva una mano sulla bocca della figlia per impedirle di urlare. Anche se stare zitti non li avrebbe messi in salvo l'istinto li invitava a fare meno rumore possibile, le pupille come biglie nere impazzite cercavano senza successo quello che li stava terrorizzando.

Erano a tutti gli effetti delle prede.

Noah poteva vedere i loro predatori, le *cose* che stavano dando loro la caccia. Li vedeva aleggiare famelici attorno a loro, affollati nello stretto corridoio, un numero senza precedenti di fantasmi che brulicavano, uno sopra l'altro, come uno sciame repellente di insetti. Roteavano attorno alla famiglia stretta in un abbraccio convulso. Le mani ossute degli spiriti si tendevano bramose verso la piccola. Cercavano di afferrarla.

Ogni volta che uno di quegli artigli la attraversava, il corpicino della bambina veniva scosso da una convulsione, man mano sempre più forte, più violenta, un singulto che la sconvolgeva e la faceva rabbrividire.

In un attimo di incredibile lucidità i sensi di Noah sembrarono acuirsi. Percepì le più lievi venature del legno del corrimano tra le dita strette. Sentì l'odore di muffa e morte pizzicargli le narici e provocargli un conato di vomito. Avvertì, sotto la lingua, il sapore metallico della paura e vide con chiarezza, anche se era ancora all'altro capo del corridoio, le lacrime della bambina scorrere tra le dita affusolate della madre premute contro la bocca della piccola.

Tutto il suo campo visivo era ora ingombro di quelle lacrime, di quegli occhi grandi e traboccanti di paura.

Michael.

Per Noah fu troppo. Qualcosa in lui si spezzò e gridò. Il suo fu un urlo disarticolato, che forse era partito come un «no», ma che era risalito dalla gola come un rantolo animalesco che gli aveva fatto bruciare la gola.

Per un attimo fu sul punto di svenire, di cedere al terrore, poi, dalla parte opposta, vide lo spirito della moglie.

Allison irradiava una luce calda, bianca, che inondò la stanza. I Blum non erano in grado di vederla ma si voltarono all'unisono nella sua direzione, consci di un calore soprannaturale che li aveva appena investiti.

Correndo a una decina di centimetri dal suolo, Allison attraversò il corridoio, scacciando gli spettri che si protendevano sulla bambina. Iniziò a tirare via dai Blum i fantasmi, come un arbitro in una mischia. Li afferrava per le braccia e li scagliava contro i muri, allontanandoli dalla bambina, affrontandoli come se fossero fatti di carne e ossa e non di densa ombra.

«Portali via da qui!» gridò Allison rivolta al marito.

Il mondo di Noah tornò a fuoco di colpo e non perse tempo. Corse incontro ai Blum, aiutò la donna ad alzarsi, mentre il marito prendeva in braccio la figlia. Nessuno di loro fece domande.

La luce prodotta dallo spirito di Allison era diventata quasi accecante e l'intensità e il calore che sprigionava non accennavano a diminuire, anzi.

Noah guidò la famiglia lungo le scale, le gambe sempre più deboli, il campo visivo che si restringeva, il cuore che pareva pulsargli direttamente dietro agli occhi.

Una volta che furono fuori dalla casa, i Blum crollarono nel giardino, in mezzo alla neve, tremando come foglie nei loro pigiami. Noah si voltò giusto in tempo per vedere la luce prodotta da Allison propagarsi fino ai gradini, arrivando a invadere anche il piano di sotto.

Più la luce aumentava, più un'ombra gravava sulla sua mente, sui suoi pensieri. In lui si risvegliò una bestia feroce e si sentì dilaniare dall'interno. Ebbe la sensazione che la sua stessa pelle fosse diventata troppo stretta per contenerla, che si tendesse fino allo stremo sulle ossa. Quando era ormai sicuro che sarebbe imploso, che avrebbe macchiato con il suo sangue la neve e la vernice candida della casa e i suoi stessi organi sarebbero stati sparsi per il vialetto d'ingresso, le gambe finalmente cedettero e un buio puntiforme, vorticando, gli inondò la mente.

19
Allison

19 agosto 2015

«Ti dico che c'è qualcosa in casa, Noah. Non me lo sono sognato. L'ho visto io e lo ha visto anche Michael.»

Noah non rispose subito. Allison lo sentì sospirare pianissimo dall'altro capo della cornetta del telefono.

Era mezzanotte passata. Michael aveva fatto fatica a addormentarsi. Allison era rimasta con lui fino a che il respiro non si era fatto regolare e la piccola mano del bambino non era scivolata via dalla sua.

«Allie...» disse Noah.

Aveva la voce stanca e lo sentì lontano come mai prima dall'ora.

Allison strinse la cornetta del telefono con entrambe le mani, mordendosi forte le labbra. Sapeva già che avrebbero finito per litigare.

«So quello che ho visto, Noah King, non trattarmi come una stupida pazza che si autosuggestiona. Tuo figlio ha detto che c'era un uomo dentro casa. Hai idea di quanto tempo mi è servito per tranquillizzarlo? Per dirgli che no, non era così? Gli ho mentito, Noah, perché io *so* cosa ho visto alla finestra della sua camera. *Lo so*. Era lo stesso uomo seduto sul bordo del nostro letto.»

Noah la interruppe, sbottando: «Mi stai dicendo che adesso credi ai fantasmi, Allie?»

Allison si sentì punta sul vivo.

«Io non credo ai fantasmi dannazione, Noah. Credo in quello che ho visto.»

Noah sospirò di nuovo, ma questa volta rumorosamente, per rendere evidente la sua frustrazione.

«Stai dicendo di aver avuto un incontro con un fantasma.»

«Non so cosa sia, cazzo! Ho visto qualcosa... e lo ha visto anche nostro figlio.»

Allison aveva alzato la voce. Per un attimo si spaventò quando si osservò riflessa nello specchio a figura intera accanto al letto. Aveva gli occhi rossi, cerchiati di nero. Il viso stanco, la pelle tirata sugli zigomi. Distolse lo sguardo, felice che Noah non la potesse vedere in quello stato. Quel riflesso le era tristemente familiare: non si sentiva più così male da quando suo padre era morto.

«C'è qualcosa di brutto in questa casa, Noah.»

Dirlo ad alta voce era una sconfitta e non si sentì meglio dopo quella confessione, anzi. Si sentiva inquieta, con i nervi a fior di pelle. Non riusciva a star ferma e le sue gambe continuavano a tremare in maniera incontrollata.

Si passò una mano sugli occhi, cercando di ricacciare indietro le lacrime che facevano capolino. Voleva essere più forte, ma senza Noah non ce la faceva, era inutile, e averlo contro in quel momento la distruggeva.

Noah rimase a lungo in silenzio, prima di parlare.

«Ok, Allie. Cosa vuoi che faccia adesso? Dimmelo e io lo farò. Vuoi che molli il lavoro e che torni a casa nel cuore della notte perché pensi che ci sia un fantasma a casa nostra?»

La sua domanda era sincera. Allison si morse di nuovo le labbra con forza, cercando di non piangere, ma era troppo tardi.

«Vorrei solo che tu mi credessi, Noah. Non ti sto chiedendo di fare altro. Credimi e basta. E per l'amor di Dio smettila di chiamarmi in quel modo, sai che odio quando mi chiami Allie.»

Tirò su con il naso, mentre Noah cercava di tranquillizzarla.

«Io credo, *Allison King*, che il trasloco sia stato un bel trauma. Hai cambiato tutto, hai cambiato vita da un giorno all'altro. Ti sei lasciata alle spalle la città in cui sei cresciuta e tutti i tuoi amici...

È giusto ed è normale che tu sia stanca e stressata. È normale anche che tu ti senta vicina a un esaurimento nervoso dato che ti ho lasciata da sola a badare a una casa nuova e così grande con un bambino di sei anni che ha un mucchio di problemi e un lavoro pieno di scadenze. Non sai quanto mi spezzi il cuore saperti lì senza di me e quanto soffro nel non poter mollare tutto e venire da te ora che stai male e che sì, stai dando i numeri. Solo che abbiamo il mutuo da pagare. Quello, un sacco di bollette e i risparmi per il college di Michael. Io ti amo, Allison King, anche quando fai scenate e dici di vedere i fantasmi... solo che dobbiamo affrontare la questione come due adulti, nel modo più razionale possibile.»

Allison si morse di nuovo le labbra, fino a che non sentì il sapore del sangue sulla lingua.

«Cosa suggerisci di fare?»

«Quello che desideri», le rispose. «Sai che non mi piacciono gli strizzacervelli... gli psicologi, scusa. Ma se ne senti il bisogno ne possiamo cercare uno con cui puoi parlare. Dopotutto ti aveva aiutata parecchio con la storia di tuo padre, no? O troviamo uno sciamano che benedica ed esorcizzi casa dai fantasmi se preferisci.»

Allison tirò di nuovo su con il naso e soffocò una risata.

«Possiamo spargere del sale se vuoi.»

«Idea brillante», disse il marito.

«Ti amo, Noah. Mi manchi. Vorrei che fossi qui.»

«Anche io ti amo, Allison. Sarò da te presto, il weekend è vicino, e andrà tutto bene. Adesso cerca di dormire.»

Si diedero la buonanotte e chiuse la telefonata, poggiando lentamente la cornetta al suo posto. Sentì di nuovo il solito pizzicore alla nuca e l'adrenalina bruciarle la pelle. Con la coda dell'occhio diede un'occhiata veloce alla stanza.

Era sola.

Sola.

Si infilò sotto il lenzuolo e lo tirò su fin sotto al mento, sebbene fosse una serata caldissima. La finestra era socchiusa, per lasciar entrare un po' d'aria, ma le tende erano ben tirate, strette con un nastro. Non voleva avere angoli troppo bui in cui avrebbe potuto immaginare di vedere cose.

O offrire nascondigli perfetti alle ombre.

Allungò la mano verso l'abat-jour del comodino e spense la luce desiderando di avere qualcuno che l'aiutasse a addormentarsi e che le tenesse stretta la mano come aveva fatto lei con Michael.

Si agitò inquieta, cercando di concentrarsi sul suo respiro, contando da mille fino a zero, come aveva visto fare in un documentario sul sonno.

Non riusciva a impedirsi però di lanciare occhiate apprensive al bordo del letto, con il cuore in gola.

Aveva paura di scorgere qualcosa, qualcosa che sapeva che non doveva vedere.

Qualcosa che era meglio lasciare nelle ombre della notte.

20
Noah

21 dicembre 2019

Marvin Blum aveva trascinato via Noah quando era svenuto, tirandolo per le braccia. Lo aveva sbatacchiato contro l'acciottolato del vialetto dell'ingresso, fermandosi sul marciapiede solo quando aveva ritenuto che fossero tutti abbastanza lontani dalla casa infestata.

Noah aveva ripreso i sensi parecchio tempo dopo, infreddolito per la neve che gli premeva alla base della schiena e con un'emicrania che minacciava di fargli schizzare gli occhi fuori dalla testa.

Allison era al suo fianco. Aveva vegliato su di lui in silenzio, preoccupata. Marvin Blum aspettò che Noah rimettesse il mondo a fuoco prima di presentarsi. Gli raccontò tutto quello che era successo mentre Noah aveva perso i sensi: lo informò che aveva mandato la moglie e la figlia a dormire da un'amica, che non aveva chiamato la polizia, ma che ora voleva sapere chi era e perché aveva dovuto sfondare la porta sul retro quando era già aperta.

Allison guardò il marito con disapprovazione.

«Perché mio marito si diverte a fingersi il protagonista di un vecchio film noir.»

Noah sorrise.

«Mi dispiace, non sapevo fosse aperta... ho sentito le urla dalla strada», si scusò.

Marvin, che era in piedi sopra di lui, ma a debita distanza, la giacca sopra il pigiama e una mazza da baseball stretta tra le mani nervose, annuì ripetutamente, ancora sotto shock.

«Se la impugna così in basso rischia di farsela sfilare», mugugnò Noah rimettendosi in piedi e facendo un cenno alla moglie per farle capire che stava bene.

«C-cosa?» balbettò Blum.

«La mazza. La impugni più in alto, come facevano quei tizi nella serie sulla famiglia di mafiosi.»

«*I Soprano*», intervenne Allison scuotendo la testa.

«*I Soprano*?» chiese titubante Blum.

Noah annuì stancamente, massaggiandosi gli occhi.

«Proprio loro. Ora però può metterla giù. Come avrà capito non sono un rapinatore.»

«Altrimenti ti saresti accorto che la porta era aperta», disse Allison parlando solo con l'angolo destro della bocca, come se Blum potesse sentirla.

«No, immagino non sia un rapinatore, ma questa non è una risposta alla domanda che le ho fatto.»

Noah si grattò a disagio la barba incolta. «Sono ancora un po' confuso, ma non mi pare di ricordare nessuna domanda a parte quella sulla porta. Mi spiace ancora per averla sfondata, gliela ripagherò.»

Allison sbuffò. «Certo, con quali soldi?»

Marvin Blum parve incredibilmente a disagio e abbassò di colpo la mazza da baseball, dandosela su un piede. La pantofola trapuntata blu non attutì il colpo. Il viso dell'uomo venne attraversato da un lampo di improvvisa consapevolezza. «L-lei era con Ben! È uno degli uomini che Emma ha arrestato. Fa parte della troupe di *Rupert The Whisperer*?»

Noah non nascose il fastidio che provava per l'essere confuso con quei truffatori. «Non mi avvicinerei a quei tipi neanche per toccarli con un bastone lungo un miglio.»

«Allora cosa diavolo è successo prima a casa mia? E cosa ci faceva lei qui a Marrow Creek? O mi vuole far credere che passava di qui per caso?»

Blum era agitato, il labbro inferiore tremava per il nervosismo, gli occhiali dalla montatura spessa erano tutti piegati su un lato, ma Noah lesse negli occhi dell'uomo la determinazione disperata di un padre che cerca di difendere la propria famiglia da un nemico che non riesce a comprendere. Noah guardò quegli occhi e poi i giochi sparsi sul prato semisepolti dalla neve, e decise di accantonare tutte le stronzate che solitamente propinava ai proprietari delle case che disinfestava.

«Non sono passato di qui per caso. Ho parlato con Trevis Price prima di venire qui, vi siete conosciuti su un gruppo Facebook.»

Blum sembrò vagamente rincuorato sentendo quel nome. Noah lo prese come un incoraggiamento e continuò: «Io e mia moglie eravamo appostati qui fuori nel caso ci fosse stato bisogno di noi».

Blum si voltò di scatto come se avesse sentito qualcuno alle sue spalle. «Sua moglie?»

«Non può vederla, Marvin, mia moglie è...» Noah fece un cenno d'intesa e Allison si spostò a fianco all'uomo, sollevando in aria una bambola di plastica semisepolta nella neve.

Blum sgranò gli occhi, che le lenti degli occhiali rendevano già enormi, e Noah per un attimo fu sicuro che sarebbe svenuto in mezzo alla neve. L'uomo prima chiese: «Un fantasma?» E poi con una voce ferma che nessuno dei King si sarebbe aspettato aggiunse: «In casa mia ci sono dei fantasmi».

Noah annuì. «Temo di sì, signor Blum.»

«Mi chiami Marvin. Ha appena salvato la vita alla mia famiglia dopotutto, direi che possiamo saltare i convenevoli.»

«Noah King», gli rispose Noah mentre Allison faceva ricadere la bambola sulla neve soffice facendo sussultare nuovamente Blum.

«Fantasmi...» ripeté l'uomo quasi assaporando quella parola sulla punta della lingua. «Ero quasi certo che fosse qualcosa del genere, ma io... io non ci ho mai creduto.»

«Neanche io ci credevo», disse Allison con un sorriso amaro.

«Sì, penso che abbia più senso di quella storia sull'aura della casa», disse Blum, quasi a sé stesso. Poi, come se finalmente avesse realizzato, si allontanò di un paio di passi dalla bambola che

Allison aveva fatto fluttuare in aria e chiese stupito: «Sua moglie è un fantasma?»

Noah si grattò la barba e guardò verso la moglie in cerca di aiuto.

«Hai deciso tu di raccontare la verità, ora, a meno che tu non voglia che mi esibisca in altri giochi di prestigio, dovrai cavartela da solo», borbottò lei.

Blum intercettò l'occhiata tra Noah e Allison e tornando a balbettare disse: «S-sua moglie è ancora q-qui?»

«Sì. Lei è sempre qui.»

Marvin lo guardò confuso, Noah emise un sospiro e poi vomitò fuori una lunga spiegazione che si era ripetuto spesso nella testa, ma che non aveva ancora pronunciato ad anima viva.

«Esistono case, disseminate per tutti gli Stati Uniti, che portano impresso un marchio, un particolare simbolo che sembra avere il potere di attirare e intrappolare fantasmi all'interno delle loro mura. Non so come sia possibile, se si tratta di magia o stronzate del genere, ma l'ho visto succedere più volte di quante avrei voluto.»

Noah e Blum si incamminarono verso il portico della villetta. «Posti come casa sua, una volta che viene impresso quel simbolo, diventano delle prigioni. Gli spiriti che finiscono rinchiusi tra quelle quattro mura, proprio come avverrebbe con un animale in gabbia, diventano nervosi, ostili, violenti. Attaccano le famiglie di vivi che abitano la casa, li fanno fuggire o li fanno precipitare in un gorgo di terrore che li porta alla follia...»

I due uomini si sedettero sul dondolo della veranda. Blum si sporse ad accendere la stufa da esterno piazzata lì accanto e in breve tempo quella scacciò il freddo che veniva da fuori, ma che fu inutile contro la bestia di ghiaccio che risalì dallo stomaco di Noah mentre continuava a spiegare.

«Quando il fantasma rimane intrappolato per molto tempo nella casa, quando è morto per cause particolarmente orribili o anche solamente perché in vita era già uno stronzo, può capitare che, per cercare di fuggire, provi a possedere un essere umano. Veste il corpo di un vivente, come se fosse un bel completo, per cercare di attraversare la soglia che il simbolo rende invalicabile a tutti gli spiriti.»

Blum scosse la testa disperato. «I-io, io non riesco a c-credere che una cosa del genere s-sia possibile.»

«È assurdo, ma è la verità purtroppo.»

«Ma, s-sua moglie?» disse Blum confuso.

Noah si sfilò la giacca e sbottonò i primi bottoni della camicia. «Anche io e Allison vivevamo in una casa infestata. Lei non ne è uscita viva. Io e lei abbiamo un rapporto particolare, siamo legati l'uno all'altra tramite questo», disse alzandosi la camicia e la maglietta sulla schiena, per mostrare la spessa cicatrice rossa, violacea e spessa del simbolo che portava impresso sulla schiena.

«È lo stesso segno che è nascosto in casa sua, lo stesso che intrappola al suo interno i fantasmi che stanno distruggendo la vita della sua famiglia. Nel mio caso è anche il simbolo che ha permesso allo spirito di mia moglie di rimanere con me.»

«C-come è possibile?»

Noah si morse un labbro quasi a sangue, aprì la bocca un paio di volte, ma poi rinunciò a parlare. Il ricordo di quella notte bruciava ancora come un carbone ardente.

«È successo per caso. Casa nostra stava bruciando e...» Le parole gli morirono in gola. Noah si piegò, la testa tra le ginocchia, il respiro affannoso. Fu scosso da un brivido profondo che gli fece battere i denti. Allison si accucciò davanti al marito, piegò la testa da un lato per poterlo guardare negli occhi anche se lui fissava con ostinazione le assi del pavimento.

«Tranquillo. Respira.»

«Sto già respirando», disse con tono rabbioso Noah.

«C-cosa?» si intromise Blum.

«Scusa, Marvin. Stavo parlando con mia moglie.»

«Stai bene?» disse Allison.

«No, nessuno dei due sta più bene da un sacco di tempo.»

Blum scattò in piedi e lasciò il patio parlottando tra sé.

Noah e Allison si voltarono, dicendo all'unisono: «Dove vai?»

Marvin, in piedi in mezzo al cortile, in un evidente stato confusionale balbettò: «N-no non ci credo. T-tu che parli da solo, i f-fantasmi, le case i-infestate. È tutto t-troppo assurdo! V-vado a chiamare mia sorella!»

Allison disse preoccupata al marito: «Devi fermarlo!»

«Marvin!» gridò Noah mentre lo guardava allontanarsi. Sapeva che se davvero Blum avesse coinvolto la sorella sarebbe finito dentro per aver sfondato la porta. Emma non l'avrebbe più fatto avvicinare a Marrow Creek e così avrebbe finito per condannare la famiglia del fratello.

Nella testa di Noah divampò il ricordo della figlia di Marvin in lacrime e in un attimo gli occhi castani della bambina si fusero con quelli azzurri di Michael.

«Avevamo un bambino!» gridò Noah.

Marvin si fermò di colpo.

Noah sfilò dalla tasca posteriore dei jeans il portafoglio e avanzò sul prato in direzione di Blum, mentre tirava fuori da uno scomparto interno una foto sgualcita. La tese, tremante, a Blum.

«Si chiamava Michael. È morto nella casa in cui ho perso mia moglie.»

Gli occhi di Noah erano gonfi di lacrime trattenute.

Allison sussurrò al vento: «Non mi hai ancora persa. Sono qui».

Blum guardò la foto e poi Noah, l'espressione preoccupata si sciolse nella tristezza.

«Mi spiace. Non so cosa farei se perdessi Cecile.»

Noah fissò a sua volta la foto che stringeva ancora tra le dita.

«La casa dove abitavamo è distrutta. Ho perso tutto. Questa è l'unica foto che mi rimane di lui. L'ultima foto di Michael. Mi ripeto spesso che dovrei farla plastificare, farne delle copie, che dovrei trovare un modo più sicuro per conservarla... ma proprio non riesco a separarmene, neanche per un attimo. Da quando è morto viaggio per il Paese disinfestando case. Ho visto cose davvero spaventose, ma nulla batte il terrore di perdere questo quadrato di carta. Lo so che non mi dimenticherò mai di lui, che il dolore per la sua morte non mi abbandonerà... ma ogni tanto mi pare che il ricordo del suo viso sia un po' annebbiato, come se lo vedessi attraverso un vetro appannato. È in quei momenti che la tiro fuori e la guardo.» Si voltò verso Allison.

Adesso non parlava più a Blum, ma direttamente a lei: «Ti sembra giusto che ricordi sempre meno il viso di Michael?»

Lo sguardo che passò tra marito e moglie fu penosamente doloroso. Blum rimase in mezzo ai mucchi di neve in giardino, in silenzio. Lo vide stringere e aprire i pugni. Poi abbassò la testa e annuì piano. «È vero. Nella mia casa ci sono delle cose, delle presenze...» guardò Noah dritto negli occhi e lo ammise: «...dei fantasmi».

Allison indicò a Noah i giochi sparsi per il cortile e poi ripetè piano: «Non di nuovo».

Noah annuì e rivolto a Blum disse: «Lasci che l'aiuti».

21
Allison

31 agosto 2015

FURONO i rumori a svegliarla.

Rumori.

Rumori rimbombanti, martellanti. Agghiaccianti, da far accapponare la pelle.

Allison non sapeva dire da dove arrivassero. Era un continuo. Come se la casa stesse pulsando. Come se respirasse scricchiolando tutta insieme, nella sua testa.

Sentiva il rumore del sangue che fluiva in quelle vene fatte di tubature e intercapedini.

Dio, ti prego, basta. Ti prego.

Si alzò dal letto, scivolando via dalle lenzuola.

Chissà che ore sono...

(Allison)

Si voltò spaventata.

Si trovava nel lungo corridoio, diretta verso la cucina. Era scalza, indossava una vecchia T-shirt di Noah che usava come pigiama sopra le mutandine.

La paura la teneva ferma, inchiodata al pavimento di legno.

Qualcuno l'aveva chiamata.

Aveva sentito il suo nome echeggiare nella sua testa. Le aveva attraversato le orecchie come una lama affilata.

Era la voce di un uomo. Una voce inquietante. Un sussurro oscuro.

Eppure, era sicura di conoscere quella voce...

«Papà?» chiamò.

Nessuna risposta.

Adesso era in cucina. Si sentiva confusa, improvvisamente senza forze e svuotata. Aveva le vertigini e i sospiri della casa erano ricominciati. Era come se tante persone stessero sussurrando tutte insieme. Il rumore era davvero assordante.

«Basta, accidenti, basta!»

Allison si coprì le orecchie arrabbiata. Batté un piede nudo a terra, ma i sussurri continuarono.

(Allison)

La chiamavano ancora.

Prese un bicchiere dal pensile della cucina e lo riempì d'acqua.

«Mammina, non lo bere.»

Michael era seduto sul tavolo in cucina e stava disegnando. Sul foglio davanti a sé aveva disegnato casa loro, una distesa di pennarelli colorati, apparecchiati con un ordine tutto suo, erano sparsi sul tavolo e le gambe troppo corte per toccare terra erano ciondoloni.

Allison lo guardò confusa.

Perché non devo bere?

Michael alzò la testa dal foglio, come se avesse udito la domanda che Allison aveva solo pensato.

«Ti vuole fare del male, mammina. Devi stare attenta.»

(Allison)

Questa volta la voce era stata solo una, ed era quella di un uomo. L'aveva sentita distintamente, e le sembrava così familiare.

«Chi mi vuole fare del male?»

Strinse con forza il bicchiere d'acqua tra le mani e se lo portò alle labbra.

Michael alzò gli occhi dal foglio, il pennarello stretto forte nella piccola mano, e si lasciò sfuggire dalle labbra un gemito desolato. Allison si fermò preoccupata, il bicchiere a mezz'aria.

«Non berlo. Mamma, non berlo.»

Michael la fissava pallidissimo, gli occhi fuori dalle orbite. Stava colorando qualcosa con il pennarello nero, con forza. Non staccava la punta dal foglio e continuava a colorare con ampi gesti. Le nocche della mano erano bianche.

«Michael...» sussurrò Allison preoccupata.

«NON BERLO, MAMMINA, NON BERLO!» urlò il bambino.

La casa iniziò a tremare e i sussurri e le voci ricominciarono a sciamare nell'aria e nella sua testa.

Il bicchiere nella sua mano si fece più pesante e vibrò anche lui. Allison si accorse che non c'era più l'acqua dentro ma un nugolo di vespe. Striscianti, i corpi brulicanti ammassati convulsamente in un'unica entità, gialla e nera, che ronzava arrabbiata.

(Mamma)

Michael la stava chiamando da lontano, mentre il Michael seduto in cucina davanti a lei continuava a disegnare disperato, gli occhi sbarrati e il viso contratto in una smorfia di orrore.

Allison provò una fitta di dolore alla mano. Una vespa era uscita dal bicchiere e aveva strisciato sulla sua mano. Sulla pelle candida del dorso si formò un minuscolo puntino rosso che non tardò a gonfiarsi in un pomfo dolorante.

(MAMMA!)

Allison lasciò la presa e il bicchiere cadde a terra, ma non udì lo schianto.

Strinse gli occhi, o almeno, pensò di farlo, perché anziché chiuderli, li aprì e si svegliò.

«...Mamma?»

Michael stava piangendo.

Allison era ansante con il viso imperlato di sudore e fissava sconvolta il bambino rannicchiato nel lettino, addossato alla parete della camera, che singhiozzava. Le ci volle qualche secondo prima di rendersi conto di dove fosse.

Le tende delle finestre non erano tirate del tutto, e la luce della luna, alta nel cielo, filtrava rischiarando la stanza con la sua luce pallida. Era ancora notte e si trovava nella camera da letto di Michael.

La casa era silenziosa. Non c'era traccia di vespe o di sussurri.

Lei era in piedi sopra al letto di suo figlio, e tra le mani stringeva il suo lenzuolo.

Michael la guardava atterrito, addossato alla parete, indifeso, il viso pieno di lacrime. Si teneva il polso stretto al petto.

Allison scorse qualcosa che le fece accapponare la pelle: sul polso bianco del suo bambino c'erano i segni viola della sua mano.

«Mamma, ti prego, mi fai paura, adesso smettila.»

22
Noah

22 Dicembre 2019

Noah e Blum erano rimasti sotto al portico a parlare a lungo, prima di dividersi.

Blum gli aveva raccontato di come lui e la moglie fossero finiti a Marrow Creek. Si erano trasferiti a seguito del suo licenziamento. L'azienda in cui lavorava come contabile era stata colpita dalla recessione e le folli politiche nazionaliste di Trump avevano fatto alzare così tanto i costi dell'importazione dell'acciaio, che il proprietario aveva dichiarato fallimento.

«È stato come nel gioco dell'oca. Il giorno prima avevo un lavoro stabile, amicizie, la casa dei miei sogni. Ero a un passo dal traguardo, e il giorno dopo era sparito tutto e ho dovuto ricominciare la corsa dalla prima casella del tracciato», aveva confidato Blum con l'aria afflitta. Aveva aggiunto con un sorriso stanco: «È stato grazie a mia sorella se siamo riusciti a trasferirci qui. Era di stanza in Iraq, ma è stata congedata dopo essersi beccata una pallottola in una rotula. Quando è tornata a casa io ero appena stato licenziato e la banca minacciava di prendersi casa... avevo comunque un bel mutuo che mi aspettava puntuale ogni mese... È stata lei a costringermi a vendere tutto prima che fosse troppo tardi e sempre lei ha trovato l'annuncio con cui cercavano personale qui a Marrow Creek. La miniera aveva riaperto da poco e, per attirare famiglie che ripopolassero il paese, la compagnia offriva mutui a tassi stracciati senza bisogno di anticipi a chiunque fosse disposto a traferirsi e lavorare per loro».

Marvin tirò fuori un pacchetto di sigarette malridotto da sotto un'asse del portico.

«Qui a Marrow Creek è illegale fumare?» chiese sorridendo Noah.

Blum gli rivolse un sorrisetto colpevole. «Ho cominciato quando mi hanno licenziato e Molly, mia moglie, non lo sa. Mi spiace mentirle, ma mi aiuta a rilassarmi.»

Accese la sigaretta e fece un tiro, trattenendo il fumo per poi gettarlo fuori lentamente dalle narici. Noah notò come l'atto di fumare fosse un gesto estraneo a quell'uomo tanto pacato.

«Da quando ci siamo trasferiti qui a Marrow Creek abbiamo cominciato tutti una nuova vita. Alla miniera ci trattano bene e Cecile ha fatto subito nuove amicizie a scuola... Ma la verità è che, se devo essere sincero, da quando siamo stati costretti a vendere la casa, nulla è stato più lo stesso. La tensione non si è più allentata, la sensazione che fossimo in fuga non mi ha più abbandonato. Ero convinto che quella casa sarebbe stata nostra per sempre. Quella era la mia unica sicurezza. Era il nostro rifugio contro ogni imprevisto. Ma era tutto un'illusione e ora... ora questo.»

Noah sospirò e guardò la fila ordinata di abitazioni lungo la strada, avvolte nelle decorazioni natalizie, calde, accoglienti. La luce dell'alba rischiarava le punte dei tetti innevati, colorandoli di un timido rosa invernale. Guardò poi gli scantinati che occhieggiavano dalle fondamenta, le finestre nere, le porte chiuse, e l'illusione della sicurezza sparì, di colpo, e venne percorso da un lungo brivido quando si rese conto di quanto sembrassero bestie acquattate nella notte.

Blum si alzò sgranchendosi le gambe. «È tardi, o meglio, è presto. Devo andare a convincere Molly a portare Cecile dalla nonna. Ci vediamo qui stanotte, allora?»

Noah sospirò.

«Posso insistere un'ultima volta? Marvin, davvero... dovresti lasciare la faccenda a me e ad Allison. Cercare di spezzare il sigillo in una casa infestata è davvero pericoloso.»

A nulla erano valsi gli avvertimenti di Noah. Aveva provato in ogni modo a convincerlo, ma Marvin Blum si era rivelato più testardo di quanto desse a vedere. Magro come un chiodo, con gli occhiali spessi che gli continuavano a scivolare sulla punta del naso, aveva piantato i pugni contro i fianchi difendendo la sua posizione con tenacia.

«No, signore. Io rimango. Proteggerò casa mia e la mia famiglia, fosse l'ultima cosa che faccio.»

Noah sorrise, si alzò dalla veranda e lo salutò, stringendogli la mano con calore. Quell'uomo gli piaceva. Avrebbe fatto di tutto per aiutarlo.

Noah attraversò la strada silenziosa e risalì in macchina, seguito a breve distanza da Allison. Il fantasma della moglie non smetteva di lanciare occhiate fugaci alla casa dei Blum.

«Lo hai visto anche tu?» gli chiese.

Noah annuì, passandosi entrambe le mani sul viso stanco, provando a svegliarsi. Cercò il termos. Aveva così tanto bisogno di un caffè che si sarebbe fatto andar bene anche quella brodaglia immonda.

«Uno spirito nero, con un largo sorriso bianco che, ammetto, mi ha davvero messo i brividi. Lo avevo già notato questa mattina.»

Allison rimase in silenzio, persa nei suoi pensieri. Quando le vedeva quell'espressione in viso, Noah si sentiva sempre un po' male. Le ricordava la Allison fantasma che aveva conosciuto appena la sua Allison era morta. Fredda e lontana, evanescente, pronta a sparire da un momento all'altro. Sebbene la cicatrice sulla schiena gli ricordasse ogni giorno come questo fosse impossibile, quando la vedeva ritrarsi in sé stessa in quel modo aveva comunque paura che potesse non tornare più da lui.

«Mi ha ricordato... il mio uomo ombra. Ma è decisamente peggio qui. C'è qualcosa di terribile che si annida in quella casa.» Allison continuò a scrutare con apprensione le finestre contornate di luci natalizie dorate.

Noah inserì la chiave nell'abitacolo e il quadro si accese illuminandogli il volto stanco.

Allison gli sorrise. «Sei stato bravo a parlare a quell'uomo. Era spaventato e aveva bisogno di capire che non stava impazzendo. Aveva bisogno che qualcuno gli credesse.»

Noah provò una fitta al cuore. Dopo l'errore che aveva fatto con Allison, aveva imparato l'amara lezione.

«Sapevo cosa stava provando... e sapevo che cosa aveva bisogno di sentirsi dire.»

L'aria condizionata iniziò a sputare nella macchina calore e una pungente puzza di plastica bruciata.

Dopo un attimo di esitazione Allison aggiunse a bassa voce, come avesse paura di spaventare il marito: «Stasera hai parlato di Michael».

«Sì», rispose lui seccamente, con un tono che non prevedeva nessuna replica.

Allison non si lasciò intimidire dal suo tono.

«Sai che non lo facciamo mai? Non parliamo mai di nostro figlio. È come se stessimo provando a cancellarlo dalla nostra vita... e questo è orribile, Noah. Quasi più orribile che averlo perso.»

Noah scattò verso la moglie. Per un attimo un lampo di furia si accese nei suoi occhi, subito domato dall'espressione calma e triste sul viso di lei.

«So che parlarne ti fa soffrire, ma è successo quattro anni fa e tu ancora non hai il coraggio di pronunciare il suo nome guardandomi negli occhi.»

Noah mise in moto la macchina. Il rumore del motorino di avviamento coprì le ultime sillabe pronunciate da Allison. Lei fece un gesto con la mano e la chiave girò nel senso opposto e volò via, rimbalzando sui tappetini fradici della neve che si staccava dagli scarponi di lui.

«Ti prego, non chiuderti proprio ora. So che vuoi parlarmi... so che vuoi parlare di quella notte.»

L'ira ricominciò a montare in Noah come un fuoco caldo che

gli bruciava alla bocca dello stomaco. Cercò di trattenere le parole tra i denti, ma quelle proruppero dalle sue labbra, feroci.

«Vuoi che ti dica che da quel giorno sono più morto di te, Allie? Non lo sai già? Non mi vedi avvizzire sotto i tuoi occhi, perdere peso e consistenza? Pensi che se non stessi soffrendo come un cane, mi infilerei in quelle case? Cosa cazzo vuoi che ti dica?»

Noah guardò tremante la moglie, la rabbia che gli pulsava nelle tempie. L'aria imperturbabile di Allison, quel velo impenetrabile che era calato su di lei con la morte, non si scostò neanche a quelle parole. Noah intravide le labbra del fantasma muoversi lente, dietro alla barriera tremolante delle sue stesse lacrime. La sentì pronunciare parole proibite, riaccendere la luce su un angolo buio, dimenticato, della sua memoria. Un ronzio gli si insinuò nelle orecchie e annegò le parole di Allison, ma a poco a poco si affievolì, sovrastato dalla voce della moglie che rimbalzava chiara e nuda nello stretto abitacolo.

«Vorrei che ti decidessi a dirlo, Noah. Vorrei che per una volta avessi il coraggio di dire quello che pensi. Perché io so cosa è successo quella notte e sono terrorizzata anche solo dal ricordare quei momenti.»

Noah ebbe paura, più di quanta non ne provasse da tempo e fu tentato di mettere le mani sulle orecchie, di urlare per sovrastare la voce di Allison, per non dover sentire, ma una parte di lui, uno spiraglio lacerato della sua anima, lo costrinse ad ascoltarla mentre pronunciava quell'orrenda verità.

«Quello che è successo è solo colpa mia, Noah. Ho ucciso io Michael.»

SECONDA PARTE

TRASCRIZIONI DEI NASTRI TROVATI NELL'APPARTAMENTO DI RICHARD MATHESON. LA VOCE REGISTRATA APPARTIENE A RICHARD MATHESON.

REGISTRAZIONE Nr.15
DATATA 3 agosto 1962

Ciao, Rebecca. Sono mesi che non riesco a farmi una dormita decente. Il ragazzino... quel maledetto London, mi ha prescritto dei sonniferi e dato che sto provando a essere più gentile con il prossimo, a essere più come tu mi avresti voluto, gli ho consigliato di bersi un bicchierino e rilassarsi prima di infilarseli dove non batte il sole. L'ho fatto in maniera molto educata ovviamente, usando tutti i termini medici corretti.

[LUNGA RISATA INTERROTTA DA COLPI DI TOSSE]

Mi avresti ammazzato per aver detto una cazzata del genere. Mi avresti inseguito per la casa armata di quell'affare con cui spolveravi ossessivamente i mobili. A proposito... ho licenziato la cameriera. Non mi va che una sconosciuta mi veda in questo stato.

La casa è un disastro. Un altro buon motivo per impalarmi con il tuo spolverino.

Però ti do una buona notizia. Forse non ci sarà bisogno di uccidermi, se continuo a non dormire e a presentarmi in ritardo alle riunioni, ci penserà Hickman a farlo. Quell'odioso bastardo.

Bastardo non è una parolaccia, vero? Non dovresti contarla tra quelle che dico, anche perché è quello che è Hickman, uno stronzo di prima categoria.

Sto impazzendo davvero, Rebecca. Sento la

follia insinuarsi nel mio cervello. Un centinaio di ragnetti che mi sciamano nelle orecchie e mi divorano materia grigia come fosse delizioso zucchero filato.

Hickman vuole sostituirmi, ma non ha il coraggio per chiedere al Consiglio di votare per lui. O almeno non ancora.

Forse dovrei lasciarglielo fare. Forse dovrei scolarmi tutto quello che rimane nella cantina e venirti a trovare.

Però se aveva ragione suor Montague, la mia insegnante al liceo, ho il sospetto che non finirei nello stesso posto dove sei tu ora.

Adesso provo a prendere uno di quei sonniferi che mi ha prescritto London e vado a dormire.

Dio, spero non abbia davvero seguito il mio gentilissimo consiglio sul luogo in cui disporre le pasticche.

[LUNGA RISATA]

[FINE REGISTRAZIONE]

REGISTRAZIONE Nr.16
DATATA 4 agosto 1962

Sono finalmente riuscito a dormire, Rebecca. Purtroppo ho fatto sogni assurdi per tutta la notte. Forse non dovrei bere così tanto quando prendo la roba che mi ha prescritto London.

Comunque mi sono svegliato di buon umore. Oggi chiederò a Ronald di anticipare la riunione del CdA, ma di non avvertire Hickman. Non vedo l'ora di vedere la faccia di quel coglione quando lo ammonirò per il suo ritardo.

[FINE REGISTRAZIONE]

REGISTRAZIONE Nr.38
DATATA 14 agosto 1962

Ho paura, Rebecca. Sono dieci giorni che faccio lo stesso sogno. Una porta dipinta di rosso, chiusa, ma costruita nel mezzo di un muro diroccato. Potrei girarci attorno, potrei scavalcare il muro e andare dall'altra parte, ma so per istinto che non arriverei nello stesso luogo su cui la porta si apre.

E la porta mi chiama a sé, chiede di essere aperta, vuole che io la attraversi, ma l'idea mi terrorizza.

Ieri notte in sogno mi sono pisciato addosso dalla paura e quando mi sono svegliato ho scoperto che l'avevo fatto anche nella realtà.

Ho buttato via tutti gli alcolici che avevo in casa. Mischiare whisky e sonniferi non mi fa bene.

Mi manchi, Rebecca. Vorrei tu fossi qui per prenderti cura di me, ho paura di stare impazzendo per davvero.

[FINE REGISTRAZIONE]

REGISTRAZIONE Nr. 52
DATATA 6 settembre 1962

Ogni notte sogno la porta e ormai sento il suo richiamo anche quando sono sveglio. Ne ho parlato con London e lui mi ha consigliato di guidare il sogno e di costringermi ad aprirla. Dice che è solo un trucco della mia mente, che è il subconscio che mi nasconde il dolore, che mi invita a tenerlo chiuso in un angolo della mia psiche. Dice che la porta è la manifestazione onirica di questo mio blocco, ma quel coglione non l'ha mai vista. Non ho abbastanza immaginazione per inventare una cosa del genere. La porta è reale e l'idea di scoprire cosa c'è dall'altra parte mi terrorizza.

[FINE REGISTRAZIONE]

REGISTRAZIONE Nr.167
DATATA 23 dicembre 1962

Ho paura Rebecca... ma ho deciso. Stanotte aprirò quella cazzo di porta.

[FINE REGISTRAZIONE]

23
Allison

4 settembre 2015

Noah si presentò a casa quel venerdì pomeriggio con un cucciolo tra le braccia.

Appena lo vide scendere dalla macchina, Michael gli corse incontro euforico, liberatosi da qualsiasi preoccupazione e broncio che avevano torturato lui e Allison nei giorni precedenti.

«È per te», gli disse il papà, mentre gli porgeva il cane color paglia. Doveva avere tra i tre e i quattro mesi. Era già abbastanza grosso e, viste le zampe massicce, sarebbe cresciuto ancora.

Michael lo accolse tra le sue braccia, felice come non mai.

«Mamma! Mamma hai visto? Papà mi ha finalmente portato il cane!»

«Vorrei vedere, sono settimane che quando mi vedi, ancora prima di salutarmi, mi chiedi del cucciolo. Se mi fossi presentato anche questo weekend senza, il mio povero cuore non avrebbe sopportato un altro interrogatorio!»

Allison era rimasta sotto al portico, pallida e meditabonda.

Rivolse a Michael un sorriso, mentre il bambino accarezzava il cane.

Noah la raggiunse a grandi falcate, sorridendo, attraversando il giardino inondato dalla luce rossa del pomeriggio.

Appena le fu abbastanza vicino il sorriso gli morì sulle labbra.

«Dio, Allie, stai uno schifo. Ti ho lasciato solo qualche giorno fa e guarda che occhiaie terribili hai. Anzi, più che delle occhiaie sembra che hai preso un pennarello e ti sei truccata da panda», disse preoccupato.

Lei gli rivolse un sorrisetto stanco e imbronciato.

«È questa la prima cosa che dici dopo non aver visto tua moglie per una settimana?»

Noah le passò un braccio attorno alla vita e la baciò con dolcezza.

«Hai ragione. Mi sei mancata, lo sai? E... sì, stai uno schifo. Davvero, Allie, così mi fai preoccupare. Cosa succede? Non stai dormendo?»

Lei si strinse nelle spalle, cercando di minimizzare.

«Faccio fatica a prender sonno.»

Dopo la discussione al telefono, Allison non gli aveva più detto niente. Aveva scelto di tacere, di nascondergli tutto per non farlo preoccupare.

Non gli aveva più parlato del pizzicore alla nuca. Della costante sensazione di essere osservata dentro casa. Anche quando sapeva di essere sola non si sentiva mai *davvero sola*. Sapeva che il loro *ospite* era in agguato nell'ombra, pronto a spiare ogni movimento suo e di Michael.

Non aveva raccontato a Noah neanche del sogno inquietantissimo che aveva fatto... e non gli aveva parlato dell'attacco di sonnambulismo che aveva avuto in camera con Michael. Non una parola sul bicchiere pieno di vespe o sull'espressione di assoluto orrore che aveva Michael quando era stato svegliato nel cuore della notte da sua madre che chissà cosa diavolo stava facendo...

Allison rabbrividì al ricordo degli occhi persi e pieni di paura del figlio e si odiò per averlo spaventato in quel modo.

«Non mi dire che hai freddo, Allie... ci sono più di quaranta gradi», scherzò Noah passandole una mano calda sulle braccia nude.

Lei gli rivolse un debole sorriso e scosse piano la testa.

Noah la prese per mano e se la trascinò dietro fino alla macchina.

«Ho preso un regalo anche per te.»

«Davvero?»

Noah annuì, aprendole lo sportello del passeggero per farla salire in macchina.

«Non voglio che Michael ci veda.»

Allison gli rivolse un'occhiata allusiva. «Signor King, è un regalo 'per adulti'?»

Noah fece una smorfia.

«Diciamo di sì.»

Salì al posto del guidatore e chiuse le portiere con la sicura.

«Apri», e le indicò il cruscotto.

Allison obbedì. Quando lo sportello si aprì, Allison poté scorgere, tra le carte dell'assicurazione della macchina, una pistola.

«Dio mio, Noah. Sei impazzito?»

Allison richiuse di scatto il cruscotto e si voltò furiosa verso il marito.

«Una pistola? Sai benissimo come la penso riguardo le armi da fuoco. Con un bambino in casa poi...»

Noah alzò le mani, come a volersi difendere.

«Amore, ho pensato solo che potesse farti sentire più sicura. In una casa così isolata... fa sentire *me* più sicuro sapere che vi possiate difendere.»

Allison lo guardò, seria. L'ondata di indignazione stava già scemando.

«Difendere da cosa?» gli chiese tesa.

Noah fece spallucce. «Da qualsiasi cosa.»

Entrambi fecero finta di non sapere a cosa si stessero riferendo.

Allison fissò il cruscotto chiuso.

«Avanti, prova a prenderla», la incoraggiò Noah.

Allison indugiò per un attimo, poi fece scattare di nuovo lo sportello.

La pistola riposava indisturbata tra i fogli. Vista così sembrava quasi un giocattolo.

«È una Glock semiautomatica, calibro 22.»

«Da quando sei diventato un esperto di pistole?»

Allison allungò la mano per prenderla.

Le sfuggì un gemito di sorpresa quando la strinse in mano. Era pesante.

«Ho solo imparato il nome a memoria per fare bella figura con te», disse Noah sorridendo. Aggiunse poi in fretta: «Ovviamente possiamo andare al poligono, così puoi imparare a sparare e a maneggiarla».

Noah era in attesa. Probabilmente di un suo giudizio che non fosse un rimprovero o una risposta brusca.

Allison si vergognò un po'. Ripose la pistola nel cruscotto e si allungò per baciarlo sulle labbra.

«Grazie, Noah. Davvero.»

Noah le sorrise, visibilmente sollevato. Si sporse per baciarla ancora, quando Michael cominciò a tempestare di pugni il finestrino del passeggero.

«Posso chiamarlo *Mostro*? Posso?»

«Puoi chiamarlo come preferisci, amore», disse Allison scendendo dalla macchina. Lo prese per mano e voltò appena la testa per incrociare lo sguardo di Noah.

«Falla sparire», gli mimò con le labbra, e lui annuì.

Michael si staccò dalla sua mano e si mise a rincorrere il cane che, goffamente, trotterellava davanti al patio.

I due adulti indugiarono a lungo osservando le due figurine che correvano nel giardino al tramonto. Sembravano due personaggi di un'illustrazione, di una cartolina degli anni Cinquanta. Il bambino prese tra le braccia il cane e risalì uno alla volta i gradini del portico bianco con attenzione.

Allison guardò inerte mentre la casa inghiottiva il suo bambino. Un brivido le attraversò di nuovo la schiena.

Negli occhi neri della casa qualcosa si mosse, e Allison seppe che li stava osservando.

24
Noah

22 Dicembre 2019

Noah e Allison avevano continuato a discutere anche quando avevano raggiunto la stanza. Noah non si era seduto sul letto, aveva scelto la poltrona di velluto nell'angolo. Allison era fluttuata accanto alla finestra. Il sole era sorto ma era stato presto ingoiato da alcune nuvole grigie. Attraverso Allison, Noah notò che aveva iniziato a nevicare piano. Si stropicciò gli occhi, rendendosi però conto che la stanchezza della nottata in bianco era stata spazzata via dal bisogno di confrontarsi.

Avevano parlato di Michael e di quello che era successo quella notte e avevano litigato come non facevano da anni. Dopo essersi riappacificati, Noah guardò la moglie, evanescente contro la finestra e scherzò: «Lo sai che non litigavamo in questo modo da prima che morissi?»

Allison gli rivolse un pallido sorriso. «Dovresti mangiare qualcosa.»

Lui annuì, arrendendosi. Aveva intenzione di fondersi con la poltrona per le seguenti tre ore, ma non aveva voglia di farsi sgridare ancora dalla moglie. Si fece coraggio e si tirò su.

Appena si rimise in piedi fu investito dalle vertigini.

«Tutto bene?» chiese Allison dall'altro lato della stanza.

«Tutto ok, ma sarebbe stato meglio stendermi su quel meraviglioso materasso invece di appollaiarmi sulla poltrona.»

«Mi spiace, forse avresti dovuto riposare.»

Noah si guardò intorno alla ricerca del borsone.

«Prima di uscire a mangiare mi do una ripulita.»

Allison annuì, controllando i fogli e gli appunti che avevano lasciato ormai ore prima accanto al laptop e sparso per la camera. Una biro cominciò a muoversi da sola su un post-it.

«Un altro paio di questi trucchetti e potremmo mettere su un numero di magia niente male», commentò Noah meravigliato, indicando la scrivania.

Allison sorrise lusingata. «Più passa il tempo e più mi sento... potente? Ha senso come cosa, secondo te?»

Noah sospirò sollevato nel vederla sorridere di nuovo.

«Non saprei, non sono un esperto di fantasmi, sei l'unica che frequento.»

«Dicono tutti così», rispose Allison.

Per un attimo, Noah ebbe la sensazione che Allison fosse più reale del solito. Più concreta. Per un attimo fu sul punto di allungare una mano per carezzarle i capelli.

«...di più del solito», concluse Allison mentre Noah si riprendeva da quel momento di estraneazione.

Si era distratto e si era perso il fiume di parole che Allison gli stava riversando addosso.

«Cosa?» disse.

«Terra chiama Noah, mi ricevi? Dopo aver fatto colazione mi devi giurare che dormirai un po'. Ti stavo dicendo che ho capito una cosa... e c'è un particolare su ieri notte che non ti ho raccontato.»

Noah si sedette alla piccola scrivania addossata a un angolo della stanza e ingombra degli appunti di Allison.

«Certo che scrivi proprio male!» disse lui alzando un foglio imbrattato con lettere storte e ondulate, simili a zampe di gallina.

«Vorrei vedere te a scrivere senza mani!» rispose piccata lei strappandogli il foglio con un gesto della mano.

«Scusa, volevo solo sfotterti un po'. Cosa mi dovevi dire su ieri sera?»

Sul viso di Allison si allargò un sorriso infantile.

«Prima la mia scoperta», disse facendo svolazzare via i fogli sulla scrivania che piovvero sul pavimento della stanza.

Sulla scrivania c'era la vecchia piantina degli Stati Uniti su cui avevano cerchiato a penna tutte le case dove erano intervenuti negli ultimi quattro anni. Solo adesso Noah notò le nuove aggiunte che aveva fatto Allison. Accanto ai cerchi che aveva tracciato lui, adesso c'erano dei sottili e tremolanti numeri, scritti con la terribile grafia del fantasma di sua moglie.

«Cosa sono questi?» chiese.

«Il numero approssimativo dei fantasmi che abbiamo trovato nelle case che abbiamo visitato. Noti nulla?»

Noah studiò ancora la cartina ma scosse la testa.

Allison puntò un dito su un circoletto.

«Penso che ci stiamo avvicinando a qualcosa. Più andiamo a nord e più le case sono... affollate.»

L'effetto epico del gesto si perse un po' quando le prime due falangi attraversarono il piano della scrivania.

«Questa era la casa dei Price. Se ben ricordi era piena di fantasmi... ma quella di ieri, quella dei Blum... be', sembrava un rave party», disse Allison indicando un nuovo circoletto che aveva fatto dove, se fosse stata segnata sulle cartine, si sarebbe situata Marrow Creek.

«Dai Morrison in Florida ce ne era solo uno e... be' a Dallas erano decisamente di più, ma nella tenuta Shalke, in Oregon, erano almeno una decina.»

Noah aggrottò le sopracciglia, mettendo finalmente a fuoco la scena che sua moglie gli stava dipingendo.

«Inizio a capire, ma perché dici che ci stiamo avvicinando a *qualcosa*?»

Allison stupì Noah allargando ancora di più il suo sorriso.

«Abbiamo sempre considerato le case con il marchio dell'Architetto come dei fari. Attirano i fantasmi che poi rimangono intrappolati al loro interno, giusto?»

Noah annuì continuando a osservare la cartina con attenzione.

«Ora, supponiamo che, più una casa rimane attiva, più in quella zona vengano attratti gli spiriti rimasti sulla terra...»

«...questo significa che se troviamo più spiriti in una casa, questo vuol dire che il simbolo è stato piazzato sull'edificio da più tempo», concluse esultante Noah.

«Esatto. L'Architetto ha sempre cercato di coprire le sue tracce affidandosi a ditte diverse, rendendo irrintracciabili le compagnie che si occupavano dei lavori, nascondendole in un gioco infinito di scatole cinesi... ma forse, queste precauzioni sono arrivate dopo. Forse se troviamo una delle prime case su cui ha messo le mani, possiamo scoprire il nome del bastardo a cui stiamo dando la caccia! Quello che ci ha fatto... be', questo.» Allison semplicemente si indicò.

Noah si unì al sorriso della moglie. Stava per replicare, quando un rumore sinistro rimbombò per la camera.

Allison lo guardò di sottecchi. «Era quello che penso io?»

«Mi spiace di aver rovinato l'epicità del momento, ma era proprio il mio stomaco», rispose Noah prima di scoppiare a ridere.

«Che ne dici se ne riparliamo dopo aver fatto colazione, Sherlock-Allie?»

«Direi che ti sei meritato un piatto bello abbondante di pancake, signor King.»

Noah si diede una lavata e, visto che era di buon umore, si dedicò con calma ad accorciarsi la barba davanti allo specchio del bagno.

«Ti stai facendo bello per me?» disse Allison ammiccando.

«Certo, mia cara, anche se devo ammettere però che anche la signora Johnson, seppure un po' in là con gli anni, è un bocconcino appetitoso.»

«E poi avrà un sacco di aneddoti sui suoi compagni di classe da raccontarti durante le chiacchiere post sesso.»

Noah parve confuso. «Compagni di classe?»

«Ma certo, Franklin, Jefferson e tutti gli altri padri fondatori.»

Noah fu preso da un nuovo eccesso di risa che ben presto si trasformò in uno di tosse. Si piegò in due per il dolore e per un attimo la vista gli si oscurò, mentre un fischio potente gli attraversava le orecchie. Capì che stava per perdere i sensi e si aggrappò saldamente al lavandino di ceramica. Respirò piano, cercando di riprendersi e di scacciare il ronzio che gli aveva invaso le orecchie e che ormai era tremendamente familiare per Noah. Nell'ultimo periodo gli era capitato troppo spesso per i suoi gusti.

Svengo quasi più di un'attricetta da film muto.

«Noah? Stai bene?»

La voce di Allison gli arrivò ovattata alle orecchie.

Finalmente gli tornò la vista, anche se vedeva il bagno con un reticolo di puntini rossi e neri che si muovevano.

«Amore, tutto bene lì dentro? Vuoi una mano?» sentì dire Allison.

«No!» quasi gridò Noah e poi, cercando di simulare divertimento «Cosa abbiamo detto sui confini da imporsi quando si può passare attraverso i muri?»

Accese il rubinetto per bere una sorsata d'acqua gelida, ma con un ultimo colpo di tosse un grumo denso di sangue gli schizzò fuori dalla bocca. Rialzò il viso imperlato di sudore e quasi stentò a riconoscere il suo volto scarno e gli occhi azzurri incavati del suo riflesso.

Si sciacquò rapidamente i denti bianchi macchiati di sangue, diede un altro sguardo allo sconosciuto nello specchio e uscì con un sorriso tirato dal bagno.

Allison era appena fuori della porta, con un'espressione preoccupata. Noah, prima che potesse dire qualcosa, la anticipò, sperando di sviare l'attenzione su un problema che non era ancora pronto ad affrontare.

«Non dovevi dirmi qualcosa su ieri sera?»

L'espressione di lei cambiò all'istante, ma non come si sarebbe aspettato Noah. Sua moglie sembrava spaventata.

«Sei sicuro di non volerne parlare dopo la colazione?»

Noah sfilò dalla testiera del letto il cappotto.

«Non dirmi che ti vedi con un altro!»

Allison non rise alla sua battuta. Rimase un attimo in silenzio, come se soppesasse le parole.

«Allie...»

«Ieri notte, quando siete usciti mi sono accorta di una cosa strana. I fantasmi nella casa dei Blum stavano provando a scappare.»

«Cosa c'è di strano, non cercano di farlo tutti gli spiriti intrappolati?» chiese Noah.

«Non così.» Allison ci pensò su un momento, cercando di mettere a fuoco la sensazione che aveva avuto mentre era lì.

«Non erano solo arrabbiati e frustrati dalla prigionia, sembrava avessero... paura. Paura di qualcosa.»

Noah fece una smorfia incredula. «Di cosa? È possibile terrorizzare un fantasma?»

«Non che io sappia. La paura non è un sentimento che rimane quando si muore. Di solito la rabbia spazza via tutto», disse Allison.

Noah guardò la moglie. Sapeva che non gli aveva ancora detto tutto, lo capiva da come si mordicchiava il labbro inferiore. Una vecchia abitudine di quando era ancora viva.

«C'è dell'altro, vero?»

Allison svolazzò per la stanza nervosa.

«Ricordati che quel corridoio era un incubo e quando sei sceso con i Blum la situazione è peggiorata...»

«Dimmi quello che devi, Allie», la interruppe Noah.

Allison parlò lentamente, con circospezione, come se neanche lei credesse fino in fondo a quello che stava per dire.

«Alcuni dei fantasmi contro cui mi sono battuta ieri avevano strani segni addosso... alcuni sulle gambe, altri sulle braccia e uno di loro in pieno viso.» Allison lo guardò preoccupata.

«Io non sono sicura che sia possibile una cosa del genere, ma sembrava che qualcuno li avesse... morsi.»

25
Allison

24 settembre 2015

L'ARIA finalmente era più fresca. Il caldo afoso, le magliette appiccicate addosso e le nottate senza un filo di vento cominciavano a essere solo uno spiacevole ricordo di un'estate bizzarra e strana, che tutta la famiglia King era felice di essersi lasciata finalmente alle spalle.

Era ormai da quasi un mese che Noah faceva avanti e indietro da Hemlock Hill a Portland. Era stato contattato anche per un nuovo incarico a Weymouth. Buffo come i lavori fossero aumentati all'improvviso proprio adesso che si erano trasferiti. Noah però tornava a casa puntuale come un orologio alle cinque di ogni venerdì e si rimetteva in viaggio alle cinque del mattino di ogni lunedì successivo. Si vedeva che era esausto, soprattutto quando doveva ripartire, ma era uno sforzo necessario, lo sapevano entrambi i coniugi King e Noah non si sarebbe tirato indietro per niente al mondo. In quel momento così delicato, dopo aver deciso di lasciarsi alle spalle Boston per una vita più tranquilla in campagna, dovevano supportarsi in qualsiasi modo possibile. Dovevano essere in due, complici e uniti come non mai: non dovevano lasciar spazio neanche a un granello di sabbia nel loro matrimonio, sapevano di doversi impegnare e si aggrappavano a questa idea.

La famiglia si era già abituata a questo nuovo ritmo e la scuola era stata una grande e sconvolgente novità per Michael.

Allison si era ritrovata improvvisamente ad avere del tempo libero, *troppo tempo libero,* durante la sua settimana.

Il lavoro era fermo: ogni mattina si sedeva nello studio e apriva la mail sperando di leggere un messaggio da parte di qualche casa editrice che le affidava delle illustrazioni per l'infanzia o delle copertine. Si ritrovò persino a pregare di trovare un messaggio per una commissione di volantini da supermercato. Aveva bisogno di lavorare e non solo per l'aspetto finanziario. Aveva bisogno di tenersi impegnata, di occupare le giornate perché sapeva come sarebbe finita altrimenti: sarebbe stata sopraffatta dai mille pensieri intrusivi che cercava di tenere a bada da un mese a quella parte. Cercava di scacciarli, e per un po' ci riusciva, ma non l'abbandonavano mai del tutto. Restavano acquattati negli angoli più oscuri del suo cervello, in attesa, pronti a scattare al primo segnale di un suo cedimento mentale.

Non aveva amici lì, non conosceva nessuno e non aveva idea di come farsene di nuovi.

Scrollò le email, controllando anche lo spam per sicurezza.

«Se esistesse un'app di incontri per amici nuovi mi ci iscriverei al volo», disse ad alta voce, sbirciando con la coda dell'occhio Mostro che dormiva steso al sole accanto a lei.

Il cane stava con loro ormai già da un paio di settimane, ma sembrava che lo avessero sempre avuto. Era diventato grande il doppio rispetto a quando era arrivato e Michael aveva già rinunciato all'idea di prenderlo in braccio. Per adesso aveva solo rosicchiato cinque dinosauri – lasciando miracolosamente intonso Cavalier Tony –, fatto la pipì su un tappeto e portato ad Allison, che stava per svenire tra i conati di vomito, felice e orgoglioso una zampa di procione. «Quando dormi sei molto carino», gli disse.

Il cane, quasi a risponderle, si stiracchiò, senza aprire gli occhi, e sembrò risprofondare in un sonno beato.

Allison girò sulla sedia girevole del suo studio.

Casa era in ordine. Aveva passato le mattinate precedenti a tirarla a lucido. Si era persino cimentata con il ferro da stiro. Gli ultimi scatoloni del trasloco erano stati svuotati e adesso non le era rimasto granché da fare se non pensare.

Aveva nascosto la pistola che le aveva regalato Noah in una scatola in fondo all'armadio e la ignorava, facendo finta che non esistesse, così come cercava di ignorare il motivo per cui era arrivata a casa.

La forza della convinzione aveva un potere inaspettato. Non era successo nulla di spaventoso quel mese. Quando Allison sentiva tornare *quel* pizzicore alla nuca, quando provava la sensazione di essere osservata, alzava il volume della musica, si versava un bicchiere di vino e faceva finta di niente.

Si ripeteva poi che Michael non aveva visto un bel niente. Era stata lei a suggestionarlo e accidenti se sapeva quanto era facile farlo con un bambino di sei anni.

Aveva fatto un mucchio di ricerche su internet e si era convinta che, se non aveva avuto un esaurimento nervoso, ci era andata davvero molto vicina. Noah aveva ragione, era davvero tutto frutto della sua immaginazione. Le ombre, i sussurri, gli incubi, il sentirsi continuamente osservata in una casa vuota troppo grande in mezzo al nulla...

Adesso si sentiva bene. O meglio, quasi bene. Solo un po' di frustrazione per la mancanza di lavoro.

Aveva iniziato a prendere un paio di pasticche per dormire meglio la sera, le stesse che le aveva dato sua madre la sera del suo primo «incidente» e adesso andava tutto *bene*. Noah all'inizio era contrario, ma quando tornò a casa il weekend successivo, vedendola più riposata e di buon umore, accettò la novità senza protestare.

Allison fissò di nuovo il cellulare per vedere se c'erano nuovi messaggi su WhatsApp, ma anche lui taceva, come la sua casella postale. Aveva scritto a un paio di amiche di Boston, ma era ancora orario di ufficio, di sicuro le avrebbero risposto in pausa pranzo o nel tardo pomeriggio.

Si stiracchiò, allungando le braccia, provando la piacevole sensazione di sentire i muscoli e i tendini allungarsi.

«Forse dovrei stendermi al sole come te», disse a Mostro.

Il cane sbuffò, aprendo un occhio verso di lei.

Si allungò per prendere dalla scrivania un libro che Noah le aveva ordinato su internet, *Come sopravvivere allo stress e ai cambiamenti del trasloco*. All'inizio le era parsa una stronzata bella e buona se non l'ennesima presa in giro del marito... ma quando lui imbarazzato le aveva parlato delle recensioni buone che aveva letto online era rimasta stupita. Il libro lo aveva letto e alla fine non le era dispiaciuto, anzi, si stava anche un po' ritrovando in quelle pagine. Gli incubi, le crisi di ansia potevano davvero giocare brutti scherzi e farti distorcere la realtà. Allison aveva deciso di convincersi di essersi immaginata tutto piuttosto che prendere seriamente in considerazione l'idea che ci fosse davvero *qualcosa* nella loro casa dei loro sogni.

Era più facile credersi pazza o stressata.

Era più facile e la faceva sentire meglio.

La faceva sentire più al sicuro. E poi non era capitato più alcun *episodio*.

Le tornò in mente, vivido e reale, come se lo stesse vedendo adesso per la prima volta, il viso spaventato di Michael di quella notte. Gli occhi azzurri spalancati, pieni di terrore. Sentì tra le mani il cotone leggero del lenzuolino del suo letto.

Al solo ricordo si sentì di nuovo male. Si passò una mano tra i capelli e si massaggiò il viso, cercando di pensare ad altro.

Cosa diceva il libro? Pensieri positivi. Pensa a cose felici quando arrivano i pensieri intrusivi.

Pensò a Michael che correva pieno di gioia con Mostro, a Noah accanto a lei nel letto e la morsa allo stomaco allentò un po' la presa.

Lo schermo del telefono segnava già le undici del mattino. Orario perfetto per fare qualche commissione.

Si preparò al volo e prese la bici per raggiungere il piccolo negozietto di alimentari poco distante. Per la spesa grossa della settimana avrebbe aspettato il ritorno di Noah e della Buick.

L'alimentari distava pochi chilometri. Allison avrebbe fatto una passeggiata di mezz'ora in bici, non le pesava, anzi, l'aria era fresca e il cielo terso, era un'ottima distrazione per perdere un po' di tempo. Se la vecchia sé stessa, la super cittadina-Allison l'avesse vista adesso sarebbe inorridita e si trovò a sorridere a quel pensiero.

Le piaceva la sua nuova vita. Era solo difficile abituarsi alla dimensione provinciale che ogni tanto le stava stretta, ma era certa che con il tempo sarebbe andato tutto bene.

La piccola area commerciale era decisamente piccola.

Oltre all'alimentari c'erano uno sgangherato ferramenta, una farmacia e un altro locale che Allison non aveva ben identificato. Sapeva solo che il proprietario passava tutta la sua giornata seduto sulla vecchia panchina verde scrostata, davanti alla vetrina, a chiacchierare con tutti i passanti, con la barba bianca sporca di giallo e una camicia, sempre la stessa, che aveva visto giorni migliori.

Quell'agglomerato di negozi e la pompa di benzina non erano stati progettati, erano nati per necessità, e si vedeva.

Parcheggiò la bici accanto all'alimentari, e prima di entrare si sbirciò nella vetrina: aveva i capelli biondi raccolti in una coda bassa, un paio di jeans comodi che usava quando doveva stare in casa a lavorare e una camicia di cotone a righe sottili bianche e azzurre. Era abbastanza presentabile per incontrare altri esseri umani.

Appena aprì la porta venne salutata dallo scampanellio che segnalava l'entrata, o l'uscita, di un cliente.

L'emporio era minuscolo ma accogliente. Un po' polveroso forse, ma gli articoli erano esposti con grande cura, allineati in maniera impeccabile sugli scaffali di legno delle pareti e al centro del locale.

«Salve?» salutò Allison, incerta. Il negozio sembrava vuoto. Prese un cestino di metallo all'ingresso e fece per avventurarsi tra la frutta e la verdura, proprio davanti all'entrata, quando una voce alle sue spalle le augurò il buongiorno, facendole scappare un gemito di sorpresa dalla bocca.

Dal bancone era spuntata la proprietaria, la signora Mildford: sulla settantina, il viso una ragnatela di rughe ma aveva i sorrisi più amichevoli che Allison avesse mai visto. Ammiccò dietro agli enormi occhiali da vista. Allison giurò che erano uguali a quelli che indossava sua nonna negli anni Ottanta.

«Perdonami, non volevo spaventarti, cara. Posso esserti utile?» chiese con gentilezza la signora.

Allison tirò fuori dalla tasca dei jeans la lista della spesa e controllò cosa aveva annotato in fretta prima di uscire.

«Ho bisogno di un paio di cose.»

L'anziana signora si sistemò meglio gli occhiali sul naso e si sporse, facendo cenno ad Allison di passarle il foglietto di carta spiegazzato.

«Dammi qua, cara, ti aiuto io.»

«Non c'è bisogno.»

«Non ti preoccupare, dai qua.»

Con gentile determinazione le prese il bigliettino e lo scrutò con attenzione. Un sorriso si allargò ancora di più sulle labbra sottili.

«Oh, dagli ingredienti sembra che qualcuno voglia preparare una torta. Sbaglio?»

Allison annuì. «Non sono granché brava ai fornelli. Anzi, sono decisamente un disastro. Volevo fare qualcosa di semplice. Mio marito torna a casa domani da fuori città e con mio figlio volevamo fargli una sorpresa.»

La signora Mildford allungò una mano e le accarezzò il braccio. Quel contatto inaspettato la colse di sorpresa, però le piacque e si sentì amichevolmente accolta da quella donna che per lei era poco più di una sconosciuta.

«Che idea meravigliosa, cara. Ho dei limoni perfetti per la tua torta. Vieni con me, ti aiuto io.»

«Non voglio disturbarla, posso cavarmela da sola», cercò di protestare Allison, ma la signora la zittì con la mano. Gliela agitò sotto al naso, come se volesse scacciare via una mosca.

«Macché disturbo. Sei l'unica cliente che è entrata oggi e io mi stavo annoiando. Ho già finito le mie parole crociate e muovermi un po' e chiacchierare con una ragazza a modo come te non può che farmi bene.»

Così la aiutò a mettere tutto l'occorrente per la torta nel cestino di metallo e, tra un pacco di lievito e uno di farina, Allison venne anche sottoposta a un cortese interrogatorio che pensò volesse farle da un bel po'.

«Sono nata e cresciuta qui. Ci conosciamo tutti e spero che tu, tuo marito e il tuo piccolo possiate sentirvi i benvenuti nella nostra piccola comunità. Non vi ho mai visto in chiesa però.» Rivolse ad Allison uno sguardo indulgente, immaginando già la sua risposta.

«Oh, be'...» disse lei in imbarazzo.

La signora Mildford scosse la testa, ma non aggiunse altro.

Le infilò nel cestino anche una piccola pianta. Allison non sapeva assolutamente nulla di piante e fiori, ma le sembrò una felce – o qualcosa del genere.

«Un regalo di benvenuto» disse la signora, ancora sorridendo.

Allison ringraziò imbarazzata.

«Quindi dov'è che state? Non ho capito.»

La signora aveva iniziato a battere le lunghe dita sulla tastiera della cassa, che a occhio e croce doveva avere la sua età, mentre infilava la futura torta nei sacchetti di carta scura.

«È la grande casa bianca con le finestre nere.»

La signora Mildford rimase con il dito a mezz'aria e per un secondo esitò. Ricominciò subito a battere allegramente ma ad Allison quell'esitazione non sfuggì e sentì l'ormai familiare stretta alla bocca dello stomaco tornare a stringere.

«Quella con il cancello nero?»

«Sissignora, proprio quella.»

«Era la casa del vecchio Al. Al Owens. Andavamo a scuola insieme.»

Al Owens. Il precedente proprietario.

«Era solo il signor Owens? Nessuna signora Owens?» chiese Allison con noncuranza, mentre osservava dei gattini di ceramica accanto alle penne disposte come soldatini sul banco della cassa.

Lo sguardo della signora Mildford si fece pensoso. Era distante, un po' malinconico.

«No. Ed è sempre stato un peccato. Povero Al, è sempre stato solo... Negli ultimi tempi non era più lo stesso... La vecchiaia, sa? Fa brutti scherzi. La vecchiaia e la solitudine.»

E anche l'alcol, pensò Allison, ricordandosi di quanto le aveva raccontato l'agente immobiliare. L'uomo, Al Owens, si era bevuto tutti i suoi risparmi.

La signora tirò su con il naso e porse ad Allison la lista della spesa stropicciata.

«Povero Al. Non era più lo stesso.»

Allison annuì, un po' frastornata.

«Aveva iniziato a vedere delle... *cose*.»

La donna lanciò un'occhiata preoccupata verso di lei, come se si fosse accorta solo in quel momento di aver detto troppo, portandosi una mano sulla bocca.

Allison rimase a guardarla, sbattendo gli occhi con aria sciocca, non sapendo bene come reagire a quella notizia.

«Che cosa?»

La signora Mildford trafficò con la cassa, scuotendo la testa.

«Lascia perdere, cara, erano solo i deliri di un vecchio prossimo alla morte. Sono dodici dollari e settantacinque.»

Allison tuffò la mano nella tasca dei jeans e pescò una banconota da venti sgualcita.

La signora Mildford le diede il resto e le sorrise di nuovo, ma questa volta, il sorriso cordiale era tirato, sostenuto. Non sembrava più sincero come il primo che l'aveva accolta quando aveva attraversato la porta del negozio.

Allison aveva quasi varcato la soglia quando la voce della signora la raggiuse.

«La piantina... è lavanda. È meglio se la mette nella camera del bambino.»

Allison le sorrise debolmente e la signora Mildford le restituì il sorriso.

La strada al ritorno le sembrò più faticosa dell'andata.

Una sensazione di gelo l'aveva attanagliata, e sapeva che non era stato il vento autunnale che la aspettava fuori, no... si era sentita avvolta da un manto freddo ancor prima di lasciare il negozio.

Una vocina che aveva cercato di soffocare con tutte le sue forze tornò a sussurrarle all'orecchio: «*Hai visto? Allora c'è davvero qualcosa dentro casa...*»

Appena superò il cancello nero di ferro battuto di casa invece di sentirsi sollevata percepì le gambe farsi più pesanti. Era ormai mezzogiorno passato e iniziava ad avere un discreto appetito, stimolato anche dalla fatica della mezz'ora di pedalata. Lasciò la bici in giardino ed andò ad aprire la porta di casa. Mentre saliva gli scalini di legno del porticato sentì Mostro grattare la porta e uggiolare disperato.

Rimase a indugiare davanti alla porta di casa. I sacchetti della spesa tra le braccia e il mazzo delle chiavi stretto in mano.

Mostro raschiò con più insistenza, e Allison si decise.

«Si, sì! Ora ti faccio uscire cane con la vescica più piccola del mondo.»

Tempo di infilare le chiavi nella toppa e di aprire la porta e Mostro già correva felice nel prato.

«Ehi, ma non mi fai neanche un po' di feste?»

Allison si chinò a raccogliere la spesa che aveva poggiato sullo zerbino, dando le spalle alla casa quando qualcuno, dietro di lei, abbaiò.

«*Wof wof.*»

Mostro corse verso di lei, la testa china cose se fosse consapevole del rimprovero in arrivo, mentre accennava uno scodinzolio colpevole.

Ma Allison era rimasta paralizzata, il sangue ghiacciato nelle vene.

Si voltò molto lentamente, con il cuore pronto a schizzarle fuori dal petto.

Non c'era nessuno dietro di lei. L'ingresso di casa che si apriva sul lungo corridoio e nel disimpegno che dava sulle scale del piano di sopra e sul doppio salone era sgombro.

Continuò a respirare affannosamente, in preda a un terrore nuovo, seppur familiare. La nuca le faceva male, come se fosse attraversata da mille aghi.

Qualcuno aveva abbaiato alle sue spalle.

L'aveva sentita forte e chiara: la voce di un uomo che abbaiava.

26
Noah

22 Dicembre 2019

Lo sceriffo Emma Blum entrò da *Lettie's* zoppicando, il cappello a tesa larga spruzzato di neve calcato in testa e un sorriso amichevole sulle labbra. L'unico locale in città che serviva colazioni era gremito e le tre giovani cameriere si destreggiavano tra i tavoli piroettando tra gli astanti con i vassoi in equilibrio tra le mani. La stanza era piena fino a scoppiare, ma non solo di persone: l'aria era piena di giocosa elettricità che Emma riconobbe come spirito natalizio.

Noah aveva notato arrivare lo sceriffo attraverso la vetrina del locale e ora la vide avvicinarsi al suo tavolo, l'unico a non essersi riempito. Aveva appena finito la seconda porzione dei migliori pancake che avesse assaggiato nella sua vita, ed era ancora intento a discutere con Allison di quello a cui aveva assistito la sera prima, quando Emma si diresse verso di lui. Sperò che non lo avesse visto parlare da solo.

«Sei ancora qui, forestiero! E noto che i timorati cittadini di Marrow Creek non si sono mischiati» disse Emma sfilandosi il cappello e lanciandolo sulla poltrona apparentemente vuota davanti a Noah. Allison lo evitò volando via attraverso la vetrina e lanciando uno sguardo d'odio allo sceriffo.

«È una bella cittadina e ho pensato che forse potevo trovare lavoro in qualche negozio prima della Vigilia», disse Noah guardando con la coda dell'occhio la moglie infastidita.

«Posso fare colazione con te?» chiese Emma senza aspettare la risposta di Noah e buttandosi sul divanetto di fronte a lui.

Si poggiò con la schiena contro la vetrina e stese la gamba claudicante sulla seduta.

«Con questo freddo la gamba mi fa un po' male», disse massaggiandosi il ginocchio con una smorfia. «Mi sono ferita sciando» aggiunse abbassando lo sguardo per mascherare la bugia.

La sera prima Marvin aveva raccontato a Noah che si era ferita in guerra, ma sapeva il perché di quell'innocente bugia: per esperienza sapeva molto bene che la gente ti guarda diversamente quando gli parli delle tue disgrazie, quindi non si offese per la piccola menzogna.

«Vedo che hai provato i pancake di Lettie. Sono deliziosi, vero?»

«Eccezionali» rispose Noah a disagio. Con la coda dell'occhio controllava apprensivo il fantasma della moglie. Sembrava davvero furiosa. Allison si affacciò dalla vetrina e allungò un braccio per attraversare la schiena dello sceriffo.

Quando la mano della moglie passò Emma da parte a parte, lo sceriffo fu scosso da un brivido incontrollabile che le fece battere i denti. Si alzò come se fosse stata punta da un'ape e si andò a sedere lontano dalla vetrata.

Noah la guardò preoccupato e lei si scusò, confusa. «Scusami, ma deve essermi arrivato uno spiffero d'aria gelata dalla vetrina. Qui a Marrow Creek quando fa freddo, fa freddo sul serio!»

«Me ne sono accorto», disse Noah. Rivolse poi uno sguardo severo alla moglie che si era seduta accanto allo sceriffo e ora fissava il soffitto con aria innocente.

Emma fece un cenno verso la signora Johnson che rispose con un largo sorriso e gridò un ordine al personale della cucina che si mise a preparare la colazione per lo sceriffo.

«Lettie è stata tra le prime nuove cittadine di Marrow Creek. Si è trasferita con il marito, Jim.»

«Come mai non l'ho visto in giro?»

Emma emise un lungo sospiro. «Il signor Johnson e Lettie avevano lavorato per una vita in una piccola agenzia assicurativa nel Maine, ma Jim sapeva che il talento in cucina della moglie era sprecato. Dopo averla convinta a chiudere l'attività e a trasferirsi qui a Marrow, ha comprato in segreto questo locale e ha pagato degli operai per montare l'insegna prima che arrivassero lui e Lettie.» Emma indicò il riflesso del neon rosso sulla vetrina all'altro lato della strada.

«Jim è passato qui davanti con la macchina prima ancora di poggiare a casa le valigie. Ha finto di vedere per la prima volta il posto, ha fermato l'auto sotto l'insegna, e poi è salito in piedi sul tetto della macchina a gridare che quello era un segno del Signore, che Dio onnipotente li aveva guidati fin lì. Lettie era rossa dalla vergogna quando la trascinò all'interno del locale gridando al personale che prendevano possesso del posto per volere dell'Altissimo.» Lo sceriffo sorrise al pensiero di quel dolce inganno. «Quando Jim ha detto la verità a Lettie, la povera donna è scoppiata in lacrime. Avrebbero dovuto gestire insieme questo posto: lei in cucina, lui che si occupava delle camere in affitto...»

Emma si rabbuiò improvvisamente.

Noah, con discrezione, chiese: «Cosa è successo al signor Johnson?»

«La prima notte a Marrow Creek Lettie l'ha trovato steso sul pavimento del bagno. Un infarto fulminante a soli cinquantadue anni. Per la signora Johnson è stata dura...»

La frase di Emma si perse nel chiacchiericcio concitato degli avventori del locale che, adesso, sembrava stonare con l'aria pesante che seguì il racconto.

Noah cambiò improvvisamente argomento per distrarre Emma dai suoi pensieri. «Non ho avuto molta fortuna con la ricerca di un impiego qui in zona!»

«Immagino. Qui in città a fare soldi sotto Natale ci sono solo l'emporio di Oliver Dobbs e il supermercato dei Jefferson ed entrambi hanno un numero impressionante di nipoti da sfruttare durante le feste, dovrai aspettare fino a che riaprirà la miniera.» Poi, con un sorriso, aggiunse: «Il ventisette, se riuscirai a dimostrare di distinguere la destra dalla sinistra, ti faranno un contratto. La paga non è faraonica, ma ci si vive bene».

Allison, che se ne era rimasta seduta accanto a Emma, la guardò in cagnesco.

«Evidentemente chi non riesce neanche a riconoscere la mano con cui scrive viene fatto sceriffo da queste parti.»

Noah, cercando di ignorare la moglie, chiese: «Non è richiesta nessuna esperienza per lavorare alla miniera?»

Emma si rigirò tra le mani la zuccheriera poggiata sul tavolino.

«In tutta sincerità, non ho ancora capito come funziona quel posto. Il filone si è esaurito durante gli anni Cinquanta, ma hanno riaperto la miniera nella speranza di ricavarne ancora qualcosa. È per questo che Marrow Creek si è ripopolata. Che io sappia, però, non hanno estratto un singolo grammo d'argento.»

Emma fu interrotta da una voce educata ed elegante. «Ma sono sicuro che presto otterremo i primi risultati!»

Noah si voltò per salutare il nuovo arrivato.

Un uomo sulla sessantina, capelli bianchissimi e un sorriso aperto e sincero della stessa tonalità. Indossava un elegante completo in principe di Galles, portato senza la cravatta. A Noah fu istintivamente simpatico.

«Non mi presenti i tuoi nuovi amici, Emma?» disse l'uomo aprendo ancora di più quel sorriso abbagliante.

Lo sceriffo rispose nello stesso modo di Noah alla presenza dell'uomo e sorrise mentre lo presentava.

«Il signore è Noah King. È arrivato ieri per cercare un lavoro alla miniera.» Poi si rivolse a Noah, continuando a sorridere: «Lui invece è il primo cittadino di Marrow Creek, il nostro esimio sindaco».

«Ti do il benvenuto nella ridente Marrow Creek. Come vedi rido parecchio anche io, immagino sia per questo che mi eleggono ogni anno. Comunque puoi chiamarmi Sindaco o Signor Sindaco, come preferisci.» Poi ammiccando aggiunse: «Non avrebbe molto senso avere la mia carica se non potessi approfittarne spudoratamente, non credi?»

«Sa che per colpa di questa affermazione sarò costretta a indagarla per abuso di potere?» disse Emma, scherzando.

«Emma, io da te mi farei arrestare più che volentieri, ma sono troppo vecchio anche per quello!» rispose lui dandole un buffetto su una spalla che la fece ridacchiare come una bambina.

«Ora però mi tolgo di mezzo perché invece il qui presente Noah King mi pare un soggetto interessante da arrestare», disse facendo un occhiolino a Emma.

«Già fatto, signor sindaco, ma sembra intenzionato a resistermi.»

Noah arrossì fino all'attaccatura dei capelli e Allison mugugnò improperi che avrebbero imbarazzato un camionista.

Noah stava per rispondere alla frecciatina di Emma, quando la sua attenzione fu attirata da qualcos'altro.

Dalla parte opposta del bancone, alle spalle della signora Johnson impegnata a urlare le comande al personale della cucina, apparve il fantasma di un uomo sulla trentina. Aveva gli occhi gonfi quasi fuori dalle orbite e il segno nero di una corda che gli si era stretta attorno al collo uccidendolo.

Noah saltò in piedi e Allison attraversò, forse di proposito, Emma, diretta verso il fantasma.

Lo sceriffo dopo essere di nuovo rabbrividito al passaggio di Allison, interpretando male il movimento di Noah, disse «Non c'è bisogno di scappare, stavo solo scherzando.» Poi rivolta al sindaco: «Lei invece mi deve concedere un po' del suo tempo. Hanno consegnato alla signora Park una cassa degli esplosivi destinati alla miniera. Quella povera donna stava per svenire quando l'ha aperta!»

I due salutarono Noah e si allontanarono infilandosi nel flusso di persone che, consumata la colazione, usciva dal locale.

Noah aveva perso di vista Allison. L'aveva vista andare al piano di sopra, alle calcagna dello spirito, ma nel tempo che impiegò per sgusciare fino alle scale e salirne la prima rampa, la moglie era già di ritorno.

«Niente, l'ho perso. Sparito», disse Allison.

«Sparito? Non è una cosa possibile, vero? I fantasmi spariscono per le persone normali, tu e io... noi dovremmo sempre essere in grado di vederli. Sei sicura di aver controllato in tutte le stanze?»

«Sono sicura, Noah.»

Noah si grattò la barba come faceva tutte le volte che si sentiva a disagio. Seguì con lo sguardo il pattern della carta da parati a fiori, come se potesse scorgervi una risposta e poi disse: «Se c'era un fantasma nel locale della signora Johnson c'è anche uno dei simboli dell'Architetto. E se c'è il simbolo, vuol dire che quel fantasma deve essere qui da qualche parte».

«Ma non c'è», rispose seccamente Allison «Posso letteralmente passare attraverso i muri, nessuno, neanche un fantasma può nascondersi da me.»

Noah aumentò il ritmo con il quale grattava la barba, sentì le viscere annodarglisi nel ventre.

«Prima quei morsi, ora una seconda casa marchiata a poche centinaia di metri da quella dei Blum in cui i fantasmi svaniscono...»

Noah lasciò la frase in sospeso, come se prendere quella pausa permettesse, a un pensiero che sembrava sfuggirgli, di assumere consistenza.

«Vuoi cercare il marchio qui prima che dai Blum?» disse Allison interrompendo i suoi pensieri.

«No, quel fantasma non sembrava aggressivo... mentre se ci hai visto giusto, a casa di Marvin c'è una presenza estremamente ostile. Promettimi che farai molta attenzione.»

«Faccio sempre attenzione.»

«Non è vero.»

«Farò attenzione», disse in tono colpevole Allison.

Dopo un'altra lunga pausa, immobile a metà delle scale, Noah scosse la testa.

«Ho una brutta sensazione. Ci sta sfuggendo qualcosa.»

27
Allison

25 settembre 2015

Scioccamente aveva pensato che fare delle ricerche su internet fosse semplice.

Tutta colpa di quegli stupidi film che la fanno sembrare una passeggiata.

Aveva googlato *Al Owens* ma senza successo. Aveva continuato sui social network, ma ovviamente non c'era traccia di alcun profilo di un ottantenne di Hemlock Hill. Aveva trovato cinque diversi Al Owens che abitavano nei dintorni, ma il più «vecchio» aveva solo una trentina d'anni.

Scrollò sbuffando le foto profilo di questi cinque ragazzi.

Non aveva neanche idea di quale fosse il suo nome completo.

Al per cosa stava? Alfred? Albert?

Doveva tornare il prima possibile al negozio della signora Mildford per indagare ancora. La donna le aveva lasciato intendere che sapesse... qualcosa. O meglio, se lo era lasciato scappare. Che si fosse trattato di un vero e proprio indizio o delle chiacchiere di un'anziana sola e annoiata poco le importava: ne sarebbe venuta a capo. Dopo il buco nell'acqua che aveva fatto online, quella vecchia signora con gli occhiali da vista più grandi che aveva visto dagli anni Ottanta a oggi, era probabilmente l'unica che l'avrebbe potuta aiutare a capirci qualcosa. Le avrebbe chiesto cosa vedeva, o cosa credeva di *vedere*, Al Owens... e di cosa era morto.

Ti prego, fa' che le due cose non siano collegate...

Un lungo brivido le attraversò la schiena e d'istinto si voltò per controllare la cucina alle sue spalle. Era sola.

Sei sola.

Allison svuotò ciò che restava del suo primo bicchiere di bianco tutto d'un fiato.

La torta era in forno, Michael era tornato da scuola e stava giocando in giardino con Mostro e lei aveva stappato una bottiglia di vino per ingannare l'attesa. O per farsi trovare ubriaca all'arrivo di Noah, non aveva ancora deciso.

Aveva mille domande e si sentiva scoppiare la testa.

Come era morto Al Owens?

Cosa diceva di vedere... o di sentire?

C'era davvero qualcosa dentro casa sua?

Quella voce che aveva sentito abbaiare... che aveva *simulato* l'abbaio di un cane, le aveva dato i brividi.

Era la voce di un uomo, non aveva dubbi.

Hai ricominciato a sentire le voci.

Formulare quel pensiero le fece accapponare la pelle e sentire un po' pazza.

Si morse il labbro inferiore mentre ripensava a quel primo sogno orribile che aveva fatto su suo padre. Che sciocca che era stata a credere che fosse lui la sagoma seduta ai piedi del letto e che fosse lui a chiamarla...

«Papà non mi spaventerebbe mai in questo modo... Non è lui. Non è la sua voce.»

Trangugiò in un solo sorso un altro bicchiere di vino.

Si era illusa e cullata nell'idea dello stress, della forza distruttiva che possono avere i cambiamenti... ma adesso sapeva di non esser stata la sola a vedere, o meglio, a *sentire* qualcosa.

Anche Michael dice di aver sentito qualcosa, ma un bambino di sei anni non fa testo. O almeno questo è quello che direbbe Noah, pensò mentre si versava un terzo bicchiere.

Cercò di tornare con la memoria all'incontro con l'agente immobiliare. Pensò attentamente alle parole che l'uomo sudaticcio aveva pronunciato quando avevano visitato la casa la prima volta, ma per quanto si sforzasse non ricordava nulla di utile. Aprì l'agenda e segnò: «CHIAMARE QUEL CRETINO DELL'AGENTE CHIEDERE NOME ARCHITETTO RISTRUTTURAZIONE CASA». Fare un paio di ricerche anche su di lui non le avrebbe fatto male.

All'improvviso, Michael lanciò un grido dal giardino, e Allison quasi rovesciò il bicchiere che aveva in mano e che si era appena riempita di nuovo.

Corse spaventata alla finestra sopra il lavello e vide la Buick nera entrare nel vialetto. Si sentì invadere da un fiotto di sollievo. Noah era finalmente tornato a casa per il weekend. L'orologio della cucina segnava le cinque spaccate.

Aveva già deciso di non raccontare niente a Noah. Non gli avrebbe raccontato della signora Mildford, delle sue indagini... ma soprattutto dell'uomo che abbaiava.

Adesso che Noah era di nuovo a casa si sentiva forte, risoluta. Sapeva che una pistola non sarebbe bastata per fermare quell'oscurità in agguato, ma avrebbe trovato una soluzione. Avrebbe protetto suo figlio dalla loro casa. Lo avrebbe protetto da quella... *cosa.*

Tirò fuori la torta dal forno, sperando di non averla bruciata troppo.

28
Noah

22 dicembre 2019

MARVIN stava aspettando Noah davanti casa. Anche a quella distanza e con il buio della sera che calava in fretta, poté notare la silhouette nervosa dell'uomo. Era un fascio di muscoli, appoggiato a una mazza da baseball d'alluminio che teneva davanti a sé, tra le gambe. Aveva una mano in bocca, intento a mangiarsi le unghie.

Noah lo osservò con calma, mentre risaliva la strada con Allison al suo fianco.

«Si è portato una mazza da baseball per giocare un'amichevole con i fantasmi?» disse la moglie.

Anche Noah aveva i nervi a fior di pelle, ma questo non gli impedì di accennare un sorriso.

«Non essere cattiva. È spaventato e comunque, considerata tutta la roba che di solito mi tirano addosso, una mazza può essere utile.»

Noah e Allison avevano passato l'intera giornata a fare ricerche su internet, ricerche che si erano rivelate un totale fallimento: avevano trovato solo un paio di articoli su Marrow Creek e assolutamente niente sull'insignificante cittadina che era stata negli anni Sessanta, prima che venisse tirata a lucido e le dessero un nuovo nome. Noah a un certo punto era crollato addormentato e Allison aveva proseguito da sola sempre senza grossi risultati.

Adesso, mentre raggiungeva Marvin Blum, Noah si sentiva turbato. Aveva dormito, sì, ma era stato preda di un sonno inquieto e pieno di incubi e ora, più la casa dei Blum incombeva su di lui, più sentiva gli intestini attorcigliarglisi per l'ansia. C'erano troppe cose che non tornavano e il senso di impotenza e frustrazione che derivava dal non riuscire a inquadrare appieno la faccenda, lo faceva sentire in una scomoda posizione di svantaggio. Si sentiva come se fino a quel momento avesse scioccamente fissato un quadro dentro una cornice, ignorando l'enorme murales che ricopriva tutta la parete su cui era appeso.

Lo strano comportamento dei fantasmi in quella casa, gli inspiegabili segni di morsi che aveva visto Allie, il fatto che anche il *Lettie's* sembrasse infestato, non gli stavano dando pace.

Marvin si girò verso di lui. Lo guardò sorpreso, come se si fosse accorto solo in quel momento della sua presenza. Si sfilò la mano mangiucchiata dalla bocca e lo salutò. Nel viso dell'uomo Noah lesse una gratitudine e un sollievo che lo commosse.

Marvin aprì la bocca e fece per parlare, quando la casa alle sue spalle si illuminò all'improvviso. L'uomo arretrò spaventato, poi guardò Noah scuotendo la testa, sorridendo nervosamente.

«S-sono solo i timer delle decorazioni», disse con un sospiro, senza però smettere di guardare la casa di sottecchi.

«Sai che non c'è bisogno di venire con noi, vero? Possiamo cavarcela benissimo da soli», disse Noah. Aveva salito i gradini d'ingresso della veranda e adesso si trovava di fronte alla porta d'ingresso.

Marvin si mise la mazza da baseball in spalla e superò Noah, infilando una mano nei pantaloni alla ricerca delle chiavi.

«T-te l'ho già detto. Questa è casa mia, farò tutto quello che serve per liberarla, p-per difenderla.»

Lo sguardo di Marvin si fece sicuro, quasi tagliente. La porta si aprì con un click sommesso, affacciandosi sull'oscurità dentro la casa.

Noah capì che era inutile cercare di fargli cambiare idea e lo seguì.

Quando la notte prima era entrato, sfondando la porta sul retro, non aveva avuto tempo di guardarsi intorno. Adesso invece poté osservare la casa dei Blum con più attenzione. Si dice che la casa rifletta la personalità dei proprietari, e dopo averne viste così tante, Noah aveva imparato a concordare con questo luogo comune. La luce fioca che veniva dai lampioni sulla strada allungava le ombre dei mobili del salone sul parquet chiaro. Avendo chiacchierato con Marvin, non si stupì nel vedere quanto il grande salone in cui erano appena entrati fosse arredato con gusto. Il tutto aveva un aspetto pulito e nordeuropeo, e i pochi arredi comprati da IKEA, tra cui la lampada a sospensione progettata da Ilse Crawford, erano stati scelti per il loro design raffinato e poco appariscente. La cosa che stupì maggiormente Noah fu la grande libreria che copriva la parete del salone nella sua interezza. Gli scaffali erano stracolmi di tascabili dalle copertine consunte, tenuti in doppia fila.

Intercettando il suo sguardo, Marvin disse, quasi a volersi giustificare: «Mi piacciono i romanzi di genere... specialmente gli horror».

Noah gli rivolse un sorrisetto ironico e Allison alzò gli occhi al cielo.

«Chiedigli come si sente a esserne il protagonista.»

Noah si lasciò scappare una risatina che venne interrotta da un'insopportabile stridore.

I due uomini si voltarono verso l'origine del rumore aspro.

Una delle sedie attorno al tavolo della sala da pranzo si stava spostando, senza che nessuno l'avesse toccata, in mezzo alla stanza.

«Li vedi, Allie?» chiese Noah, teso, mentre si guardava attorno, sicuro che presto qualcosa di sgradevole sarebbe sbucato dall'oscurità.

Allison, chiara e pallida accanto a lui, scosse la testa.

«No, sembrano timidi stasera, giocano a nascondino, ma non ti preoccupare, li troverò», rispose prima di scomparire attraverso il muro che divideva il salone dalla cucina.

Marvin strinse con forza la mazza guardandosi attorno. Chiaramente non aveva le stesse capacità di Noah o di Allison, ma ancora non pareva intenzionato a darsela a gambe.

Noah attraversò il salone ad ampi passi e poggiò le mani sullo schienale della sedia, afferrandolo saldamente. Aveva tutta l'intenzione di rimetterla al suo posto, quando un lamento basso e gutturale, quasi animalesco, lo raggiunse alle spalle, facendogli ghiacciare il sangue nelle vene.

Si voltò di scatto, convinto di ritrovarsi di fronte non un fantasma, ma un animale, una bestia uscita da un incubo.

Nulla. C'era solo Marvin dall'altro lato della stanza che lo guardava con gli occhi sgranati, atterrito.

«Hai sentito anche tu?» chiese conferma Noah.

L'uomo annuì, stringendo più saldamente la mazza tra le mani.

«Cosa diavolo era?»

Di nuovo, dall'oscurità si levò un verso bestiale. Noah pensò assomigliasse al soffiare di un gatto, no, meglio, al sibilare di un serpente.

Con il cuore che gli batteva in gola, ruotò su sé stesso, ma di nuovo, non vide nulla. La voce mostruosa sembrava girargli attorno, tornando sempre alle sue spalle, pronta ad attaccarlo nel suo punto cieco.

All'improvviso, sentì una pressione sulla schiena. Era un contatto spiacevole, gelido, simile alla sensazione che provava quando Allison cercava di sfiorarlo.

Adesso riusciva a sentirle più chiaramente. Dita invisibili, fredde come ghiaccio, gli si stavano arrampicando addosso, facendogli drizzare i peli sul collo.

«Non abbiamo paura di voi», disse Noah, rimanendo fermo, serrando i pugni, sopportando quel contatto odioso.

«Parla per te», sussurrò Marvin, sollevando la mazza e avvicinandosela alla tempia, pronto a colpire il vuoto che gli si stringeva attorno.

Lungo i muri della stanza, coprendo con un'oscurità assoluta i quadri e le foto di famiglia dei Blum appese, si materializzarono delle figure.

Hanno una forma umanoide perché erano stati umani, pensò Noah.

Le figure nere si mossero prima lentamente, poi a scatti, assumendo posizioni impossibili per persone con le articolazioni al loro posto. Presero a inseguirsi in una sorta di inquietante girotondo che si stringeva sempre di più attorno ai due uomini.

«Non farti impressionare», disse Noah a Marvin, cercando di mantenere per primo la calma.

Le luci della casa iniziarono a sfarfallare prima velocemente, poi a intervalli sempre più lunghi. Ogni volta che la luce tornava a brillare nel salone, le ombre nere sulle pareti sembravano moltiplicarsi. Si affollavano, oscurando i visi sorridenti dei Blum fotografati e appesi lungo le pareti.

La loro danza macabra proseguiva e i due uomini erano costretti ad assistervi, impotenti.

«N-Noah?» lo chiamò Marvin agghiacciato.

«Sssh...»

Noah gli fece cenno di stare zitto e immobile. Avevano bisogno di tempo. Doveva capire cosa stava succedendo, per decidere il da farsi.

Allison non era ancora tornata. Brutto segno. Bruttissimo segno.

Sembra quasi come a Dallas... si disse, ma poi si corresse.

No, è peggio.

Era tutto così strano, così diverso. Non aveva mai visto dei fantasmi comportarsi in quel modo. Non ne aveva mai visti fatti di sola oscurità, immagini al negativo di ciò che erano stati da vivi.

Forse, l'uomo ombra di Allison era così, ma...

Noah lo vide con la coda dell'occhio.

All'inizio non lo aveva notato. Lo aveva scambiato per un mobile in un angolo buio, ma poi la massa nera si era mossa.

Noah strinse gli occhi fino a che non riuscì a mettere a fuoco l'enorme figura nera rannicchiata nell'angolo opposto della stanza, accanto all'arco che collegava il doppio salone alla sala da pranzo. Non riuscì a coglierne le forme, i contorni. Sembrava quasi un enorme serpente, avvolto su sé stesso, in mezzo alle proprie spire fatte di una nebbia malsana.

Noah soffocò un gemito di orrore, stringendo tanto forte i

denti da temere di spezzarli. Non aveva mai visto una cosa tanto spaventosa.

Marvin sembrava non essersi accorto di niente.

Dove sei finita, Allie?

Noah prese lunghi respiri, facendosi coraggio. Era pronto ad affrontare per la seconda volta quell'abisso nero.

Fissò di nuovo la figura, trattenendo il fiato.

Qualcosa, in quel buio nero e denso, ricambiò la sua occhiata.

L'ombra era in attesa e Noah sapeva – *se lo sentiva nelle budella* – che sarebbe scattata se si fosse azzardato a muovere anche solo un muscolo.

La luce del lampadario sopra le loro teste tremolò, poi si spense completamente, abbandonandoli alle tenebre.

Sentì Marvin gemere alle sue spalle. Trattenne il fiato terrorizzato. D'istinto chiuse gli occhi, ma si costrinse a riaprirli immediatamente. Doveva stare all'erta.

Allie. Allie, ti prego, torna qui.

La luce si riaccese all'improvviso. Le ombre nere sulle pareti erano svanite, come se non fossero mai esistite, ma *lei*, l'ombra silenziosa, aveva lasciato il suo nascondiglio e si stava rivelando uscendo allo scoperto.

A Noah si mozzò il fiato in gola, e un'ondata di panico lo travolse. Marvin alle sue spalle urlò, perdendo ogni resistenza contro quell'orrore che si stava mostrando davanti a loro.

L'ombra non aveva una figura umana. Era una creatura multiforme, con braccia, arti e protuberanze in continuo movimento. Mutava, diventando sempre più grande, come se volesse ingoiare nell'oscurità l'intera stanza. A Noah inizialmente era sembrata un enorme serpente, mentre ora aveva la forma cangiante di un enorme sciame compatto di vespe.

La creatura provava a erigersi nella stanza senza successo. Una parte di lei era schiacciata grottescamente contro il soffitto. Era troppo grande, troppo alta, troppo orribile.

Noah sentì la mazza da baseball d'alluminio di Marvin cadere a terra. Si voltò di scatto, pronto a dargli un unico ordine.

«Scappa!»

Marvin non se lo fece ripetere due volte.

Prima di essere colpito dalla bestia nera, Noah vide l'uomo fuggire, attraverso la soglia di casa che, solo pochi minuti prima, aveva varcato con una sicurezza che gli aveva suscitato ammirazione.

Il mostro calò su di lui e Noah sentì un'esplosione di dolore sordo, che si irradiò per tutto il corpo.

Venne scaraventato via, come se non avesse peso, come se non fosse che un insetto fastidioso. Compì un arco attraversando il salone e precipitò con la schiena contro una sedia, che si schiantò sotto il suo peso. Una gamba rotta gli punse un fianco e un fiore di sangue gli sbocciò sulla camicia.

Alzò gli occhi e vide Allison attraversare il soffitto, planare sulla creatura, immune alla paura che aveva immobilizzato lui e Marvin. Le due figure si strinsero in un abbraccio mortale, i corpi rarefatti che si confondevano l'uno nell'altro, lo spirito pallido della moglie che brillava in mezzo alle spire nere del mostro.

Noah, ansante, cercò senza successo di rimettersi in piedi. La testa gli stava scoppiando. Si tastò il fianco e sussultò quando vide la mano sporca di sangue. Aveva la vista annebbiata e un insopportabile ronzio gli riempì le orecchie.

Cercò di nuovo Allison, spaventato. Quella cosa era troppo pericolosa: dovevano andarsene immediatamente da lì, tutti e due.

I mobili del salone iniziarono a sollevarsi da terra, fluttuando nell'aria privi di peso, vorticando attorno alle due figure in lotta, descrivendo archi sempre più ampi, allontanandosi sempre più dai due fantasmi.

Noah vide la cosa nera mutare e sfuggire dalla presa pallida e bianca di Allison. Dalla massa nera uscì fuori un arto scheletrico, con all'estremità una mano umanoide dalle dita lunghissime e nodose. Noah vide con orrore le punte delle dita di quella mostruosa mano allungarsi a dismisura, diventando artigli osceni, pronti a dilaniare e a fare a pezzi.

Le viscere di Noah si torsero. Sua moglie era in pericolo.

«Allison att-»

Il grido di Noah si spezzò quando gli artigli della creatura affondarono nello stomaco incorporeo del fantasma della moglie. Il colpo che scaraventò via Allison arrivò anche a lui, inaspettato e traditore.

Il dolore gli tolse il fiato e lo fece accasciare a terra.

Noah si portò le mani allo stomaco, sconcertato.

Posso sentire quello che prova lei?

Allison tornò all'attacco, aggrappandosi all'ombra del mostro, strappandone via dei filamenti, come fosse una seconda pelle che celava la vera natura dell'essere. La creatura sembrò vacillare per un attimo, e la donna ne approfittò per colpire, prendendosi la sua rivincita.

Noah, con le gambe tremanti, si rialzò appoggiandosi a quello che rimaneva della sedia, barcollando per puntellarsi contro la grande libreria che aveva alle spalle. Voleva aiutare la moglie, ma come poteva affrontare quella cosa?

In quel momento, Allison incominciò a brillare più forte, sovrastando la creatura nera che continuava a muoversi e a mutare nel tentativo di divincolarsi dalla sua presa. Noah fu travolto da un'ondata di malessere che lo fece barcollare sul posto. Si sentì come se qualcuno gli avesse sfilato il tappeto da sotto i piedi.

La luce che proveniva dalla moglie aumentò di intensità mentre continuava a tempestare di pugni la creatura. Ogni colpo si faceva sempre più pesante, più forte, più reale.

Noah si sentiva sempre più debole, come se fosse di nuovo sul punto di perdere i sensi. Le nocche delle mani gli bruciavano, come se fossero i suoi stessi pugni a impattare contro quel muro d'ombra e non quelli incorporei dello spirito di Allison. Il fumo nero che avvolgeva l'enorme creatura iniziava a dissiparsi e a sfilacciarsi perdendo consistenza.

I mobili nella stanza che avevano continuato a vorticare nell'aria si schiantarono contro le pareti, andando in mille pezzi e facendo piovere ovunque schegge appuntite.

Allison continuava, imperterrita, brutale, a colpire la creatura che ora gridava inorridita. La donna adesso appariva più reale. Con un colpo al cuore, Noah pensò che sembrava quasi... viva.

Le gambe non lo ressero più e cadde di nuovo in ginocchio.

Riuscì a sentire il legame con Allison.

Lo percepì come una cosa reale, come un drenaggio che lo svuotava delle poche forze che gli rimanevano. La cicatrice sulla schiena sembrò prendere fuoco, di nuovo, esattamente come quella notte.

Resisti, resta sveglio! si ripeté mentre vedeva la creatura nera ridursi e cambiare forma, sotto i colpi di Allie. Noah, in quella tempesta pulsante di nebbia nera, scorse una forma che poteva sembrare umana, che urlava e si dimenava selvaggiamente.

Qualcosa alle sue spalle scricchiolò. Noah si voltò appena in tempo per vedere la grande libreria venire strappata dal muro. I libri gli caddero addosso e alzò le mani per proteggersi dal crollo della struttura.

Il grido impaurito della moglie lo raggiunse quando una figura che si frappose tra lui e la libreria gli impedì di rimanere schiacciato.

La distrazione costò ad Allison il suo vantaggio e Noah sentì la pressione del legame con la moglie allentarsi.

La luce prodotta dal suo spirito si affievolì facendo ripiombare la stanza nel buio. La nebbia nera tornò a addensarsi attorno alla creatura che attaccò la moglie con la ferocia di un animale messo all'angolo. Aprì le fauci nere, senza fondo, e mirò al collo. Allison sollevò appena in tempo il braccio per proteggersi e i denti dell'essere affondarono nel suo corpo trasparente.

Noah gridò. Sentì il braccio andargli a fuoco e la carne sciogliersi. I denti della creatura cozzare contro l'osso.

«Cosa diavolo sta succedendo?»

Noah, evitando di guardare il braccio per paura di vederlo troncato di netto, alzò lo sguardo annebbiato, incontrando quello di chi lo aveva salvato. Per un primo, confuso, momento, pensò fosse Marvin, ma poi riconobbe gli occhi nocciola della sorella.

«Emma?» mormorò appena.

«Cosa diavolo è successo al tuo braccio?» gridò lo sceriffo mentre cercava di trascinarlo via dalla libreria divelta dal muro.

Noah la guardò confuso, privo di forze. Alzò il braccio e vide, con sollievo, che era ancora al suo posto. La creatura non glielo aveva divorato fino all'osso. Sul suo avambraccio però, erano apparse due semilune insanguinate. Era un morso, un morso rosso, apparso sul suo braccio nello stesso e identico punto in cui era stata morsa Allie.

Un altro grido mostruoso riecheggiò tra le pareti della stanza quando Allison scacciò definitivamente la creatura, che si disperse, proprio come uno sciame di insetti, senza lasciar traccia.

Emma guardò ancora una volta sconcertata prima il braccio ferito di Noah, poi la devastazione tutto attorno a loro e ripeté.

«Che cazzo sta succedendo in questa casa?»

Noah strinse di nuovo il braccio ferito al petto, sospirando. Avrebbe davvero voluto saper rispondere a quella domanda.

29
Allison

07 ottobre 2015

Era una mattinata frizzante di autunno; il cielo era limpido e il sole era alto nel cielo. L'aria era fresca, piacevole sul viso, ma non ancora abbastanza fredda da far temere una nevicata anticipata.

La signora Mildford non si mostrò sorpresa quando Allison varcò la soglia del suo negozio. Forse sapeva che le parole che si era lasciata sfuggire erano un richiamo troppo seducente per essere ignorato. Allison per un attimo credette che la proprietaria dell'emporio se le fosse lasciate scappare apposta, lanciandole un amo a cui lei aveva abboccato immediatamente... ma quando la vide rivolgerle un sorriso mesto, quasi rassegnato, Allison non ne fu più così sicura. Però capì al volo che avrebbero parlato perché c'era *qualcosa di cui discutere*.

«Andiamo a prenderci una bella tazza di tè», le disse semplicemente, raggiungendola sulla soglia e spostando il cartello da «APERTO» a «TORNO SUBITO».

Allison scoprì che il retro del negozio era in realtà il salotto della signora Mildford. Il piano di sopra comprendeva due camere da letto, una patronale e una per gli ospiti – la signora Mildford e suo marito non avevano figli – un bagno, una stanzetta usata come ripostiglio e un solaio.

La signora Mildford le fece fare un brevissimo tour della casa e Allison si sentì soffocare dallo squallore degli ambienti e dalle pile di roba accatastata in ogni dove.

«Mio marito non vuole separarsi da niente. Dice che tutto potrebbe tornargli utile.»

Allison si era accomodata al tavolo da pranzo, coperto da una tovaglia chiara che aveva visto giorni migliori. Si trattava di un piccolo tavolo tondo, abbastanza comodo per due persone, ma troppo piccolo per quattro. I Mildford non sembravano tipi che ricevevano troppe visite.

«Quanto zucchero nel tè?» chiese la signora dal cucinotto.

«Niente zucchero, grazie.»

La donna tornò poco dopo con due tazze fumanti. Allison ringraziò e afferrò la sua mentre la donna prendeva posto sulla sedia alla sua destra.

«Allora, immagino che tu voglia saperne di più.»

Allison sorrise colpevole.

«Era così evidente?»

La donna le rivolse un piccolo sorriso.

«Ho un sesto senso per certe cose.»

Allison portò il tè alle labbra e lo saggiò con la punta della lingua. Era ancora troppo caldo per berlo. Ripoggiò la tazza sul tavolo e si schiarì la voce, cercando di capire da dove iniziare, senza correre il rischio di essere presa per pazza.

«Ho delle domande che vorrei farle», disse Allison.

Non ci avrebbe girato troppo intorno. Non era brava a mentire e la signora Mildford le sembrava una persona sinceramente gentile e per questo si meritava la sua onestà.

La donna sorrise e annuì, come a incoraggiarla.

«Al Owens, il precedente proprietario di casa mia... di cosa è morto?»

«Infarto.»

Allison rimase spiazzata.

Era una morte decisamente banale! Sui siti che aveva trovato online di solito le case infestate vantavano numerosi omicidi o almeno morti violente.

«Come mai questa domanda?»

Allison alzò gli occhi e incontrò lo sguardo della signora Mildford.

«Perché lei mi ha detto che il signor Owens vedeva delle... *cose*. Le vedo anche io», confessò Allison «Ho paura che queste *cose* possano farci del male. A me e al mio bambino.»

Le due donne rimasero in silenzio. Allison era pallida e il labbro inferiore le tremava appena. Le avrebbe creduto? L'avrebbe aiutata?

La signora Mildford allora le rivolse uno sguardo pieno di tenerezza. Allungò una mano incartapecorita sopra il tavolo, scostando le tazze, e le sfiorò una guancia con delicatezza.

«Hai paura che siano state queste... cose a uccidere Al?»

Allison annuì.

La donna rise debolmente.

«Mia cara, Al è stato stroncato da un infarto perché era un uomo solo, in sovrappeso, che mangiava solo bistecche e beveva troppa birra. Il dottore l'aveva avvisato di darsi una regolata, ma Al non ha mai avuto una signora Owens che potesse vegliare su di lui... o sulla sua dieta.»

«Che cosa le aveva raccontato riguardo alle cose che vedeva nella casa?»

La signora Mildford si fece pensierosa.

«Credo che avesse sempre visto qualcosa in quella casa... ma ha iniziato ad accennarmene solo nell'ultimo periodo. Era un vecchio burbero, sai? Non ha mai avuto il più amabile dei caratteri... e poi l'avanzare dell'età non ha fatto che inasprirlo di più.» La donna accarezzò la tazza, lo sguardo ancora lontano, perso nei ricordi. Si levò gli occhiali per massaggiarsi gli occhi. Li rinforcò con attenzione e tornò concentrata sul suo racconto.

«Al venne a chiedermi consiglio. Un po' come stai facendo anche tu, mia cara. Lui sapeva che sono sempre stata una persona molto... spirituale. Mi disse che la sua casa... sussurrava. Un po' come se fosse viva. Al diceva che era come se avesse dei coinquilini, hai presente? Trovava le porte aperte quando era sicuro di averle chiuse. Ogni tanto qualche quadro cadeva dalla parete, o trovava gli oggetti fuori posto. All'inizio pensai che si riferisse ai topi.» La signora ridacchiò, mentre Allison impallidì mentre le tornavano in mente le parole di Noah «Sono solo topi nei muri.»

«Lei è andata a casa sua?»

A casa mia, pensò con un brivido, «A controllare?»

La signora annuì, sempre con il sorriso stampato sulle labbra.

«Sì. E la casa era piuttosto... affollata.» La signora Mildford si accorse dell'espressione spaventata di Allison e le sorrise di nuovo.

«Oh no, mia cara. Non c'è bisogno di aver paura. Queste... *cose*... non possono farti del male perché non sono più tra noi. Sono solo delle impressioni sbiadite, un'impronta lasciata nel nostro mondo. È come quando cammini sul bagnasciuga: il tuo piede lascia un'impronta sulla sabbia ma, dopo un attimo, arriva un'onda che la cancella... in un attimo nessuno saprà più che hai camminato su quella spiaggia. Per queste... cose è la stessa cosa. Vedrai che il tempo cancellerà anche l'ultima ombra sbiadita che è rimasta nella casa. Non può farti male... è solo un'ombra.»

Allison annuì, poi si sentì salire le lacrime agli occhi. Era la prima volta da mesi che ne parlava sinceramente con qualcuno.

«Io credo che il fantasma che è a casa nostra sia malvagio... sono sicura, lui vuole spaventarci. Ho paura che faccia del male al mio bambino...» disse Allison con voce tremante. Si portò una mano alle labbra per nasconderle. Sentì gli angoli della bocca piegarsi all'ingiù e la gola le si chiuse. Sentiva il bisogno di piangere.

La signora Mildford si piegò verso di lei e la strinse tra le braccia, facendole poggiare la testa sul petto. Quel contatto così intimo la colse di sorpresa e la fece sciogliere in lacrime come una bambina.

«Cara, va tutto bene. È normale essere spaventati...»

Iniziò a cullarla, tenendola sempre stretta al petto. Allison sentì un leggero sentore di naftalina venire dalla camicetta.

«A volte immagino che possano essere arrabbiati perché non sono più fra noi, ma ricordati che non possono farti del male. Sono solo un'impressione sbiadita.»

Allison si scostò, turbata. Cercò di asciugarsi il viso con il dorso della mano, sperando di non fare troppi danni con il mascara colato.

«Vorrei essere più forte. Vorrei non essere terrorizzata in questo modo. Mi sento così sciocca. Vorrei solo proteggere Michael...»

Si torse le mani in grembo, tirando le maniche del maglione con gesti nervosi.

«Ma cara, tu *sei* forte. Devi solo ricordarti, ogni volta che scorgerai qualcosa nell'ombra, che quelle impressioni non ti possono toccare. Possono farti paura, sì. Possono coglierti di sorpresa... ma non possono farti davvero del male. Quando si presenterà di nuovo, tu prova a parlargli.»

«A parlargli?» chiese Allison titubante.

La vecchia signora annuì.

«Prova a dirgli che sei sua amica. Che pregherai per lui e che provi tanta pena per la sua condizione. Forse se si sentirà capito, se riuscirà a percepire un briciolo di affetto umano smetterà di essere così inquietante.»

Allison fece un cenno d'assenso. Non era sicura che dimostrarsi amichevole e comprensiva con quell'oscurità sarebbe stata una buona idea, ma sapere che quelle ombre non potevano toccare lei o Michael la fece sentire meglio, sollevata.

«Ho letto su internet che bruciare della salvia può aiutare a... a purificare la casa. È vero?» chiese.

«È vero», la signora Mildford annuì incoraggiante, «può essere di grande aiuto. Dovrei averne un po' nella credenza, ora te la cerco subito. Hai messo anche la lavanda in camera del tuo bambino?»

«Sì, signora.»

«Brava ragazza. Aggiungi anche un po' di sale agli angoli delle stanze. Ora ti cerco subito la salvia.»

La signora si alzò con fatica dalla sedia imbottita. Andò a frugare nel primo grande cassetto della credenza alle loro spalle, stipata di piccole statuine di porcellana.

«Ne tengo sempre un po' perché la brucio in casa quando cambiano le stagioni. Serve a mandare via anche l'energia negativa che si accumula. Ma l'ha insegnato mia nonna.»

Allison continuava a mordicchiarsi le labbra. Moriva dal bisogno di dire di più a quella donna. Aveva bisogno di liberarsi da questo senso di spavento e solitudine che la stava soffocando negli ultimi mesi.

Singhiozzando tra le braccia di quella sconosciuta, Allison si era sentita al sicuro. Si era sentita capita, confortata, come non era successo con sua madre...

Come non è successo con Noah, pensò, ferita.

La signora Mildford le dava le spalle, e Allison fece appello a tutto il suo coraggio. Aprì semplicemente la bocca, lasciando che le parole che aveva nascosto in fondo al suo cuore emergessero, spaventose e brillanti, alla luce del sole.

«Ho anche iniziato a fare degli... incubi, da quando mi sono trasferita.»

La signora Mildford smise di frugare nel cassetto e si voltò verso di lei. Aveva un'espressione seria, concentrata. Gli occhi sembravano enormi dietro alle lenti spesse degli occhiali.

«Incubi dici, cara?»

Allison annuì, continuando a tormentare le maniche del maglione. Non aveva trovato il coraggio di confessarle di quando si era svegliata nel cuore della notte con la coperta di Michael in mano. Non aveva avuto il coraggio di ammettere neanche con sé stessa che era stata proprio lei, e solo lei, a lasciare quei segni sul polso del bambino.

C'era qualcosa che non andava neanche in lei... e nessuno lo avrebbe dovuto scoprire.

«Che genere di incubi?»

«Sogno delle fiamme, delle vespe che mi pungono... Sogno mio figlio che dice che la... la *cosa* vuole farci del male. Sogno l'uomo nell'ombra», si portò le mani alle orecchie, sfiorandosele sovrappensiero. «Lui... negli incubi... invoca il mio nome. Sento sempre dei sussurri, come se la casa mi chiamasse.»

La signora Mildford le rivolse uno sguardo apprensivo, e Allison provò di nuovo quella scomoda ma ormai familiare stretta allo stomaco.

La donna si lasciò di nuovo cadere sulla sedia imbottita accanto a lei. Le prese le mani nascoste dal maglione e le strinse tra le sue, poggiandole sul palmo un insieme di foglie di salvia secche legate tra di loro da un filo bianco.

«Ascoltami bene, cara, perché questo è davvero importante: non lasciarlo giocare con la tua testa. Capito? Non lasciarglielo fare per nessun motivo al mondo.»

Allison annuì.

La signora Mildford sembrò sollevata.

«Vedrai, andrà tutto bene.»

Allison le sorrise di rimando, fiduciosa.

Le cose però sarebbero solo peggiorate.

30
Noah

22 dicembre 2019

Per la seconda volta quella settimana, Noah fu trasportato di peso fuori dalla casa dei Blum. Questa volta però non lo stava trascinando via lo zelante agente Otis ma lo stava sorreggendo Emma, lasciandosi alle spalle una scia di sangue caldo che punteggiava di rosso la neve bianca del cortile.

Noah era sotto shock, e non per colpa del morso; quella al braccio non era una ferita particolarmente dolorosa o profonda, a scioccarlo tanto era stato vedere quella cosa afferrare e mordere la moglie. E poi la sensazione dei denti che gli dilaniavano la sua stessa carne, così veri, *così reali*, gli avevano fatto diventare le gambe di gelatina.

«Cosa ti avevo detto su questi dannati truffatori!» gridò Emma rivolta al fratello.

Allison volò accanto a Noah, l'apprensione per il marito permeava anche l'annebbiamento che avevano subito le sue emozioni.

«Stai bene? Come ti senti?»

«Sto bene», rispose Noah, sentendo le gambe che tornavano a sostenerlo e allontanando il braccio di Emma.

«Non te l'ho chiesto e non mi interessa. Ora ti bendo quella ferita e tu te ne torni al fresco», gridò lo sceriffo.

«Qui fa già freddo abbastanza», disse Noah con un debole sorriso.

«Io adesso la ammazzo questa stronza!» disse Allison.

«Non puoi parlare sul serio» gli fece eco Marvin.

Emma era arrivata alla volante. Nella strada silenziosa, le loro grida avevano svegliato i vicini che ora li osservavano con le facce preoccupate e pallide da dietro le finestre. Una donna che abitava proprio di fronte a casa di Marvin aprì la porta d'ingresso, intenzionata a chiedere spiegazioni allo sceriffo, ma Emma la fulminò con uno sguardo.

«Rientri in casa, signora Olsen. Qui non c'è proprio niente da vedere», le gridò. Si mise poi a trafficare nel portabagagli dell'auto di servizio alla ricerca del kit di pronto soccorso.

«Dimmi che stai *davvero* bene», ripeté in ansia Allison che scrutava Noah da sopra la spalla di Emma.

«Sto bene», confermò lui.

«Hai un taglio sul braccio. Chissà come te lo sei fatto» continuò a borbottare «Quando compilerò le scartoffie per il tuo nuovo arresto, non vorrei andarci di mezzo io.»

Marvin strattonò il braccio con cui la sorella stava prendendo delle garze dalla cassetta.

«Non si è fatto male cadendo e tu lo sai perfettamente.»

Emma guardò sbalordita il fratello che cercava di tenerle testa.

«Non so di cosa parli», disse lei cercando di essere più convincente possibile, ma lasciando trasparire il dubbio dalla sua voce.

«Sei cieca e stupida se pensi che se lo sia fatto cadendo», disse con rabbia Allison.

«È solo spaventata», disse Noah alla moglie.

«Si possono contare sul tuo braccio i denti di quella cazzo di cosa che ti ha morso!»

«Le devi dare tempo», disse Noah scuotendo la testa piano.

Emma, che per un attimo si era paralizzata nel tentativo di ricacciare in un posto buio della sua mente quello che sapeva di aver visto, si girò verso Noah.

«Di che parli?»

«Non parla con te, Emma», spiegò Marvin «Sta parlando con la moglie. Tu non la puoi vedere, ma è qui con noi.»

Emma strabuzzò gli occhi.

«Che cazzo stai dicendo, Marv. La moglie di questo tizio è morta da quattro anni.»

Emma sembrava sul punto di esplodere, ma Allison passò il segno prima di lei. Si proiettò in avanti e spinse con tutte le sue forze, come se si trovasse di fronte a un muro e dovesse provare la titanica impresa di spostarlo.

Emma volò via, andando a sbattere contro lo sportello aperto della volante che si richiuse di colpo.

Noah spostò lo sguardo da una donna all'altra, atterrito. Marvin Blum invece, forse perché non poteva vedere la rabbia e il dolore dipinti sul viso lattiginoso di Allison, si mise tra le due e agitando una mano nella direzione in cui pensava si trovasse la moglie di Noah gridando: «Ferma! Ti prego, aspetta! La farò ragionare, lascia fare a me». Poi i suoi occhi tremarono nell'oscurità. «C'è ancora quella cosa in casa mia, non abbiamo tempo per litigare tra di noi.»

Allison ed Emma si fermarono. Non era possibile, e probabilmente era solo il frutto della sua immaginazione, ma per un momento, Noah ebbe la sensazione che le due si fossero scambiate uno sguardo.

«S-se puoi pensare da solo a quella ferita, v-vorrei avere un attimo per parlare con mia sorella.»

Emma si allontanò presa sottobraccio da Marvin, senza protestare. Sembrava rimasta spiazzata dal piglio risoluto del fratello, quella forza senza precedenti che lo aveva fatto resistere anche a quel tour degli orrori nella sua stessa casa.

Allison si avvicinò a Noah che si stava bendando da solo il braccio.

«Fa male?»

«No, ma mi ha spaventato parecchio quello che è successo.»

Fu solo in quel momento che vide il morso speculare al suo sul braccio della moglie e si preoccupò.

«A te invece, fa male?»

Allison alzò il braccio ferito davanti alla faccia e Noah poté guardare lo sguardo indagatore della moglie attraverso l'arto fantasma.

«Per niente. Non penso di poter provare ancora dolore, ma tu invece... perché ha fatto male a te?»

Noah sentì pizzicare la vecchia cicatrice dell'ustione. Il senso di prurito si sparse lungo tutta la schiena e gli procurò un nuovo brivido.

Adesso che il braccio era stretto nelle fasce, aveva iniziato a bruciare.

«Siamo legati, Allie... e ultimamente il nostro legame mi sembra si sia fatto più forte. Sospetto che nel pacchetto ci sia anche la condivisione del dolore...»

«Bella fregatura», disse Allison, sorridendo mestamente «Però ricorda, hai promesso. Nella gioia e nel dolore.»

Noah abbozzò un timido sorriso mentre il viso pallido e morto di Allison tornava a farsi serio.

«Quella cosa che ci ha attaccati... non abbiamo mai visto nulla di simile. Sembrava un concentrato di rabbia e frustrazione.»

«Tipo il tuo uomo ombra?»

Allison scosse la testa.

«Molto peggio. Ho avuto come la sensazione che fosse intrappolata da un sacco di tempo. Che fosse... antica? Secondo te è un aggettivo che può calzare per un fantasma?»

«Intrappolata? Pensi che sia una donna?»

«Credo di sì», rispose Allison esitante «È lo spirito più nero che io abbia mai visto... o meglio, *percepito*. Il grido che ha lanciato prima di iniziare a far tremare la stanza, so che ti sembrerà assurdo ma... penso di averlo già sentito.»

Noah aspettò, lasciò alla moglie il tempo di completare la frase, di ritrovarsi tra i suoi pensieri.

«Sembravo io, a gridare. Sembravano le mie grida di quella notte...»

Un silenzio più teso e doloroso si stese tra i due, che venne spezzato dalla lite accesa tra Marvin ed Emma che si stava facendo sempre più accalorata.

Noah e Allison colsero solo stralci della discussione, ma sembrava che Marvin la stesse avendo vinta.

Pochi minuti dopo, mentre ormai tutto il quartiere li spiava impunemente da dietro le tende delle finestre, i due fratelli sembrarono arrivare a una risoluzione ed Emma raggiunse Noah alla volante.

«Penso ancora sia una follia, ma ho accettato di tornare dentro e risolvere la... qualunque cosa succeda lì dentro con te.» Poi, voltandosi verso il fratello con un dito ammonitore teso verso di lui aggiunse: «Tu però aspetterai qui fuori».

«Come vuoi, sorellina.»

«Chiamo Otis e gli faccio mettere su un cordone attorno alla casa, non voglio che nessuno si avvicini», continuò Emma, riprendendo in mano le redini della situazione.

«Tu invece, signor King, ora mi spieghi con cosa diamine abbiamo a che fare e quello che serve per liberarcene.»

31
Allison

9 ottobre 2015

Noah notò i cumuli di sale ammucchiati negli angoli di ogni stanza, ma non chiese spiegazioni e Allison gliene fu grata.

Al suo ritorno a casa lo aspettava una nuova torta al limone.

«Questa volta mi sembra meno bruciata», commentò piacevolmente sorpreso mentre affondava il coltello nel dolce.

Allison era all'altro capo del tavolo e si sporse verso di lui sorridendo soddisfatta.

«Hai visto? La prossima volta voglio provare a fare una cheesecake.»

«Se hai voglia di ingozzarmi come un tacchino ripieno ogni weekend, Allie, te lo dico: sono molto favorevole, quindi continua a esercitarti con i dolci.»

Noah si allungò sul tavolo per baciarla.

«Cosa ne dici se andiamo di sopra a consolidare un po' il nostro matrimonio mentre Michael e Mostro sono fuori a giocare?»

Allison si ritrasse.

«Che c'è? Sei preoccupata per Michael? Mi sembra che abbia smesso di nascondersi ultimamente o sbaglio?»

Allison annuì.

Ma solo perché è troppo spaventato dall'ombra nera. Ha paura che sia lui a trovarlo e non io.

«Sì. Quello è un bel sollievo.»

Noah le accarezzò una mano con dolcezza.

«Allie, sei troppo tesa. Va tutto bene, sono a casa adesso.»

Lei gli sorrise, grata.

«Sì. Sei a casa.»

Si allungarono sopra al tavolo baciandosi ancora e per un attimo Allison si sentì di nuovo bene.

Aveva appena finito di fare la doccia e si stava spazzolando i capelli davanti allo specchio, quando con la coda dell'occhio lo vide.

L'uomo era sulla soglia del bagno, nascosto dalla porta semiaperta. Dal riflesso dello specchio appannato Allison non riusciva a vederlo bene, ma lo sentiva. Sapeva che era lì, alle sue spalle, e che la stava osservando.

Le si mozzò il fiato in gola e fu travolta da un'ondata di panico.

Era la prima volta che lo vedeva da sveglia. Di giorno lo aveva sempre e solo *sentito*. Percepiva la sua presenza quando sentiva quel pizzicore spaventoso alla nuca, o quando l'aria si faceva improvvisamente gelida.

La sagoma nera riflessa nello specchio era confusa. Sembrava la fotografia della sagoma di un uomo i cui bordi non erano definiti, quasi sfocati.

Si sentì venir meno dalla paura. La spazzola le cadde dalle mani e afferrò saldamente il lavandino.

Le ci volle qualche secondo prima che il suo cervello le ricordasse le raccomandazioni della signora Mildford.

Tu prova a parlargli.

Le era sembrato quasi un buon consiglio all'inizio, ma adesso, sola, faccia a faccia con l'ombra che la perseguitava, le sembrava un'idea folle.

Fece appello a tutte le sue forze e cercò di parlare.

«Io... io sono tua amica. Ti prego...» balbettò con voce arrochita.

Allison fissava con orrore l'ombra nello specchio. Era come se l'uomo avesse un buco nero al posto del viso.

Ogni tanto affioravano dei tratti somatici, ma venivano inghiottiti dall'oscurità. Allison poteva giurare di aver visto almeno cinque facce diverse in quella dell'uomo ombra.

Dall'oscurità emerse una bocca che parlò.

(No)

Aveva sussurrato, e Allison sentì il sussurro rimbombare nella sua testa, rimbalzando nella sua scatola cranica. Emise un gemito di dolore, portandosi una mano alla testa.

(Questa è casa mia)

Allison fissò di nuovo l'ombra nello specchio. Questa volta la bocca era sparita nel nero torbido.

«Lo so... e noi non vogliamo disturbarti... solo ti prego, non fare del male a mio figlio...» disse Allison con voce tremante.

(No)

L'ombra questa volta non sussurrò. Parlò forte e chiaro.

(Voi morirete. Morirete tutti)

Il respiro le si spezzò. Era irrigidita dal terrore. Doveva muoversi. Doveva fare qualcosa o sarebbe rimasta prigioniera di quel buco nero che la stava fissando.

Scappa.

L'ombra aprì gli occhi. Erano bianchi, morti e brillavano con uno scintillio raccapricciante.

Cercò di urlare il nome di Noah, ma aveva la gola serrata e dalle sue labbra non uscì alcun suono. Si premette le mani sugli occhi, tirandosi i capelli biondi, come se volesse ripararcisi dietro.

Le tempie le pulsavano forte.

Il terrore le montava dentro. Aumentava sempre di più, fino a che Allison non riuscì più a contenerlo e quello le proruppe dalla gola, con un grido straziante.

32
Allison

9 ottobre 2015

«FORSE dovremmo chiedere a tua madre di venire qui un paio di giorni.»

Allison era a letto, esausta e frastornata. Si sentiva la testa annebbiata, confusa e gli arti pesanti come macigni.

Noah le stava porgendo un bicchiere di acqua.

Allison lo prese, rabbrividendo un po'.

«Perché?»

«Perché mi sembri in difficoltà. Non c'è niente di male a chiedere un po' di aiuto quando si è in difficoltà.»

Allison sbuffò, irritata.

«Non sono in difficoltà.»

Noah la guardò sconcertato.

«Allison, Dio mio, pensavo che ti stessero uccidendo. Hai lanciato un grido terribile. Quando sono corso in bagno ti ho trovata svenuta. Lo sai che la tua testa ha mancato il lavandino di tanto così? Cosa sarebbe successo se non ci fossi stato io? Se fossi stata sola con Michael?»

«Stai dicendo che sono una cattiva madre?»

Noah scattò in piedi, come se il letto accanto ad Allison scottasse.

«Non mettermi in bocca parole che non ho mai detto.»

Allison strinse con forza il bicchiere tra le mani. Non riusciva a smettere di rabbrividire.

«Dico che potevi avere una commozione cerebrale, Allison. Potevi sbattere la testa e crepare nel nostro bagno, cazzo. Domani mattina avverto che non sarò in cantiere per un paio di giorni. Rimarrò qui fino a che non ci organizziamo e tua madre riesce a raggiungerti.»

«NO!» gridò Allison.

Noah la guardò allibito.

«Allie...»

«Lo vuoi capire che dobbiamo andarcene da qui?»

Lanciò il bicchiere contro il muro e quello si frantumò in un'esplosione di schegge di vetro.

Noah la fissò atterrito, sconvolto da quella sua reazione così violenta. Allison adesso stava piangendo, la testa stretta tra le mani.

«Noah, c'è qualcosa qui. Qualcosa che non ci vuole. È cattivo e si nasconde nell'ombra. Sta aspettando il momento giusto per divorarmi. Per divorarci tutti.»

Noah rimase immobile, incapace di fare altro se non fissare sua moglie rannicchiata su sé stessa che piangeva disperata.

Si avvicinò lentamente e le poggiò una mano sulla schiena. Sul viso aveva un'espressione piena di angoscia. Non l'aveva mai vista così, e questo lo terrorizzava.

«Allie... non c'è niente qui. È solo una casa, una vecchia casa che ha le assi che scricchiolano e qualche topo ogni tanto che corre nei muri...»

Allison pianse più forte, mentre la mano di Noah le accarezzava con dolcezza la schiena.

«Domani mattina chiamo tua madre e le chiedo di trasferirsi qui per un po', almeno fino a che non concludo questo maledetto lavoro. Appena tornerò a casa andrà tutto bene. Noi staremo bene.»

La prese tra le braccia e la strinse forte, baciandole la nuca.

Allison emise un suono rauco e Noah lo interpretò come un sì.

Si alzò per andare a prendere la scopa per pulire i resti del bicchiere e Allison si trovò di nuovo da sola nella camera.

Ebbe una percezione, improvvisa e reale come un fulmine che squarcia una notte serena: la percezione di essere osservata.

La percezione venne subito seguita da una raccapricciante consapevolezza. Non era sola nella stanza, come non era mai davvero sola in quella casa.

Sapeva che l'uomo ombra la stava aspettando nell'oscurità della notte.

33
Allison

12 ottobre 2015

Noah era appena partito. Aveva discusso a lungo con il sergente di ferro, lontano da Allison. Era uscito dalla camera da letto e aveva raggiunto la moglie e il figlio al tavolo della colazione. Sembrava sollevato, e rivolse un sorriso rassicurante a entrambi. Annunciò che Maggie li avrebbe raggiunti giovedì, per passare un po' di tempo con loro.

Allison non aveva protestato, ma appena il marito era andato via la sua sicurezza si era sbriciolata ed era di nuovo in balia della paura.

Continuava a fissare la porta della cucina alle spalle di Michael, come se si aspettasse che l'uomo ombra la potesse attraversare da un momento all'altro.

Senza riuscire più a trattenersi domandò al bambino: «Ti piace qui?»

Sebbene si fosse ripromessa di non chiedere niente a Michael non era riuscita a trattenersi. Doveva sapere cosa vedeva Michael ma soprattutto capire cosa *sentiva*... e se stava male quanto lei.

Michael guardò Allison da sopra la ciotola di latte e cereali. Abbassò gli occhi, poggiando entrambi i palmi delle mani sul tavolo. Sembrava a disagio. Era ancora troppo piccolo per padroneggiare l'arte della dissimulazione.

«A te, mammina? Ti piace questa casa?» chiese con la sua espressione seria, da giovane adulto. Aveva evitato di rispondere.

Allison esitò.

Non aveva intenzione di agitarlo con quella domanda né di suggestionarlo con la sua risposta.

Con quella sua domanda voleva indagare, capire come stesse Michael, che cosa *sentisse*... ma quell'interrogatorio improvvisato si era ribaltato e adesso era lei a essere sotto esame.

Allison si alzò e portò i suoi piatti sporchi della colazione nel lavello, dando le spalle al figlio.

«Ma certo, Michael. Questo posto è il più bello del mondo. *Casa nostra* è il posto più bello del mondo.»

Riuscì a mentire così bene solo perché gli dava le spalle e non era costretta a guardarlo negli occhi.

Sciacquò la tazza sporca di caffè e i piatti. Michael disse qualcosa, ma il rumore dell'acqua era troppo forte.

«Cosa hai detto, amore?»

Allison chiuse l'acqua e si girò verso il figlio.

Michael la guardava, ancora serio, con un piccolo baffo bianco di latte sul labbro superiore.

«Lui... lui però non ci vuole qui», disse esitando.

Allison si sentì pungere la nuca.

Si avvicinò al bambino e scostò la sedia, in modo da poterglisi inginocchiare davanti. Michael si era fatto pallido e faceva dondolare nervosamente le gambe a ciondoloni.

«Chi non ci vuole qui, Michael?»

Allison gli poggiò le mani sulle braccia. Voleva essergli di conforto, ma da come il figlio strinse gli occhi, capì che gli stava facendo male.

«L'uomo che ci chiama quando dormiamo.»

34
Noah

22 dicembre 2019

Emma imbracciò il fucile a pompa e aprì la porta d'ingresso della casa del fratello con un calcio.

«Stammi dietro», ordinò a Noah.

«Stammi dietro, tu», rispose Allison passandole attraverso per superarla.

Noah scosse sconsolato la testa e, prima di fare anche solo un passo dentro la casa, diede un'occhiata al cortile. Otis, il vicesceriffo, sopraggiunto pochi minuti prima, stava tenendo alla larga i curiosi con il culone poggiato sul cofano della volante parcheggiata di traverso nel vialetto. La macchina della polizia aveva i lampeggianti accesi e stava infiammando la curiosità del vicinato che, pur tenendosi a debita distanza, cercava di spiare quello che succedeva dai Blum.

«Cosa dirà l'agente a chi verrà a ficcare il naso?» chiese Noah.

«Conoscendo Otis, li fisserà in silenzio fino a che non saranno troppo imbarazzati per continuare a sostenerne lo sguardo. Però se qualcuno proprio dovesse insistere, ci siamo inventati una storiella su un cervo intrappolato in casa.»

Emma si bloccò di colpo, fissando a bocca aperta la casa. O meglio, quel che ne restava. Dietro la porta, li aspettava la completa devastazione di quello che, fino a poche ore prima, era stato un accogliente ingresso e un salotto molto confortevole con divano e poltrone coordinate. La preziosa libreria di Marvin era sradicata dalla parete, i volumi fatti a pezzi tappezzavano il pavimento. Noah la superò, terrorizzato dalla distruzione che il fantasma contro cui si era scontrata Allison aveva fatto piombare sulla casa da quando erano usciti.

Le credenze nel salone erano devastate, scheletri sbilenchi con le porcellane in cocci. Il pavimento era un labirinto di schegge di legno, vetri infranti, il tutto spolverato dalla soffice imbottitura dei cuscini le cui fodere penzolavano dal lampadario al centro della stanza.

«Un cervo parecchio incazzato», commentò Allison. Noah colse una vena di paura nella battuta della moglie.

Questa era opera di un singolo fantasma. Allison in quei quattro anni aveva imparato a fare cose straordinarie nella sua forma incorporea, e dai Price aveva tenuto a bada decine di fantasmi... ma ciò che li aspettava nascosto nel buio della casa, stava terrorizzando anche lei.

Quindi sì, anche un morto può ancora provare paura.

«Ti sta parlando, vero?» chiese Emma intercettando il suo sguardo. «Allison, intendo. Tieni sempre la bocca aperta come un pesce quando ti parla.»

Allison ridacchiò. «È vero, lo avevo notato anche io.»

Noah si costrinse a tenere la bocca chiusa.

«Stava dicendo che non è normale quello che sta succedendo qui. Neanche per una casa infestata.»

«Ehi! Ho fatto una battuta sulla storia del cervo. Non cambiare la mia versione», protestò il fantasma della moglie.

Noah la ignorò.

«Abbiamo visto brutti casi di infestazioni, ma mai come questa.»

Emma sollevò un sopracciglio. «Non ho detto di credere a questa storia dei fantasmi.»

«Certo, lei ha quella plausibile storia del cervo per giustificare tutto. Immagino che allora sia stato un orso a morderci», disse Allie spazientita.

«Quindi questa è opera di un cervo? O di un orso magari»,

disse Noah alzando il braccio ferito e sventagliandoglielo sotto al naso «So che lo hai visto apparire dal nulla e so che stai cercando di negare l'evidenza, ma *questo* non me lo sono fatto da solo.»

Emma non ebbe modo di replicare perché un tavolinetto di Ikea, che già si teneva a stento in piedi su tre gambe, crollò improvvisamente al suolo con uno schianto.

Il suono del pianto di un bambino rimbalzò sui muri della stanza.

Lo sceriffo sgranò gli occhi e si guardò intorno, alla ricerca della sorgente di quel suono lugubre. Allison e Noah videro il fantasma di un bambino che correva scalzo verso la cucina.

Per un attimo Noah fu sul punto di urlare, convinto senza un apparente motivo che si trattasse di Michael... ma poi il bambino si voltò.

Era più grande del figlio che aveva perso e il suo viso era dilaniato. I segni sul volto non erano precedenti alla morte, non erano come l'orrendo volto di Violet, la maestra che avevano incontrato in Montana. Qualcosa aveva fatto a pezzi la sua forma incorporea e quei segni erano simili a quelli che aveva sul braccio Allie. Erano senza ombra di dubbio opera dell'ombra nera che si aggirava per la casa.

«Ehi, piccolo, non scappare», lo chiamò Allison, seguendolo in cucina.

«C'è un fantasma.» Noah avvertì Emma.

«Non è importante che tu ci creda per ora, ma lasciami fare quello che devo.»

Noah entrò in cucina facendo attenzione a non fare movimenti bruschi. Si comportò come se si trovasse di fronte a un animale selvatico.

Il bambino si era accucciato sotto al tavolo, convinto, come sono convinti i bambini che si proteggono dai mostri nascondendosi sotto le coperte, che quel riparo sarebbe stato sufficiente a salvarlo dall'orrore.

«Chi ti ha ferito?»

Il bambino sollevò il viso pallido e sfigurato verso di loro.

«La signora del castello.»

«E chi è?» gli chiese gentilmente Allison.

Il bambino tremò e i contorni della sua figura si fecero più sfocati.

«Lei ci viene a cercare... quando è arrabbiata ci fa del male», disse il bambino guardando con sospetto Noah. Sgranò gli occhi, o quel che gli rimaneva di essi, quando si accorse che lui, sebbene fosse un vivo, riusciva a vederlo.

«Ciao, piccoletto. Ti spiace se ti chiedo una cosa?»

Noah si piegò sulle ginocchia e prese da terra uno di quei blocchetti con una calamita sul retro che si mettono sul frigo per segnare i prodotti da prendere al supermercato.

Tirò fuori una penna dalla tasca dei pantaloni e iniziò a disegnare. «Hai mai visto questo da qualche parte in casa?»

Era il segno che l'Architetto imprimeva nelle case, lo stesso simbolo che campeggiava rosso e viola sulla sua schiena. Il bambino, però, scosse la testa.

«C'è un posto in particolare in casa che non ti piace, un posto in cui ti senti male?»

Il bambino scosse la testa per una seconda volta.

«Non ti sembra che faccia più freddo di prima?» disse Emma avvicinandosi a Noah. «Eppure i termosifoni sono tutti accesi. Ne ho toccato uno prima e mi sono quasi ustionata la mano.»

Noah si accorse che dalla sua bocca uscivano nuvolette di vapore.

Il bambino si fece evanescente, e per un attimo il suo viso si perse nella nebbia bianca. Tornò visibile all'improvviso, gli occhi spalancati dall'orrore e urlò: «La signora del castello sta tornando!»

Allison scattò avanti nel tentativo di fermarlo, ma il bambino, tornato a essere evanescente, attraversò la finestra che dava sul retro e scappò in giardino.

È uscito dalla casa! pensò sconvolto Noah.

«È uscito dalla casa!» disse Allison scioccata.

I due si guardarono increduli, sconvolti da quello che avevano appena visto.

Non poteva essere vero.

Il marchio vincolava i morti alle case. I fantasmi non le potevano abbandonare.

«Cosa sta succedendo?» chiese Emma infastidita. Chiaramente non le piaceva non avere la situazione sotto controllo.

Noah scosse la testa. Non lo sapeva, ma c'era un pensiero che gli stava montando in testa, un'idea appena fuori dalla sua portata, come il ritornello di una canzone che ti tormenta, ma di cui non riesci a ricordare il titolo.

Stava ancora cercando di afferrare quell'idea, quando uno degli stipetti della cucina iniziò a tremare.

Ci fu un suono come di ossa spezzate quando gli stop che tenevano il pensile attaccato si strapparono dal muro.

Avvenne tutto in un battere di ciglia.

Allison si mise davanti a Noah per cercare di proteggerlo, ma lo scaffale la attraversò, Noah alzò le mani per farsi scudo, ma era certo che il mobile gli avrebbe schiacciato la testa. Chiuse gli occhi aspettando lo schianto.

Li riaprì mentre veniva investito da una pioggia di schegge di legno. Emma stava all'ingresso della cucina, il fucile con cui aveva polverizzato il pensile ancora sollevato tra le braccia.

Noah fu in grado di cogliere un lampo di profonda tristezza negli occhi di Allison, la sua incapacità di proteggerlo l'aveva ferita.

«Cosa cazzo è stato?» disse Emma con gli occhi sgranati.

«Stai indietro» le rispose Noah abbassandosi per lasciarsi sfilare sopra la testa una delle ante dei pensili che continuavano a tremare, scossi da mani invisibili.

Le sedie della cucina iniziarono a turbinare in aria, il tavolo sotto cui era nascosto il bambino si sollevò fino a schiantarsi contro il soffitto. Noah si gettò da un lato, Emma provò a scappare, ma il ginocchio ferito le cedette e venne travolta da una sedia. I vetri delle finestre saltarono tutti contemporaneamente riempendo la stanza con un boato e schegge di vetro, che si sparsero per il pavimento come insetti impazziti, straziarono la donna rannicchiata a terra.

Mentre macchie di sangue scuro si allargavano sulla divisa dello sceriffo, la cosa nera, il mostro terrificante che il bambino aveva chiamato «la signora del castello», arrivò ululando.

Un grido alto, atroce e crudele. Un suono in grado di far ritrarre la pelle sulle ossa, di far vibrare i denti nelle gengive.

Il fantasma si avventò su Noah, ma Allison ora aveva la sua occasione di proteggere la sua famiglia, quella che anni prima le era mancata quando un'ombra le aveva distrutto la vita. Era già lì pronta a frapporsi tra lui e il pericolo, la cosa nera provò a oltrepassarla, ma Allison resistette e si erse come uno scudo tra il mostro e Noah.

Il marito vide la creatura travolgerla, portarla in alto verso il soffitto per poi sparire. Dal piano di sopra arrivarono rumori di vetri infranti e di mobili distrutti. Noah si accucciò su Emma per prestarle soccorso, scoprendo che le ferite della donna erano fortunatamente solo superficiali. La battaglia sopra la sua testa infuriava, due fantasmi dalla forma indistinta fuggirono via attraversando la stanza.

Noah stava per scattare verso il piano di sopra, quando il fantasma candido di Allison e la creatura d'ombra tornarono nella cucina attraversando il soffitto, precipitando come un fronte temporalesco, spazzando via tutto quello che li circondava.

Noah sentì le mani dell'essere sulle sue stesse braccia, gli artigli contro il collo. Ancora una volta percepì il dolore che provava la moglie come se fosse suo.

Allison rispose all'attacco dell'ombra. Cercò di tenere lontana la figura nera che continuava a scalciare e a cercare strappare quello che le capitava a tiro.

Nuovi graffi si aprirono sulle braccia e sul petto di Noah.

Allison gridò. Lei e la cosa si sollevarono in aria in un turbine urlante. Le stoviglie della cucina, già in pezzi, iniziarono a ruotare attorno ai due fantasmi.

Per un momento Noah temette che il mostro avesse la meglio,

poi una sensazione di calore lo invase bruciandogli nel petto e Allie divampò di luce.

Sua moglie riportò a terra la cosa nera, scalciante e urlante. Più quella si dimenava, più Allison splendeva e sembrava forte, più il mostro avvizziva, perdendo sostanza. Un tipo di orrore in grado di essere debellato da una luce accesa, pensò Noah.

Poi il legame tra lui e la moglie palpitò, come fosse una cosa concreta, come una vena in cui sta venendo pompato troppo sangue.

L'intensità della luce prodotta da Allison aumentò e Noah fu finalmente cosciente di quello che aveva sospettato. Allison si stava cibando delle sue stesse forze, per tutto il tempo in cui lui era stato la sua casa, Allie si era nutrita della sua forza vitale.

Il suo corpo però era arrivato al capolinea e qualcosa in lui si spezzò. Un fiotto di sangue gli schizzò via dalla bocca, mentre i suoi polmoni venivano stritolati dalla sua stessa cassa toracica che sembrava essere diventata troppo piccola per contenerli.

Allison si voltò spaventata verso il marito. Approfittando della distrazione, la bestia che teneva ferma le squarciò il ventre con le unghie.

Noah trattenne un rantolo quando la carne dell'addome gli si aprì nel punto in cui il mostro aveva colpito lo spirito della moglie.

La luce di Allison si affievolì, il mostro tornò a sovrastarla, giovandosi di quell'incertezza.

«Non fermarti!» gridò Noah.

Allison chiuse gli occhi per non vedere il dolore che stava provocando al marito e si abbeverò di nuovo da lui.

Tornò a brillare e la sua luce divenne accecante.

Noah si accorse che Emma, accanto a lui, si era rialzata e ora guardava nel punto in cui stava Allison, schermandosi gli occhi. Adesso riusciva a vedeva anche lei, uno spirito di pura luce, una forza primitiva che arrestava il dilagare del buio.

Noah sorrise, e poco prima che ogni forza residua lo abbandonasse, vide il mostro divincolarsi dalla presa di Allison e, come aveva già fatto il fantasma del bambino, fuggire dalla casa.

35
Allison

20 novembre 2015

ERA il 20 novembre e il cielo era terso. Per le due settimane precedenti aveva nevicato senza sosta e Maggie aveva finito per allungare la sua permanenza a casa. Allison non aveva niente da ridire. Da quando la madre si era presentata un giovedì mattina, con un enorme trolley, due borse frigo e almeno dieci sacchetti della spesa, Allison invece di provare il solito senso di fastidio nei confronti della madre troppo invadente, provò solo sollievo. Non obiettò neanche quando la prima sera, all'ora di andare a dormire, Maggie aveva superato la porta della camera degli ospiti – la sua camera dato che lei era stata la loro unica ospite – e aveva tirato dritto fino alla camera da letto sua e di Noah. Aveva poggiato la sua voluminosa trousse nel bagno e il suo libro sul comodino di Noah e aveva preso possesso del lato destro del letto. Lo aveva fatto con la naturalezza e il garbo tipici di una madre premurosa che non ammette questioni.

Aveva supervisionato Allison mentre prendeva un paio di pillole per dormire ed era rimasta vigile, pretendendo di leggere il suo romanzo – conoscendo la madre si trattava sicuramente di un romanzo storico con amori tormentati e travolgenti –, fino a che la figlia non aveva chiuso gli occhi ed era caduta tra le braccia di Morfeo.

Quando Noah arrivò nel pomeriggio, Allison lo aspettava impaziente e irrequieta sulla soglia della porta.

Nevicava forte. Si era alzato un vento da est e la neve adesso aveva iniziato a scendere di sbieco, imbiancando anche i gradini e la veranda della casa.

Appena il marito scese dall'auto gli saltò letteralmente addosso, buttandogli le braccia al collo e stringendogli la vita con le gambe.

«Mi sei mancato.»

Lui affondò il naso nel suo collo e chiuse gli occhi.

«Anche tu. Sono a casa adesso. Va tutto bene.»

E fu così. Tutto andò straordinariamente bene per due settimane.

Quando Noah annunciò che aveva preparato una gita fuori porta per tutta la famiglia, Mostro e sergente di ferro compresi, per quella domenica, Allison si illuminò. Era davvero una splendida idea e per tutta la giornata fu di ottimo umore. In più il lavoro aveva iniziato finalmente a muoversi di nuovo: un editore l'aveva contattata per commissionarle le illustrazioni di una nuova collana di libri scolastici per l'infanzia. Era un gran bel progetto che le avrebbe portato parecchi guadagni e che, soprattutto, l'avrebbe tenuta impegnata per un bel po'. E Allison aveva imparato quanto servisse essere impegnati per tenere a freno la mente e per zittire tutti quei pensieri intrusivi e folli che l'avevano quasi fatta impazzire.

Partirono il 22 novembre, alle nove in punto, la macchina carica come se dovessero affrontare un viaggio di una settimana.

Appena si lasciarono casa alle spalle, Allison iniziò a respirare di nuovo dopo tanto tempo. La presa alla bocca dello stomaco sembrò allentarsi fino a sparire e venne pervasa da una felicità insensata, che le parve sconosciuta ma allo stesso tempo familiare, di cui non pensava di sentire la mancanza.

Noah allungò una mano e gliela poggiò su una coscia, accarezzandogliela. Si scambiarono un sorriso complice e Allison fu di nuovo sé stessa.

* * *

Arrivati al lago li stava aspettando un paesaggio da sogno. Raggiunsero la piccola cittadina che sorgeva sulle sponde dello specchio d'acqua dopo aver superato una fitta rete di tortuose colline.

Tutto era bianco, pieno di luminarie spente. Mancava pochissimo al giorno del Ringraziamento, eppure si stavano già preparando per il Natale. Allison desiderò che calasse presto il sole per vedere il paese accendersi.

Pranzarono in un ristorantino senza molte pretese, mangiando bene e spendendo un prezzo più che onesto.

Michael portava a spasso Mostro al guinzaglio, facendo grandissima attenzione supervisionato dalla nonna, mentre Noah e Allison indugiavano a curiosare tra le vetrine dei negozietti che si susseguivano sulla via principale.

«Non è un po' presto per i regali di Natale?» scherzò Noah.

Allison sorrise. «Ti ricordo che ogni anno, il primo di dicembre, Babbo Natale Allison ha già finito tutto.»

Noah scosse la testa, ridendo. «Questo perché sei allergica alla folla natalizia di Boston. Non penso che qui potresti mai incappare nello stesso problema.»

Noah aveva ragione: la cittadina aveva certo il suo movimento, ma era piacevole stare in mezzo alle persone dopo tanto tempo passato da sola.

Allison si sentiva così felice per la perfezione di quella giornata, le preoccupazioni e la paura provate nei mesi precedenti sembravano così irreali e lontane...

Le sembrava di essersi improvvisamente svegliata e di aver abbandonato l'incubo di cui era prigioniera.

Guardò Noah, innamorata e grata per la loro bella famiglia e si strinse al suo braccio. Noah glielo passò attorno alla vita e rimasero insieme in silenzio a guardare il figlio che giocava a lanciare sassi sulla riva del lago, con Mostro alle calcagna, che abbaiava eccitato. Nulla avrebbe potuto rovinare quella giornata meravigliosa.

* * *

Allison trattenne un sussulto di paura, appena varcò la porta d'ingresso di casa.

Al lago si era sentita sollevata.

Era sveglia, era giorno e lei si sentiva concreta.

Si sentiva *reale*.

Adesso, ritrovandosi di nuovo fra quelle mura, non riuscì a non tremare come una foglia, pervasa dalla paura.

Aveva la certezza, *se lo sentiva nelle budella*, che appena fosse tramontato il sole e la notte fosse giunta, lei sarebbe impazzita di nuovo.

TERZA PARTE

TRASCRIZIONE DELLA RIUNIONE STRAORDINARIA CONSIGLIO DI AMMINISTRAZIONE DELLE MATHESON ENTERPRISES

DATA: Giovedì 16 gennaio 1964
LUOGO: sala riunioni Matheson, 65° piano del Rockfeller Center, New York

PRESENTI: Ronald Soderbergh (Vice presidente), Jacob Mosley (Amministratore delegato), Rupert Hodgson (Amministratore delegato), Jonathan Hickman (Amministratore Delegato), Oliver Campbell (Dirigente a capo del comitato esecutivo e responsabile del Piano Industriale del Gruppo)

ASSENTI: Richard Matheson (Presidente del CdA)

HICKMAN: Vorrei fosse messo agli atti che ho convocato personalmente quest'assemblea straordinaria e che, a questa riunione del CdA, si unisce il signor Oliver Campbell che porta all'attenzione del Consiglio un serio problema di gestione delle nostre risorse.

SODERBERGH: Proceda pure a illustrarci le sue preoccupazioni, signor Campbell, prendiamo in grande considerazione il suo parere e questo Consiglio si è sempre ritenuto soddisfatto del suo operato.

CAMPBELL: Il signor Hickman lo scorso mese mi ha chiesto di indagare su alcune decisioni del signor Matheson, in fatto di investimenti, che gli erano sembrate... peculiari. Ha acquistato intere biblioteche, manoscritti antichi e devoluto ingenti somme ad associazioni dalla dubbia caratura morale...

SODERBERGH: Mi deve perdonare se la interrompo, ma molti prima di lei hanno messo in dubbio i metodi di Richard, negli anni, però, il suo fiuto per gli affari si è rivelato straordinariamente acuto. È grazie a scelte d'investimento inconsuete se possiamo goderci la vista da qui su.

HICKMAN: Non siamo degli investitori a cui puoi raccontare cazzate, Soderbergh. Da dopo la morte della moglie Richard si è bevuto il cervello, non partecipa alle riunioni da più di un anno e chiaramente non è più in grado di occupare il suo posto al comando di questa azienda.

SODERBERGH: Parli dell'azienda che ha creato da zero e che porta il suo nome? Delle Matheson Enterprises? E dimmi, chi sarebbe il suo degno sostituto? Tu, Jonathan?

HICKMAN: Parlo dell'azienda che sta distruggendo, Ronald, e sinceramente non vedo per quale motivo non sarei adatto a...

HODGSON: Vi interrompo prima che diciate qualcosa di disdicevole. Come spesso ripete mia moglie, meglio tenersi dentro quel che non ci si può rimangiare.

MOSLEY: Tua moglie è un'idiota, Hodgson, e io ho dato un'occhiata ai documenti che ha raccolto il ragazzo. Ti chiami Oliver, vero?

CAMPBELL: Sì, signore.

SODERBERGH: Mosley, mai avrei immaginato che tra tutti, proprio tu, avresti messo in dubbio l'operato di Richard. Devo ricordarti che è stato grazie a lui che siamo usciti indenni dalla recessione di tre anni fa? Se ci fossimo affidati all'ottimismo di Hickman avremmo chiuso.

HICKMAN: Io mi rifiuto di...

MOSLEY: Stai zitto, Jonathan. Sei un vecchio coglione a cui Richard ha sempre messo il cazzo in testa, ma questa volta sto con te, quindi prova a tenere la bocca chiusa e a goderti il tuo momento di gloria.

HODGSON: Trovo sia molto offensivo quel che hai detto su mia moglie, Mosley.

MOSLEY: E io trovo offensivo che tu sieda in questo Consiglio solo perché hai infilato quella cosa ridicola che chiami cazzo in una Matheson, ma cercherò di sopravvivere.

SODERBERGH: Modera i toni e spiegati, Jacob. In che senso Jonathan ha ragione?

MOSLEY: Ragazzo, leggi ad alta voce la lista di associazioni che abbiamo finanziato e i titoli dei libri che abbiamo acquistato.

SODERBERGH: Secondo te dei libri e della beneficienza mi possono convincere a votare a favore della destituzione di Richard dalla carica di presidente?

MOSLEY: Se non fai parlare Campbell sarò costretto a insultare anche te, Ronald, e sai che la cosa, nel tuo caso, non mi darebbe alcun piacere.

CAMPBELL: Il primo libro della lista è un testo antico di dubbia autenticità, costato sei milioni di dollari. Si intitola *Nomine Diaboli* ed è stato stampato a metà del Seicento. Pare sia l'unico esemplare rimasto. Lo stampatore è un italiano, un certo Torchia, bruciato al rogo perché si vociferava che il vero autore dell'opera da lui pubblicata fosse...

MOSLEY: Aspetta un attimo, prima di continuare.

HICKMAN: Ehi, non interromperlo, è giusto che il Consiglio sappia quanto fuori di testa sia il nostro presidente! Lo sapete benissimo che è completamente impazzito. Tutti i suoi sogni, e i suoi vaneggiamenti, ne vogliamo parlare?

MOSLEY: Cosa cazzo ti ho detto sul tenere chiusa quella ciabatta, Jonathan? Tutti i presenti nella stanza sentiranno quello che ha scoperto il ragazzo, ma penso che sarebbe meglio per tutti se questa parte non venisse trascritta.

SODERBERGH: Signorina Hill, le spiacerebbe interrompere la stesura del verbale fino a nuovo ordine?

[VERBALE INCOMPLETO]

HICKMAN: Può riprendere a scrivere, signorina Hill.

SODERBERGH: Non riesco ancora a crederci. Siamo sicuri che si tratti di acquisizioni approvate da Richard?

CAMPBELL: Ho controllato due volte tutti i contratti d'acquisto, non c'è dubbio.

MOSLEY: Hai fatto un buon lavoro, ragazzo. Puoi stare certo che a fine anno, quando verranno distribuiti i bonus, terremo conto del tuo operato esemplare. Ora però ti prego di abbandonare la stanza.

[CAMPBELL ABBANDONA LA RIUNIONE]

SODERBERGH: Non posso credere che Richard abbia fatto quelle cose. Lo conoscete quanto me, è uno squalo ma... insomma, andiamo, Richard non può pensare davvero che...

MOSLEY: Roland, come vedi non sto gongolando come quell'idiota di Hickman... ma la situazione è seria. Se anche solo una parte di quello che ha fatto Richard nell'ultimo periodo arrivasse alle orecchie della stampa, ci distruggerebbero. Dobbiamo intervenire.

SODERBERGH: Ho bisogno di bere un bicchiere.

[SODERBERGH ABBANDONA LA RIUNIONE, RIENTRA DOPO QUALCHE MINUTO]

SODERBERGH: Signorina Hill, la prego di cominciare un nuovo verbale. Il nuovo Odg sarà la destituzione dalla carica di presidente delle Matheson Enterprises del signor Richard Matheson.

TELEGRAMMA SPEDITO IL 17 gennaio 1964
UNITED STATE POSTAL SERVICE, MIDTOWN MANHATTAN, NEW YORK

MITTENTE: ROLAND SODERBERGH
DESTINATARIO: RICHARD MATHESON

COSTRETTO A DESTITUIRTI.
PRESA SU DI ME LA CARICA DI PRESIDENTE.
TORNA PRESTO.
POSSIAMO ANCORA RISOLVERE TUTTO.

TELEGRAMMA SPEDITO IL 7 febbraio 1964 DALL'UFFICIO POSTALE DI BELGRADE, MONTANA.

MITTENTE: RICHARD MATHESON
DESTINATARIO: ROLAND SODERBERGH

APPROVO NUOVA PRESIDENZA.
LIQUIDA LE MIE QUOTE.
NULLA HA PIÙ IMPORTANZA.
L'HO TROVATO.

36
Noah

22 dicembre 2019

Noah non riusciva più a smettere di tossire. Stava seduto, in mezzo a quella che una volta era stata una cucina e che ora sembrava il cratere di un'esplosione, boccheggiante.

Guardò prima Allie e poi Emma. Entrambe lo stavano fissando come se stesse per rantolare il suo ultimo respiro.

Quella cosa se ne è andata, pensò Noah, cercando sollievo dai dolori lancinanti che lo facevano stare male.

«Quella cosa se ne è andata», disse, ad alta voce, tra un colpo di tosse e l'altro.

Allison gli avvicinò una mano al viso, fermandosi prima di poterlo toccare, per evitargli quel contatto spiacevole, ma la mano di Emma compì lo stesso gesto, poggiandosi calda sulla sua guancia. Le due donne lo carezzarono entrambe e, sebbene sapesse che solo la mano di Emma lo stava davvero toccando, per un attimo l'illusione fu perfetta e gli occhi di Noah si riempirono di lacrime.

«Riesci ad alzarti?» chiese Emma.

Noah guardò triste la moglie che si allontanava in un angolo della stanza distrutta, la mano con cui lo aveva *toccato* stretta al petto.

«Non penso di riuscire a stare in piedi», ammise Noah.

Emma si guardò intorno in cerca di qualcosa per aiutarlo.

«Esco a prendere la cassetta del pronto soccorso. Torno subito.»

Noah poggiò la schiena contro una credenza distrutta.

«Fai con calma, ho solo bisogno di riprendere fiato. Davvero.»

Emma lasciò la stanza e Allison gli tornò vicino. La casa era innaturalmente silenziosa.

«Stai davvero bene?»

Noah le rivolse un sorriso dolorante.

«Non sono svenuto. Mi pare un netto miglioramento rispetto al solito.»

Allison lo guardò in apprensione.

«Sono felice tu non abbia perso i sensi, ma non puoi dirmi che stai bene. Hai tossito sangue, Noah.»

«Era già successo», ammise Noah rialzandosi in piedi.

«Quando?» Allison era arrabbiata e offesa in egual misura.

«È successo solo un paio di volte» si giustificò Noah facendo un gesto con la mano per accantonare l'argomento. «Piuttosto concentriamoci sulle novità: come hanno fatto quei fantasmi a lasciare la casa? È possibile che le case siano infestate anche senza il marchio?»

Allison rimase muta, continuava a guardarlo preoccupata. Noah sapeva che, per quanto ci avesse provato, non gli avrebbe permesso di cambiare argomento.

Si poggiò con i gomiti sul lavello della cucina e aprì il rubinetto per far scorrere l'acqua. Sentì l'aria spostarsi alle sue spalle.

«Sono stata io, vero? È per colpa del nostro legame se sei ridotto così. Ti sto... consumando.» La voce, rotta da un'emozione tanto umana, gli spezzò il cuore.

Noah sputò nel lavello senza bere e rialzò lo sguardo. Davanti a lui, oltre la finestra ormai in frantumi, osservò ancora una volta la fila di abitazioni perfette, allineate con precisione, non un'asse scrostata, non una tegola mancante sui tetti spioventi, non una grondaia ammaccata. Guardò quel quartiere immacolato e improvvisamente lo vide davvero. Non con gli occhi di un turista, ma con quelli di chi aveva passato la vita a ristrutturare edifici antichi.

«Sono tutte nuove», sussurrò con le mani bagnate davanti alla bocca spalancata.

«Cosa?» chiese Allison.

«Le case... sono tutte nuove», ripeté febbrilmente Noah guardandosi intorno per la stanza distrutta. La certezza di aver capito cosa stava succedendo lo attraversò come una scarica elettrica, spazzando via la spossatezza.

Emma e Marvin rientrarono in quel momento con la cassetta del pronto soccorso. Lei aveva dei cerotti sul viso, il fratello doveva aver insistito per medicarla prima di rimandarla dentro.

Noah li investì entrambi con un fiume di parole. «Mi hai raccontato che il paese si era spopolato quando ha chiuso la miniera negli anni Sessanta, ma le case sono rimaste le stesse?»

Emma era confusa. «Cosa?»

«Cosa?» gli fece eco Allison «Hai preso una botta in testa durante lo scontro?»

Noah fece finta di non sentirle, l'eccitazione della scoperta aveva aperto una diga nella sua testa, ora i tasselli stavano andando tutti al loro posto, ma c'era ancora un pezzo mancante al centro del puzzle.

«Ho bisogno che rispondiate alle mie domande. Questa casa, tutte quelle della strada e di Marrow Creek, sono nuove?»

Marvin comprese prima delle due donne che Noah non stava delirando. Attraversò la stanza e prese da terra un quadro che era caduto.

«No, niente è più come prima, l'intero paese è stato ricostruito» disse facendo cadere i resti del vetro a terra e stendendo sul piano della cucina la stampa che aveva incorniciato e che raffigurava due piantine di Marrow Creek, prima e dopo la ristrutturazione.

«Perfino la pianta della città non è più la stessa», aggiunse stendendo gli angoli della piantina.

Noah si guardò intorno febbrilmente.

«Cosa cerchi?» chiese Marvin.

«Avevo una penna, l'ho usata per fare un disegno...»

Marvin spostò da un lato il cappotto e sfilò dal taschino della camicia una penna.

«Nera va bene?» chiese sorridendo.

Noah quasi gliela strappò dalle mani e poi iniziò a segnare con la stilografica le vie della città.

«Neanche nel peggiore filmaccio d'avventura succedono queste cose», borbottò unendo con un ultimo tratto il ponte cittadino al corso principale.

Rialzò la testa e Allison emise un gemito strozzato.

«Non è possibile», disse con voce tremante, incredula.

«Sbaglio o è lo stesso simbolo che hai sulla schiena?» chiese Marvin guardando i segni neri che Noah aveva tracciato sulla mappa.

Emma li guardò ancora più confusa. «Aspetta, ma questo è la stessa cosa che cercavamo in casa.»

Noah rispose a Emma, guardando però la moglie.

«Sì, ma non l'avremmo mai trovato qui dentro. Abbiamo visto fantasmi fuggire via e ci sembrava impossibile dato che il marchio solitamente li costringe a stare all'interno del perimetro dell'edificio su cui è posto.»

Allison, sconvolta, sussurrò: «I fantasmi possono muoversi liberamente per la città perché... tutta Marrow Creek è infestata!»

37
Allison

9 dicembre 2015

ALLISON aveva perso il lavoro.

Aveva finito per consegnare le prime pagine del progetto con un ritardo mostruoso e l'editore aveva deciso di fare un passo indietro. La notizia l'aveva sconfortata e depressa così tanto che Noah si era preoccupato e aveva chiesto di nuovo alla suocera di fermarsi per un controllo. L'idea di essere di nuovo tenuta d'occhio da suo marito e sua madre che alleati confabulavano alle sue spalle, consultandosi senza che lei udisse, la mandava ai pazzi.

Allison era andata su tutte le furie e lei e Noah avevano finito per litigare. Era stato un litigio di quelli grossi. Ne avevano avuti solo un paio così durante tutto il loro matrimonio. Lui l'aveva colpevolizzata definendola «una bambina che faceva i capricci» e lei lo aveva accusato di essere uno stronzo egoista.

Ogni giorno al suo risveglio si sentiva stanca, sfinita, prosciugata da tutte le sue forze. Non si ricordava nemmeno più quand'era stata l'ultima volta che aveva dormito davvero bene.

Pensò alla giornata al lago con una nostalgia dolorosa. Le sembrava un secolo fa. Una vita fa.

Adesso era di nuovo prigioniera di quella casa.

Prigioniera della sua follia.

«Chi cazzo è lo stronzo che ti licenzia sotto Natale? Solo a me possono capitare queste cose.»

Allison era al telefono con la madre. Era in camera da letto e faceva avanti e indietro per la stanza, nervosa. Si sentiva un leone in gabbia. Era metà mattina e fuori dalla finestra entrava una sottile luce bianca. Aveva ricominciato a nevicare. Se non fosse stato per le cornici nere delle finestre la casa si sarebbe persa in mezzo alla distesa di bianco che aveva avviluppato tutta la campagna circostante.

Uno sguardo troppo umano. Sono come due pozzi neri che ti fissano e in cui potresti cadere.

«Vedrai che andrà meglio la prossima volta», le disse accondiscendente la madre.

Quella risposta nutrì ancora di più la bestia che ruggiva nel petto di Allison.

«Dio mio mamma, sul serio? 'Andrà meglio la prossima volta'? Hai idea di quanto mi servisse un lavoro come questo?»

TUMP-TUMP

Il rumore di una pallina da tennis che rimbalzava contro il muro.

Michael stava giocando in camera sua.

Di nuovo.

Quante volte gli aveva detto che la faceva andare fuori di testa quando faceva così?

TUMP-TUMP

«Allison, capisco che tu sia frustrata, ma prendertela con me non risolverà di sicuro la faccenda.»

TUMP-TUMP

La pallina continuava a rimbalzare contro il muro. Di nuovo.

TUMP-TUMP

Ora gliela lancio dalla finestra, pensò, mordendosi forte le labbra.

«Hai provato a scrivergli?»

Allison si passò una mano tra i capelli, stringendoli forte tra le dita, cercando di calmarsi.

TUMP-TUMP

«Certo, mamma che ho provato a scrivergli di nuovo. Pensi che io sia scema?»

TUMP-TUMP

«MICHAEL SMETTILA SUBITO CON QUELLA DANNATA PALLA», gridò, esasperata.

Per un attimo tornò a regnare il silenzio. La palla smise di rimbalzare e sua madre trattenne il respiro dall'altro capo del telefono.

«Allison?»

«Sì, mamma. Sono qui», rispose brusca.

Sentì la madre esitare di nuovo.

«Ma Michael non è a scuola?»

TUMP-TUMP

Allison si voltò verso la porta della camera da letto che si apriva sul lunghissimo corridoio. A metà c'era la porta della camera da letto di suo figlio.

«Allison?»

«Mamma, ti richiamo.»

Chiuse il cellulare e fissò angosciata il corridoio.

Michael era andato a scuola quella mattina?

Lo aveva preparato? Aveva mangiato a colazione?

Un senso di nausea le risalì prepotente dallo stomaco fino alla gola. Le venne da vomitare e le girò la testa.

Ecco, stava succedendo di nuovo. *Stava impazzendo, un'altra volta.*

Si morse forte le labbra e guardò con apprensione la porta della camera da letto del figlio.

Per quanto si sforzasse non riusciva proprio a ricordarsi. Michael, Michael, Michael.

Si era svegliato quella mattina?

Pensa, Allison. Pensa, ma più ci provava e più i ricordi erano confusi e si rimescolavano come dentro un enorme calderone. Michael che si sveglia con il pigiama con i dinosauri. Michael che mangia i suoi cereali.

E se i ricordi di oggi fossero i ricordi di ieri?

Michael che disegna la loro casa e che con il pennarello nero aggiunge delle ombre nere alla finestra.

...e se i ricordi si stessero mischiando con i sogni?

TUMP-TUMP

Dio mio Allison. Se pazza. Sei davvero pazza.

TUMP-TUMP

La pallina adesso aveva ricominciato a colpire ripetutamente il muro.

TUMP-TUMP

Allison si portò le mani strette a pugno contro il viso. Aveva una gran voglia di spaccarsi la testa contro il muro.

TUMP-TUMP

Ho dimenticato di portare Michael alla fermata dello scuolabus, pensò. Si passò la punta della lingua sulle labbra spaccate e annuì, con forza.

Ma certo, deve essere per forza così. E adesso questa piccola vespetta dispettosa ha deciso di far impazzire la sua mamma.

La parola *vespetta* la sorprese. La sentiva così estranea sulla punta dalla lingua. Non aveva mai chiamato Michael in quel modo. Non sapeva da dove arrivasse quella parola, non le apparteneva.

Cercò di radunare i propri pensieri in fuga, con un atto di pura forza di volontà.

Doveva andare in camera di Michael e controllare.

TUMP-TUMP

La pallina aveva ricominciato a colpire il muro. Ancora e ancora e ancora.

«Dannazione, basta! Smettila con questa maledetta pallina.»

Allison gridò, snervata.

Andò verso la camera del figlio. Il rumore sordo dei suoi passi sul parquet andavano quasi a tempo con i colpi della pallina contro il muro.

TUMP-TUMP

TUMP-TUMP

Adesso basta. Ora questa dannata pallina la faccio sparire.

La porta della camera da letto di Michael era socchiusa, e Allison la spalancò.

«Michael? Adesso basta...»

Rimase immobile sulla soglia della camera del figlio.

La stanza era vuota.

Il lettino era stato fatto e sulla piccola scrivania mancava la cartella.

Michael *era* andato a scuola. Come poteva esserselo scordato?

Lo aveva accompagnato quella mattina alla fermata dello scuolabus. Gli aveva stretto forte attorno al collo la sciarpa rossa e gli aveva raccomandato di fare il bravo. Allison si sentì confusa. Confusa e persa, e le salirono subito le lacrime agli occhi.

Noah aveva ragione ad avercela con lei. Per quanto ci provasse, non riusciva più a tenere le fila di tutto.

«Oh, Noah...» sussurrò, mentre si lasciava scivolare contro la porta.

Quanto avrebbe voluto averlo al suo fianco in quel momento...

TUMP-TUMP

La pallina colpì il muro e cadde a terra, rotolando fino ai suoi piedi.

Dietro al lettino, Allison scorse una figura rannicchiata.

«Michael?»

L'ombra uscì da dietro il letto. Non era Michael e non era neanche un bambino. Era una figura adulta, altissima, che continuava ad allungarsi sempre di più, fino a che la testa e le spalle non incontrarono il soffitto. Iniziò allora a riempire tutta la stanza.

Allison sbarrò gli occhi. I muscoli del viso si contrassero in una smorfia di orrore.

Gridò, ma nessuno la sentì.

38
Allison

23 dicembre 2015

Si era appena svegliata. Si trovava in camera sua, sola, nel letto che condivideva con Noah. La stanza era buia: il sole era già calato e il vento soffiava forte, facendo tremare i vetri delle finestre.

C'è QUALCUNO qui.

Il pensiero affiorò alla sua mente.

Era un pensiero insopportabile da sostenere e Allison ne era schiacciata. Ne sentiva il pericolo, come una preda riesce a fiutare l'odore della bestia sulle sue tracce.

Le si mozzò il fiato in gola e i battiti del suo cuore iniziarono ad accelerare. Le sarebbe schizzato fuori dal petto se non fosse stato prigioniero nella sua cassa toracica.

L'aria si fece più fredda e Allison sentì la pelle accapponarsi.

Sì, c'era qualcosa lì con lei, nell'oscurità, che attendeva.

Aspetta... me.

Il gelo sovrannaturale sceso nella stanza era bastato a darle conferma. L'aveva avvolta nelle sue spire, paralizzandola completamente.

Le cose erano andate sempre peggio da quando si era ritrovata faccia a faccia con l'uomo ombra nella camera di Michael. All'incontro era seguito uno spaventoso nulla. Teso, velenoso. Allison sapeva – ne era certa – che *lui* si stava preparando a divorarla. Era questione di poco. Sentiva il suo sguardo morto addosso.

Non aveva tempo da perdere. Doveva fare qualcosa, ma era così difficile riflettere, mettere a fuoco i concetti. Le parole continuavano a vorticarle furiosamente in testa e anche i concetti più ovvi richiedevano uno sforzo enorme.

Ma cosa? Cosa posso fare?

L'idea sorse dalle tenebre. Oscura, spaventosa, ma così semplice ed efficace...

Strisciava nella sua mente come le vespe che continuava a sognare...

Vespe e fiamme.

Vespe e...

Fiamme.

Adesso sapeva cosa significavano le fiamme che continuava a sognare. Suo padre era persino tornato dal regno dei morti per metterla in guardia, ma lei non aveva capito niente.

Solo con le fiamme potremo essere liberi...

Doveva bruciare la casa. Solo in quel modo avrebbe distrutto quell'essere che li tormentava e che voleva divorare lei e il suo bambino...

«Michael.»

Riuscì a formulare il nome di suo figlio e tanto le bastò per sottrarsi alla presa gelida di quella paralisi soprannaturale.

Il lungo corridoio che si trovava di fronte era buio e sembrava non finire mai; sapeva che si trattava di soli quindici metri ma adesso quella distanza sembrava incolmabile.

Dei piccoli sprazzi di luce si stagliavano brillanti in quella densa oscurità: era la luce della luna che filtrava dalle finestre che si susseguivano con ordine sulla parete a est del corridoio, regolari. Quelle piccole porzioni di luce erano la sua salvezza.

Per correre e arrivare alla camera di Michael dalla sua e di Noah, Allison avrebbe dovuto attraversare quel buio... e sapeva che lui era lì, acquattato, pronto ad afferrarle la caviglia con la sua mano gelida e morta appena avesse trovato il coraggio di tuffarsi in quell'oscurità affamata.

«Oh, Noah...» singhiozzò.

Ormai lo aveva capito... sapeva che il fantasma diventava più forte quando lei si indeboliva, quando si sentiva sola... E adesso *lo era.* Era sola e indifesa come mai prima d'ora.

Guardò verso il corridoio e qualcosa nell'oscurità la guardò a sua volta.

Il terrore tornò a travolgerla ma lei cercò di soffocarlo, risoluta.

Pensò alla giornata passata al lago.

Pensò a Noah.

Pensò al viso sorridente di suo figlio.

«Michael... la mamma sta arrivando.»

Respirò a fondo, chiuse gli occhi e si tuffò nel buio.

39
Noah

22 dicembre 2019

Il subbuglio creato dall'arrivo delle volanti, il colpo sparato da Emma e le urla provenienti da casa Blum avevano risvegliato l'intero quartiere e i vicini erano sciamati in massa in strada, preoccupati e borbottanti come una pentola sul fuoco.

All'interno della casa il gruppo era assiepato attorno alla piantina di Marrow Creek, ancora poggiata sul bancone della cucina, l'unico ripiano che non fosse stato spazzato via dalla furia del mostro che li aveva attaccati.

Noah aveva spiegato agli altri tutto quello che sapeva sul simbolo e ciò che lui e Allison avevano appreso nei quattro anni passati. Da quando aveva finito di parlare, Emma era piombata in un silenzio teso.

«In casa mia sentivo dei rumori la notte... ma davo la colpa al vento. A scuola i ragazzi hanno detto di aver visto una donna decapitata vagare per i corridoi, ma a quell'età si inventerebbero qualunque cosa per attirare l'attenzione...» Emma scosse la testa e si rivolse al fratello, con un'espressione desolata. «Mi spiace di non averti creduto, Marv.»

«Non sapevo neanche io cosa credere», disse Marvin con un sorriso appeso.

Allison mise la testa fuori dalla casa, attraversando il muro per dare un'occhiata al cortile.

«Qui fuori il vicesceriffo sta facendo fatica a tenere a bada i curiosi. Dobbiamo decidere cosa fare e cosa raccontare loro. Non credo che continueranno a bersi la storia del cervo.»

Noah, che aveva appena finito di medicarsi il fianco con garze e cerotti, la guardò male.

«Dobbiamo rompere il simbolo per renderlo inefficace e liberare le case dai fantasmi, giusto?» chiese Emma. Nel suo tono di voce deciso si poteva di nuovo percepire una certa sfumatura marziale.

«Sì, ma non sarà una cosa pacifica. Alcuni fantasmi non vogliono altro che fuggire dalla loro prigione, ma ce ne sono altri che preferiscono rimanere qui, anche se solo come spiriti. Quelli opporranno resistenza», dopo un'occhiata al bendaggio sul fianco aggiunse preoccupato: «E poi c'è quella cosa che ci ha attaccati oggi. Non ho mai visto nulla del genere e non ho idea di cosa potrebbe succedere se si rendesse conto che stiamo tentando di rompere il sigillo. Qui a Marrow Creek si potrebbe scatenare un vero e proprio Inferno».

Emma pensò che, per quanto assurda fosse la situazione in cui erano precipitati, il suo addestramento militare l'avrebbe aiutata a non perdere la calma. Doveva pensare a rischi e benefici di ogni azione che stavano per intraprendere.

«Nello specifico cosa pensi che possa accadere e quanto tempo abbiamo per fermarlo?»

Noah si grattò la barba pensieroso. «Riguardo al quando, non escludo che stia già per succedere. Quel mostro si sta leccando le ferite dopo lo scontro con Allie, ma era arrabbiato e sono ragionevolmente sicuro che stia per tornare alla carica. Non so cosa possiamo aspettarci, è l'entità più grande e potente che ci sia capitato di incontrare. Però ti assicuro che se non troviamo un modo per spezzare il simbolo, siamo tutti in pericolo.»

Emma aveva delle responsabilità verso la sua città e, per quanto assurdo potesse sembrarle il piano che stava prendendo forma nella sua testa, doveva chiudere quella storia il più in fretta possibile.

Ma era davvero pronta a prendersi la responsabilità di quello che stava per suggerire?

Marvin la guardò preoccupato, il labbro inferiore tremava leggermente.

«Cosa dobbiamo fare, Em?»

Lo chiese con lo stesso tono con cui lo faceva quando erano bambini e all'improvviso Emma capì che, anche se era una decisione folle, ora sapeva cosa fare.

Indicò una linea sulla piantina ai confini di Marrow Creek e disse quello che stava pensando senza cercare in alcun modo di indorare la pillola. Lo disse e basta.

«Secondo il disegno di Noah, il ponte che collega la città alla provinciale fa parte del simbolo. Se può essere utile, penso di poterlo far saltare in aria. In questo modo il simbolo verrà spezzato, giusto?»

Marvin boccheggiò come un pesce caduto fuori dalla sua boccia.

«Ma s-sei impazzita?»

Emma lo guardò dritto negli occhi, mortalmente seria. «Evacueremo l'intera città e, solo quando saremo certi che sono tutti in salvo, faremo saltare il ponte. È l'unico modo che abbiamo per combattere quei... quelle cose. Se non possiamo attaccarli né possiamo difenderci da loro, allora dobbiamo mettere al sicuro l'intera cittadinanza di Marrow Creek. Ci ritireremo e faremo crollare il ponte.»

Allison approvò. «La ragazza è matta, ma mi piace come ragiona.»

Marvin sembrava meno propenso ad accettare il piano della sorella. «P-potrei fare un lungo elenco dei motivi per cui questa sia un'idea folle... ma ho una domanda più urgente al momento: si può sapere come intendi farlo crollare? Gli sparerai contro con la tua pistola d'ordinanza?»

Emma scosse la testa.

«Userò gli esplosivi della miniera. Ho già fatto cose simili quando ero in servizio, so come si fa. Possiamo riuscirci.»

«Parli degli esplosivi che sono al sicuro dietro una porta blindata, di cui non hai la chiave?» protestò il fratello.

«Ne ho sei casse nel mio ufficio alla stazione», disse lei con voce incolore.

Marvin strabuzzò gli occhi e balbettò: «Li hai in ufficio?»

«Tranquillo fratellino, non li tenevo da parte per una scena madre alla Rambo. Un corriere ha scaricato per errore le casse davanti casa della signora Park e io le ho sequestrate e messe al sicuro in attesa della riapertura della miniera.»

Marvin continuava a scuotere la testa incredulo.

Emma gli parlò con tono più dolce. «Lo so che è una follia, ma ho visto cosa sono in grado di fare quelle *cose* e non le voglio più nella mia città. Sono quasi due anni che lavoro qui a Marrow e ora inizio a capire tutti gli incidenti, le persone che soffrono di insonnia... scommetterei la mia gamba buona che il marito di Lettie è stato spaventato a morte da una di quelle cose.»

Noah notò come Emma fosse disposta a fare di tutto per salvare le persone che aveva giurato di proteggere, ma come non riuscisse a chiamare i fantasmi con il loro nome. La capiva, anche per lui c'era stato un tempo in cui aveva preferito pensare che Allie stesse impazzendo piuttosto che credere nell'esistenza del soprannaturale.

«Abbiamo un piano d'evacuazione nel caso ci siano fuoriuscite di agenti tossici dalla miniera, in ufficio ho anche un grosso bottone rosso per far suonare delle sirene in tutta la città. Lanceremo l'allarme appena saremo pronti.»

Marvin si gonfiò tutto, pronto a protestare ancora, ma poi si afflosciò come una camicia su una stampella.

«Va bene», sospirò, arrendendosi.

Il silenzio calò di nuovo sulla cucina. Noah si sentiva come un limone spremuto da due mani gigantesche: la ferita all'addome pulsava, il marchio sulla schiena bruciava come se stesse prendendo fuoco una seconda volta, e aveva la spiacevole sensazione di perdere consistenza. Si sentiva fumoso, quasi evanescente, come un fantasma.

Guardò la piantina stesa sul bancone, seguì le linee che componevano il marchio, la firma dell'Architetto che tanto lo aveva ossessionato dalla morte di Allison e Michael e scosse la testa, frustrato.

«Chi può essere tanto pazzo da fare una cosa del genere?» chiese a nessuno in particolare.

Marvin ed Emma si girarono verso di lui, negli occhi di entrambi una nuova consapevolezza. Nelle teste dei fratelli si era accesa una lampadina, che aveva rischiarato un angolo troppo buio di quella storia.

Fu Emma a parlare. «Il nome è scritto in bella vista proprio lì sulla cartina, accanto alla tua mano. Marrow Creek è frutto della sua visione. Ha finanziato quasi da solo tutta la ricostruzione. Lo hai persino incontrato di persona questa mattina da Lettie.»

Noah la fissò cercando di costringere la sua mente stanca a processare quelle nuove informazioni. Scostò avido i resti della cornice dalla piantina, lesse il nome alla ricerca della stessa illuminazione che aveva colto i due, ma nella testa non gli suonò nessun campanello.

«L'ho incontrato stamattina?» chiese aggrottando le sopracciglia, confuso.

Allison emise un gemito strozzato e guardò Noah con gli occhi fuori dalle orbite: «Il sindaco!»

«Il tipo sorridente che abbiamo incontrato alla tavola calda? Quello che sembrava un Babbo Natale alla moda?» chiese Noah scettico.

Allison si era presa il viso tra le mani. «Ha chiesto a Emma di presentargli i suoi *amici*...»

Noah continuava a non capire, ma un nodo gli si stava cominciando a stringere in gola. Sentì che in lui si stava risvegliando un mostro ben peggiore di quello che aveva provato a dilaniarlo quella sera.

La moglie continuò, guardandolo sconvolta: «Ha detto *amici* al plurale, e mentre lo diceva non guardava te, ma me!»

«Non è possibile. Sei chiusa in me come in una casa... *Nessuno può vederti a parte me*», sussurrò, confuso.

Poi, la rivelazione piombò su di lui come un macigno, schiacciandolo e lasciando libera la bestia che aveva nutrito di odio negli ultimi anni della sua vita.

La voce di Emma gli arrivò come da un mondo lontano. «Hai di nuovo la bocca aperta. Stai parlando con Allison?»

Noah avrebbe voluto, ma non riuscì a costringersi a serrare le labbra.

Fissò la mappa di Marrow Creek stesa sul bancone. In alto, in lettere svolazzanti, appariva il nome dell'uomo che aveva ideato la nuova Marrow, della persona che l'aveva trasformata in una città infestata e, con tutta probabilità, di chi, per anni, lui e Allie avevano chiamato l'Architetto.

Ora Noah poteva dare un nome a chi aveva reso la sua casa un Inferno e gli aveva portato via moglie e figlio.

Lo lesse in un sussurro.

«Richard Matheson.»

TRASCRIZIONI DEI NASTRI TROVATI DURANTE LA PERQUISIZIONE ALL'APPARTAMENTO DI RICHARD MATHESON.

REGISTRAZIONE Nr.665
DATATA 8 febbraio 1964

Lo abbiamo trovato, Rebecca! Finalmente conosciamo il suo nome. È passato più di un anno da quando ho varcato la porta nel mio incubo. Ci sono riuscito. Ho subito capito che non sarei mai più tornato a dirigere l'azienda, che quel che avevo visto ha cambiato per sempre la mia prospettiva sul mondo. Spero che Roland mi perdoni per aver lasciato in stallo il Consiglio, per averlo tenuto all'oscuro dell'uso che ho fatto delle sterminate disponibilità delle Matheson Enterprises. Ma se solo sapesse cosa c'è in ballo, cosa ci ha promesso...

Sono sicuro che oggi, quando pronuncerò ad alta voce quel nome... oltrepasserò un'altra porta. Una invisibile questa volta, ma che, esattamente come la prima, si chiuderà alle mie spalle e non mi lascerà vie di fuga. Mi sento già condannato, ma ho ancora paura che in me ci sia ancora qualcosa da perdere. So che nessuno è mai riuscito a siglare un patto favorevole con lui, ma sono disposto a tutto pur di riaverti con me, Rebecca, quindi non c'è nulla che possa volere da me e che io non sia disposto a concedergli.

Ha bisogno di un invito per entrare nel nostro mondo e che qualcuno lo chiami con il suo vero nome. Aspetterò le tre e trentatré del mattino per pronunciarlo. Sono sicuro che apprezzerà l'ironia della cosa.

REGISTRAZIONE Nr.674
DATATA 8 febbraio 1964

Sta per arrivare il momento della verità, Rebecca.

Sono stato in viaggio per tutta la giornata e ho preso una stanza in un motel perso nel nulla. Ho deciso di tenere il registratore acceso. Voglio che tu mi faccia da testimone.

[LUNGA PAUSA, SI SENTONO INDISTINGUIBILI RUMORI DI SOTTOFONDO]

Ho una paura fottuta perché so che non sarà come le altre volte. Non siamo a un ritrovo di una setta di gente alla disperata ricerca di attenzioni. Quello contenuto in quel libro è il suo cazzo di nome.

Scusa, sto provando a dire meno parolacce, ma parliamoci chiaramente, sì, sono cambiato, ma rimango pur sempre io.

Adesso la smetto, l'ora è quella giusta.

Inizio a pronunciare il suo nome. Niente strani riti o stronzate del genere, solo il suo nome. Un nome bello lungo e complicato, devo ammetterlo, ma si vede che è un uomo d'affari. Va dritto al sodo.

Ci vediamo tra poco, amore.

[SEGUONO DUE ORE DI REGISTRAZIONI. SI SENTE FRUSCIO DI PAGINE CHE VENGONO SFOGLIATE E MATHESON CHE RIPETE UNA SEQUENZA DI PAROLE. I NOSTRI ESPERTI DI LINGUISTICA HANNO RICONOSCIUTO LATINO, GRECO ANTICO, SANSCRITO E SUMERO. LA MAGGIOR PARTE DELLA REGISTRAZIONE È INCOMPRENSIBILE, PRONUNCIATA IN UNA LINGUA NON RICONOSCIUTA. A SEGUITO DI UN FORTE SUONO OVATTATO, COME QUELLO DI UN GROSSO OGGETTO (O UN CORPO) CHE CADE SULLA MOQUETTE DELLA CAMERA, MATHESON HA RICOMINCIATO A PARLARE IN INGLESE.]

MATHESON: Sei davvero qui... I-io... io sapevo che avrebbe funzionato, ma io non credevo che...

[SILENZIO]

MATHESON: No! No, ti prego. Sei il benvenuto, e sai perché ti ho chiamato.

[SILENZIO]

MATHESON: Tutto quello che desideri.

[SILENZIO]

MATHESON: Non mi illuderò che siano davvero affari. Lo sarebbero se avessi la possibilità di trarne un reale profitto... No, non sono qui per contrattare. Oggi sono solo un marito. Chiedi ciò che vuoi e ti sarà dato.

[SILENZIO]

MATHESON: Non capisco... non mi occupo di mercato immobiliare.

[SILENZIO]

MATHESON: Sì, è vero. Anche dopo il mio allontanamento dal Consiglio posso ancora permettermi di comprare metà di questo paese.

[SILENZIO]

MATHESON: Un simbolo? Che simbolo?

[SILENZIO]

MATHESON: Capisco. È una specie di monogramma, immagino. Credo di avere anche capito quale... Era nel libro stampato da Torchia. Per mesi ho creduto fosse un disegno. Una volta compreso che erano lettere, ho dovuto viaggiare fino al villaggio di una tribù in Nuova Guinea per trovare qualcuno che sapesse ancora pronunciare quella sillaba.

[SILENZIO]

MATHESON: Nient'altro? Ma cosa succederà a chi acquisterà le case?

[SILENZIO]

MATHESON: Sì. Ho detto che avrei pagato qualunque prezzo e lo farò. Voglio solo rivedere mia moglie.

[SILENZIO]

[SECONDO I REGISTRI DELL'ALBERGO, MATHESON ERA SOLO QUELLA NOTTE. LA REGISTRAZIONE NON RISULTA DANNEGGIATA. NONOSTANTE QUESTO, LA VOCE DELL'INTERLOCUTORE DI MATHESON NON È STATA REGISTRATA. IL NASTRO NON RISULTA CONTRAFFATTO IN ALCUNO MODO.]

Addendum alla perizia tecnica effettuata sulla REGISTRAZIONE Nr.674

Uno dei tecnici coinvolti nella perizia sui nastri Matheson ha inviato in data 23 gennaio 2020 un nuovo documento. L'esperto ha rallentato più di 600 volte il suono del silenzio tra una battuta di Matheson e l'altra.

I suoni che è riuscito a recuperare tramite questa procedura risultano essere incomprensibili, ma lo stesso tecnico ha evidenziato delle somiglianze nei picchi con alcune registrazioni in suo possesso, effettuate in reparti natali e pediatrici. Anche se il parere del tecnico non è da considerarsi definitivo, il silenzio nella registrazione di Matheson potrebbe in realtà essere saturo di pianti di neonati.

40
Allison

23 dicembre 2015

Dall'oscurità emersero mille mani.

Bianche, pallide e morte, che si protendevano verso di lei, pronte ad afferrarla e a farla a pezzi.

Allison perse l'equilibrio e cadde in avanti, battendo la testa sul pavimento, con un tonfo sordo.

Lampi di luce rossa le balenarono davanti agli occhi. Si rialzò a carponi, roteando gli occhi in modo frenetico.

«Michael...» rantolò.

Aggrappandosi con le unghie al pavimento, cercò di rimettersi in piedi.

Doveva correre dal suo bambino. Doveva salvarlo.

I lampi di luce rossi diventarono neri e Allison si sentì mancare. Per quanto si sforzasse, non riusciva più inspirare. L'aria le usciva dal petto ma non le entrava nei polmoni.

Farfugliò dei suoni confusi e poi crollò, di nuovo.

Tutto si fece nero.

Il fuoco. Il fuoco, Allison.

Devi bruciare tutto.

Quando riprese i sensi arrivò il dolore. Cupo, forte e reale.

Aprì gli occhi e si rese conto di essere nello spicchio di luce di una delle finestre del corridoio.

Respirava a fatica. Il dolore alla testa era insopportabile.

Era sicura che le si sarebbe spaccata a metà e gli occhi le sarebbero schizzati via dalle orbite.

I capelli le ondeggiavano scarmigliati davanti al viso e il sudore le bruciava sulla pelle.

Si morse forte le labbra, cercando di provare altro dolore, uno pieno di sangue, per ricordarsi di essere *vera*. Per ricordarsi di essere *reale*.

Sentì le labbra pulsare e il sapore ferroso del sangue sulla punta della lingua, ma fu tutto inutile. Si era persa di nuovo nelle pulsazioni delle sue tempie.

Dall'oscurità emerse l'uomo ombra.

Cupo e nero come la pece, denso e reale come solo l'uomo nero sa esserlo negli incubi dei bambini.

Voleva implorarlo di stare lontano, ma non ci riuscì.

Semplicemente non ne aveva le forze. Il dolore alla testa era troppo forte e l'oscurità era troppo grande. Sapeva che era arrivato per lei, solo per lei, ed era inutile opporsi.

Dopotutto la stava già consumando, era inutile provare a resistergli. Aveva iniziato l'opera tanto tempo prima e ormai ciò che era rimasto di lei sarebbe stato divorato in un sol boccone.

Riuscì a emettere solo un flebile lamento. Non era neppure un suono vero e proprio.

Si mise a piangere. Sapeva cosa sarebbe successo.

Sarebbe morta.

Anche Michael sarebbe morto e lei non era stata in grado di fare niente.

Noah. Scusami. Scusami, Noah, mi dispiace.

Alla fine l'uomo, quello che un tempo era stato un uomo, uscì fuori dall'oscurità, stanco di giocare al gatto e al topo con lei.

Se quella volta nel riflesso del bagno le era parsa una figura confusa, come una fotografia sbiadita e dai contorni indefiniti, adesso l'ombra che avanzava fluttuando era reale, raccapricciante e reale.

Questa volta non aveva più un buco nero al posto del viso. Aveva una faccia... una faccia che continuava a cambiare e a trasformarsi. Gli occhi, i nasi e le bocche continuavano a susseguirsi, in una mescolanza orribile di combinazioni grottesche. Poi, una faccia predominò sulle altre, e Allison capì, anche senza averne conferma, che si trovava di fronte al fantasma di Al Owens.

Il sapore dolciastro dell'orrore le inondò la bocca.

Il fantasma la sovrastava, nero, spaventoso re dell'oscurità.

«Non mi può fare del male. Non mi può fare del male perché non esiste.»

Allison ripeteva le parole della signora Mildford in maniera febbrile. Era impallidita e il suo volto appariva esangue.

Emise un suono soffocato quando il fantasma si chinò davanti a lei.

Gli occhi bianchi e morti erano gli stessi che aveva visto la prima volta nel riflesso dello specchio.

«Non mi puoi fare del male... sei solo un'impress-»

Allison non riuscì a finire la frase.

Il fantasma le afferrò il viso ed entrò nella sua bocca.

Allison si afflosciò a terra, il mento le ricadde sul petto.

Qualcosa dentro di lei si strappò, ma non sentì dolore.

Si sentì scaraventare lontano, da qualche parte nell'oscurità multiforme che si trovava dietro ai suoi occhi. Poi, non sentì più nulla.

41
Allison

23 dicembre 2015

Fu il rumore dei fiammiferi che si accendevano a svegliarlo.

Michael lo conosceva bene perché andava matto per i fiammiferi. Gli piaceva il rumore che faceva la testa rossa quando sfregava e il modo in cui la fiamma nasceva, diventava grande e poi piano piano si consumava poco prima di raggiungere le dita. Il suo papà glieli lasciava accendere ogni tanto quando preparavano il barbecue insieme.

Si tirò su, stropicciandosi gli occhi.

Sua madre era in camera sua, in piedi accanto alle tende colorate della finestra, e tra le mani stringeva un fiammifero.

Faceva così freddo nella stanza che Michael iniziò a rabbrividire.

«Mammina?» sussurrò, spaventato. Una piccola nuvoletta gelida e bianca si formò davanti alla sua bocca. Iniziò a rabbrividire di paura, non solo per il freddo.

Alla mamma sta risuccedendo di nuovo quella cosa.

Camminava di notte e bisbigliava parole che Michael non riusciva a comprendere.

D'istinto si tirò il piumone fin sopra agli occhi e desiderò che la sua mamma si svegliasse subito.

Quando faceva così aveva sempre paura.

«Deve bruciare tutto. Tutto.»

Michael si tappò la bocca con le mani e fissò terrorizzato la madre di spalle che allungava la mano e appiccava fuoco alle sue tende colorate.

La voce che aveva sentito non era quella della sua mamma.

Apparteneva a quella *cosa*. Quella che dormiva nel buio e che ogni tanto si affacciava a chiamarlo nei suoi sogni.

Michael strinse gli occhi e si pizzicò forte un braccio. Sentì il dolore. Era sveglio, quello non era un sogno.

Allison era sempre di spalle e il piccolo fuoco che bruciava e mangiava la stoffa davanti a lei ne illuminava i contorni.

Michael si nascose sotto le coperte e iniziò a muoversi pianissimo. Doveva nascondersi subito. Doveva nascondersi bene altrimenti la *cosa oscura* l'avrebbe trovato e l'avrebbe fatto a pezzi. Doveva prendere Mostro che dormiva sotto al suo lettino e scappare via.

La cosa dentro Allison afferrò il bambino per il piede, mentre cercava di strisciare via sotto al letto, ancora prigioniero delle lenzuola.

«Vieni qui piccola vespetta. Vieni qui che ti schiaccio.»

La cosa parlava con voce profonda, roca.

Michael piangeva e scalciava.

«Va' via! Va' via! Dov'è la mia mamma? Mamma aiutami!» gridava disperato. Cercò di afferrare qualcosa, di aggrapparsi al pavimento, ma i suoi polpastrelli scricchiolarono sul parquet, mentre scivolava via.

Era inutile resistere.

Allison, quella che era stata Allison e che adesso era solo una cosa oscura e maligna, era troppo forte. Gli occhi bianchi e morti scintillarono terribili nel buio della notte.

Mostro uscì da sotto il letto, ringhiando. Michael strinse forte gli occhi per non vedere. Il cane uggiolò quando la cosa lo prese. Sentì uno schianto e il rumore secco e orribile di qualcosa che si spezza.

«Mammina...» singhiozzò inerme Michael, portandosi le mani al volto, cercando inutilmente di nascondersi da quell'orrore.

Le mani grandi della cosa.

Della sua mammina.

Si strinsero attorno al suo piccolo collo.

Il respiro del bambino si mozzò. Le gambe si irrigidirono, poi tremarono violentemente mentre Allison premette forte i pollici.

Il bambino si agitò, cercò di divincolarsi. Graffiò le braccia della cosa che un tempo era stata sua madre e mugolò come un gattino che viene annegato.

Poi, si afflosciò. Le mani scivolarono fiaccamente sulle cosce e la testa crollò all'indietro, inerte.

Da qualche parte, persa nell'oscurità, Allison gridò di orrore.

42
Noah

23 dicembre 2019

ALL'UNA in punto, le sirene squarciarono il velo di silenzio che la notte aveva poggiato su Marrow Creek. Gli ululati meccanici dell'allarme rimbalzarono contro la montagna nera, ingigantendosi e tornando indietro a strappare al sonno gli abitanti.

Emma Blum e il suo vice avevano battuto Marrow strada per strada, diffondendo attraverso i megafoni piazzati sulle volanti un messaggio preregistrato che invitava la popolazione a salire sulle proprie auto e lasciare momentaneamente la città.

Emma si era fermata solo due volte, la prima per far sloggiare dalla scuola tre ragazzini terrorizzati che erano entrati di nascosto nella palestra per una stupida sfida e si erano convinti che gli allarmi stessero suonando per colpa loro, e la seconda per convincere la signora Lemon che non c'era bisogno di caricare sul pick-up la sua sedia preferita, prima di dirigersi fuori città.

La comunità aveva risposto in maniera ordinata e senza panico. Era già successo una volta, l'anno precedente durante i lavori di riapertura della miniera e le esercitazioni erano frequenti e ben organizzate.

Non ci furono attacchi di panico o isterismi. Al contrario la maggior parte dei cittadini era semplicemente infastidita.

Noah e Allison avevano seguito, passo dopo passo, il piano di Emma. Avevano sorvegliato l'evacuazione dall'alto, appostati nel campanile della chiesetta che sorgeva proprio all'ingresso di Marrow Creek e avevano visto le macchine sfilare lungo il ponte.

Avevano seguito con apprensione le sagome bianche e scintillanti di alcuni fantasmi che si erano spinti fino al confine della città, ma poi erano stati attratti di nuovo nelle case dalla forza del simbolo, che si stendeva per tutto il paese.

Emma e Otis avevano fatto un ultimo giro di controllo per assicurarsi che l'evacuazione fosse completa. Lo sceriffo era poi salito sul ponte segnalando ai King con i lampeggianti, come avevano concordato.

Noah rimise la sicura alla pistola e la infilò nel retro dei pantaloni.

Sotto di loro la città era fredda e silenziosa. Una distesa di edifici vuoti, uno scheletro spolpato di tutta la sua vita.

Noah e Allison avevano aspettato per tutto quel tempo che Richard Matheson, il sindaco, passasse di lì, ma l'uomo non era uscito di casa. Noah poteva vedere, in pieno centro città, le finestre illuminate della sua villa.

Lui sa che stiamo arrivando, pensò Noah, fissando con rabbia l'abitazione del sindaco. Ripensò a come il fantasma terrorizzato del bambino, aveva chiamato quello spirito cannibale «La signora del castello».

La casa che stava osservando era grande, costruita in pietra, su tre piani, e agli occhi di un bambino spaventato doveva essere sembrato proprio un castello. Uno di quelli in cui si nascondono i mostri.

Quella cosa nera e affamata è legata a lui, si disse senza capire cosa gliene desse la certezza assoluta, se lo sentiva nelle viscere.

«Concediamo un po' di tempo a Emma?» chiese Allison che stava guardando nella sua stessa direzione.

«Andiamo», disse Noah e si diresse verso le scale del campanile.

* * *

Noah ed Emma avevano litigato su quella parte del piano. Lo sceriffo voleva trascinare il sindaco fuori da casa in manette, ma lui l'aveva fatta ragionare. Non potevano accusarlo di nulla che sarebbe sembrato anche solo plausibile in tribunale. Inoltre Emma non poteva né vedere né difendersi dai fantasmi mentre era sicuro che l'uomo che aveva architettato quella trappola a cielo aperto avesse una certa affinità con gli spiriti. Infine Noah le aveva chiesto, l'aveva implorata a dirla tutta, di farli andare da soli, di permettere loro di dare un senso a quei quattro anni passati a trascinarsi da una casa infestata all'altra. Emma aveva realizzato che era l'unica in grado di occuparsi della sicurezza dei suoi cittadini e di far saltare il ponte.

Quella notte Noah e Allison avrebbero avuto la loro vendetta.

Attraversarono Marrow Creek in un silenzio spettrale, i passi che rimbombavano per le strade vuote. Ora quel posto aveva davvero l'aspetto di una città fantasma.

Allison volò alta sopra il marito, pronta a indicargli le strade più sgombre e sicure e a scacciare i fantasmi che gli si avvicinavano troppo.

Ogni volta che Allie attingeva al legame che aveva con lui, Noah barcollava, ma non si fermò neanche una volta. Procedeva lungo il corso, passando attraverso le vetrine addobbate per le feste, fino a che non si trovò davanti alla villa del sindaco.

Dalle finestre al secondo piano arrivava la voce vellutata di Sinatra che cantava *Have Yourself A Merry Little Christmas.*

La canzone si interruppe non appena Noah lanciò un grosso sasso contro la porta a vetri del giardino.

Anche solo quel piccolo sforzo fisico rischiò di metterlo di nuovo in ginocchio.

Attraversò la cornice della porta a terra, i vetri scricchiolavano sotto gli scarponi.

Noah ed Allison si guardarono intorno, il grande salone in cui avevano appena fatto irruzione era buio, una luce soffusa arrivava da una grande rampa di scale in legno che saliva al piano di sopra. Fu da lì che arrivò la voce.

«La porta d'ingresso era aperta.»

Le luci del salotto si accesero di colpo. Matheson, vestito in un completo elegante, senza cravatta e con i primi due bottoni della camicia sbottonata, avanzò nella stanza diretto verso Noah.

«Non mi sembra molto in forma, signor King», disse con un tono che sembrava genuinamente preoccupato.

Noah digrignò i denti, ma non riuscì a dire nulla. Gli girava la testa e gli si stava appannando la vista.

«Ammazziamolo», disse Allison senza esitazioni.

Noah si poggiò con una mano allo schienale di una grossa poltrona in pelle, il fianco ferito pulsava a un ritmo forsennato.

Noah si guardò attorno.

«Se non lo fai tu, ci penso io», disse Allison a denti stretti.

«No!» rispose Noah accasciandosi sulla poltrona con un sospiro, il sudore che gli colava copioso sugli occhi per colpa del dolore e della fatica. «Prima voglio sapere perché.»

Matheson con un gesto garbato chiese il permesso di sedersi sul divano di fronte a lui. «Posso?»

«È casa sua. Può sedersi dove vuole, a patto che risponda alle mie domande.»

«Non vedo perché negarle questa soddisfazione.»

«Non voglio ascoltarlo!» urlò Allison.

«Ma io sì, amore. Voglio una spiegazione.»

Matheson accavallò le gambe e fece un sorriso stanco. «Non penso che nel mio racconto troverà una spiegazione a quello che è avvenuto a suo figlio Michael.»

Noah si trattenne a stento dall'avventarsi sul vecchio quando lo sentì pronunciare quel nome.

«Non si azzardi a nominarlo!» gridò Allison.

«Mi spiace, signora King», disse abbassando lo sguardo colpevole «Non volevo turbarla, ma dimostrarle che conosco la vostra storia.»

«Ti diverte tenere il conto di chi muore nelle tue case?» disse Allison frustrata dall'atteggiamento remissivo dell'uomo.

«No. Convivo con il peso di tutte le atrocità che sono avvenute in quei posti da... da più tempo di quanto dovrebbe essere concesso a un uomo.»

La vista di Noah tornò a fuoco. «Forse non ho così tanta voglia di starla a sentire.» Guardò in faccia l'uomo che aveva odiato per tutti quegli anni, e non riuscì a trovare, dentro di sé, la forza per continuare a farlo.

Infilò la mano destra dietro la schiena e, in un unico movimento, estrasse la pistola e la puntò contro Matheson.

Fece fuoco.

43
Allison

23 dicembre 2015

ALLISON non era più Allison.

Si era persa nel nero e adesso vagava senza meta.

Vagava.

Si muoveva in avanti, procedeva nel buio come sospinta da un vento gentile, come se si muovesse all'interno di un sogno.

(Perché si tratta di un sogno, vero?)

Le sue gambe continuavano a piegarsi e a distendersi, e i piedi a proseguire, uno davanti all'altro, un movimento meccanico.

(Uno due. Uno due. Un-due)

Non sapeva dove si trovasse. Forse si era persa da qualche parte nel buio dietro i suoi occhi.

«Michael» piangeva.

Il suo bambino. Il suo bellissimo bambino non c'era più. L'uomo ombra si era preso anche lui e adesso si serviva di lei come una marionetta.

Le gambe continuavano a muoversi ma lei sapeva di essere finita.

(Sei stanca Allie, sei stanca morta.)

(Sei morta Allie, sei morta.)

«Che cosa vuoi da me?!» gridò, sentendosi la gola esplodere e le corde vocali vibrare e scorticarsi.

Il fantasma, l'uomo ombra sorrise nell'oscurità.

«*Morte e fiamme. Morte e fiamme.*»

Allison si guardò le mani. Una piccola fiammella aveva iniziato a bruciare dal suo indice, come se il suo stesso dito fosse un fiammifero.

Non sentiva niente. Ormai non sentiva più niente.

Aveva visto Michael morire e adesso si sentiva morta anche lei.

Il mio bellissimo bambino.

Allison annaspava. Sapeva che stava precipitando sempre di più. Adesso doveva risalire e respirare di nuovo.

Allison combatté, combatté come mai prima d'ora. Sentì ogni suo muscolo spezzarsi, sentì la pelle lacerarsi e le viscere esploderle dalla pancia.

Aprì gli occhi e venne inondata dalla luce rossa delle fiamme. Il naso e la gola vennero invasi dal fumo e dalla cenere bollente.

Tossì, mentre le braci sottili le infiammavano i polmoni e crollò a terra.

Attorno a sé vedeva solo fiamme. Le lunghe lingue rosse che lambivano le foto sue e di Noah e Michael appese alle pareti. Le fiamme stavano divorando casa sua.

Papà mi aveva avvertita...

Allison si doveva sbrigare, aveva poco tempo. Non sapeva per quanto ancora avrebbe tenuto l'uomo ombra lontano, chiuso nell'oscurità in cui era rimasta prigioniera lei.

Doveva fare in fretta.

Devo fare in fretta.

Iniziò a strisciare sulla pancia, in mezzo alle fiamme che dalle scale del primo piano si stavano spandendo al salone, cercando di rimettersi in piedi.

Arrancò, incespicando, verso il suo studio. L'incendio si era propagato dalla camera da letto di Michael e aveva avvolto nelle fiamme tutto il piano superiore. Adesso stava scendendo, per prendere anche il piano inferiore.

(La casa brucerà dalle fondamenta e finalmente ce ne andremo tutti, tutti quanti, Allie, proprio tutti.)

Lo studio era come lo aveva lasciato quella mattina, come un'*istantanea dal passato.*

Sbattendo contro le librerie come un'ubriaca, incapace di procedere con passo dritto e fermo, si lanciò verso il tavolo, ma lo mancò, e si schiantò a terra.

Cercò di rialzarsi ma vacillò e ricadde a bocconi sul parquet.

«Alzati. Alzati, alzati.» Si ordinò.

Sentì in bocca il sapore del sangue. Sapeva che il tempo stava per scadere. Aveva fatto sprofondare la *cosa* dentro di lei in un luogo lontano. Un luogo in fondo alla sua mente, ma sapeva che poteva riaffiorare da un momento all'altro.

Lo sentiva pulsare dentro di lei.

«ALZATI.»

Si aggrappò alla gamba della sedia di lavoro davanti alla scrivania e si issò. Frugò febbrilmente tra i pennelli e le matite, fino a che non lo trovò: il taglierino universale.

Lo afferrò con mano tremante e snudò la lama.

Se la portò alla gola e premette, forte.

Non emise alcun suono mentre sulla sua gola si formava un sorriso rosso, mortale.

Si accasciò a terra, priva di forze, mentre il sangue iniziava a colare con gentilezza.

Sentì la presenza dell'uomo ombra contro la porta della sua mente. Stava cercando di entrare, di riappropriarsi di lei. Ma Allison ormai non era più debole come prima. Adesso non aveva niente da perdere. Sarebbe morta e lui non l'avrebbe più controllata. Non avrebbe fatto ancora del male usando le sue mani.

La lama affondò anche nella carne soffice dei suoi avambracci, in tagli precisi, verticali. Il sangue brillò sulla sua pelle bianca e Allison si sentì sollevata mentre fissava ammirata il sangue che fluiva lontano da lei.

Cadde stesa sul pavimento dello studio e chiuse gli occhi, sollevata.

Mentre si dissanguava sul parquet del suo studio, pensò a quanto era stata sciocca a credere che una mano di vernice avrebbe potuto contenere l'oscurità imprigionata tra le mura della sua nuova casa.

44
Allison

23 dicembre 2015

ALLISON era in piedi, davanti al suo cadavere.

Si rese conto che il concetto stesso di sé stessa non le sarebbe mai più servito e non provò nulla.

Il suo corpo era steso a terra in mezzo a una pozza di sangue, in maniera scomposta. I capelli scarmigliati sparsi attorno al viso. Il viso esangue, gli occhi vitrei che sembravano fissarla senza vita, la bocca dischiusa come se stesse per parlare da un momento all'altro.

Sulla soglia dello studio, alle sue spalle, era apparso l'uomo ombra.

Adesso riusciva a vedere le cose chiaramente come non era mai riuscita a farlo da viva.

Era molto diverso da come si era mostrato a lei quando era ancora in vita.

Adesso era solo il fantasma di Al Owens, un vecchio di ottant'anni, con una brutta e logora camicia di flanella, le mani piene di macchie dovute all'età, con un'espressione rabbiosa e triste sulla faccia rugosa, che la osservava muto, da dietro la porta.

Al Owens non era da solo. Alle sue spalle si stagliavano in mezzo al fuoco altre ombre. Gli occhi bianchi che scintillavano in mezzo alle fiamme.

L'uomo ombra non era mai stato da solo nella loro casa. Ne aveva sempre avuto il sospetto e adesso ne aveva la conferma.

Allison non riuscì a sentirsi arrabbiata come doveva, e perché da morta capì ciò che le aveva spiegato la signora Mildford: adesso era un'ombra intrappolata sulla Terra e di tutto ciò che aveva provato da viva era rimasta una vaga impressione. Provava un senso di nostalgia per Noah, per Michael e per la sua morte... ma anche sforzandosi non riusciva a sentire davvero il dolore che l'aveva attanagliata da viva.

Ormai era così distante...

La casa era silenziosa. Il fuoco faceva scricchiolare il legno e solo ogni tanto si udiva qualche schianto solitario quando le assi del soffitto si piegavano e crollavano.

(*TUMP-TUMP*)

Allison voltò la testa verso la porta dell'ingresso. Qualcosa... qualcosa di vivo e di pulsante la stava chiamando.

(*TUMP-TUMP*)

Si lasciò il suo corpo alle spalle e attraversò le fiamme, cercando quel cuore che pulsava in maniera così rumorosa.

Si guardò intorno, sentendo montare dentro un senso di irrequietezza che non credeva di poter più provare e che la stupì.

(*TUMP-TUMP*)

Mentre scivolava in mezzo alle fiamme, sorpassò le ombre che l'avevano perseguitata in vita, ma non fecero niente. Rimasero a fissarla in silenzio in mezzo al fuoco, seguendola solo con gli occhi bianchi.

Allison era uscita dallo studio, aveva attraversato il corridoio e aveva continuato a procedere in mezzo al fumo nero e alle lingue di fuoco, fino a che non sentì più niente.

Il richiamo era finito e adesso sapeva cosa l'aveva portata lì.

La carta da parati bianca stava bruciando e aveva scoperto una porzione di muro, che si apriva come una ferita, mostrando cosa si celava sotto l'intonaco: nudo e osceno, brillava putrescente un simbolo inciso nelle fondamenta della casa bianca con gli occhi neri.

Allison se ne sentì subito attratta e rimase a fissarlo incantata.

(Allison)

Sentì una voce nera chiamarla, seducente, e lei capì che sarebbe stata sua per l'eternità.

«Sono qui» sussurrò, rapita.

Il simbolo continuava a pulsare, luminoso in mezzo alle fiamme, quando iniziò a piangere fluidi neri immondi.

Allison allungò una mano pallida. Attraversò le lingue di fuoco ma non sentì niente se non il desiderio spasmodico di unirsi al cuore pulsante della casa.

Il rumore di una macchina che inchiodava sul vialetto la risvegliò dai suoi pensieri.

Sentì la voce di Noah, che gridava disperato.

Noah.

Si era uccisa perché non voleva che la cosa dentro di lei la usasse per fargli del male.

Guardò le figure acquattate nel buio e lesse la bramosia animale nei loro occhi.

Non avrete Noah.

Si dimenticò del simbolo pulsante e si addentrò nell'oscurità che la stava attendendo.

45
Noah

23 dicembre 2019

Il braccio di Noah che impugnava la pistola era teso davanti a lui, l'arma puntata al petto di Matheson, poi una fitta di dolore gli attraversò il corpo, costringendolo ad abbassare l'arma. Fece fuoco ugualmente e la pallottola finì per infilarsi nel pavimento di legno a un metro dal divano del sindaco.

Noah si girò a fatica e vide la forma scura che si era avventata contro la moglie.

Allison e Noah avevano gridato all'unisono quando quella cosa l'aveva attaccata e aveva fatto sì che Noah mancasse il colpo.

La signora del castello abbracciò Allison da dietro, torcendole il braccio destro come se glielo volesse strappare via.

Noah sentì la moglie provare ad attingere al loro legame, ma non erano rimaste forze con cui alimentarsi in lui, Allie era alla mercé di quel mostro.

Il fantasma nero afferrò il viso di Allison, i denti bestiali snudati, pronti a fare a brandelli l'anima della moglie.

Una lacrima attraversò veloce la guancia di Noah immobilizzato sulla poltrona da quelle mani fantasma.

Tutti quegli sforzi per morire così, a un passo dalla vendetta.

Chiuse gli occhi in attesa della fine.

«Ferma, Rebecca!» disse Matheson.

Noah sentì la stretta al braccio diminuire e riaprì gli occhi. L'uomo anziano si era alzato in piedi.

Matheson aveva il volto stanco e sconvolto. Portare ogni giorno quella maschera sorridente per celare la devastazione interiore che gli scavava l'animo, non era un compito facile.

«Lasciami andare!» grugnì Allison cercando di scappare alla presa dello spirito.

Noah provò a sollevare di nuovo il braccio armato.

«Tienila ferma, ma non farle del male», disse Matheson.

La creatura torse nuovamente il braccio ad Allison, il dolore della stretta passò a Noah che riabbassò la pistola.

«Mi spiace per il comportamento di Rebecca», disse Matheson con un tono pacato e venato di tristezza. «Avrei voluto la incontraste quando era viva.»

Noah guardò il mostro. Vide il fumo nero che si addensava attorno alla figura, disfarsi rivelando un corpo umano, una figura dai contorni sfocati.

«La sua condizione è parte della mia dannazione. Quando ho accettato il patto che mi ha condotto su questo sentiero, che mi ha costretto a continuare a dare vita a quelle case, sono stato premiato con il suo ritorno», continuò Matheson.

Noah non riusciva a staccare gli occhi di dosso a quell'essere spaventoso che teneva prigioniera la moglie. Adesso sembrava improvvisamente più umana. Tra il fumo che si dissipava, riuscì a intravedere il viso pallido e senza vita di una donna.

«I primi anni in cui mi hanno restituito mia moglie piangevo perché non la potevo più riabbracciare... ma non sapevo che sarebbe stato solo l'inizio della mia condanna. Dopotutto io e Rebecca potevamo ancora parlare e tanto mi bastava.» Matheson si risedette pesantemente sul divano di pelle, le ginocchia emisero uno schiocco sonoro.

«Detestava quel che avevo fatto per riportarla indietro. Mi chiedeva di liberarla, ma io non potevo immaginare di perderla ancora. Non sarei stato in grado di sopportarlo. Con il passare degli anni la sua mente si faceva sempre più incoerente, come se lentamente si stesse distaccando dalla realtà. Lo spirito di sua moglie è ancora limpido e puro, ma è solo questione di tempo, Noah. I fantasmi non dovrebbero essere vincolati in questo piano della realtà. Con il passare degli anni la prigionia li cambia, li rende violenti e...» Matheson lasciò che la frase si perdesse senza concluderla. Scosse la testa, perso nei suoi ricordi dolorosi.

«Spiriti arrabbiati. È quello che vuole l'entità a cui ho giurato fedeltà», disse l'uomo accartocciandosi su sé stesso. Per un momento Noah si convinse che sarebbe avvizzito davanti ai suoi occhi, poi Matheson parve tornare in sé, rialzò lo sguardo e incontrò il suo.

Il viso dell'uomo era percorso da un fitto intrico di rughe, le sopracciglia folte erano incurvate in un'espressione disperata, le labbra sottili e dure. Sembrava allo stesso tempo infinitamente vecchio e senza tempo.

Noah si chiese quanti anni avesse e l'uomo gli sorrise di rimando, come se gli avesse letto nella mente.

«Sono più vecchio di quanto sembri, signor King. Io e Rebecca ci siamo ricongiunti nel 1964 e io avevo già cinquant'anni.»

Noah lo guardò scettico.

«Penso sia un trucco del mio aguzzino. Ho giurato che avrei creato per lui case in cui intrappolare anime fino alla mia morte e lui ha fatto in modo che quel giorno non arrivasse più. Non mi ha donato l'eterna giovinezza, Lui non fa veri regali. Sono solamente eternamente vincolato a quel patto.»

«Fossi stato in lei, mi sarei ammazzato», disse Noah disgustato. Parlare gli provocò dolori lancinanti per tutto il corpo.

Matheson lo guardò dall'altro lato della stanza.

«Mi spiace informarla che il mito dell'uomo che grazie alla sua astuzia inganna il demone con cui ha stretto un patto, è solo una favola.»

Sul viso del vecchio si fece strada un sorriso amaro. Lentamente, e con una certa teatralità, si aprì i polsini della camicia mostrando lunghe cicatrici che gli attraversavano verticalmente entrambi gli avambracci.

«Ho provato in ogni modo a farla finita, ma ogni volta, non solo i miei tentativi si rivelano infruttuosi, ma per punirmi di questo tentativo di sfuggire al patto, qualcuno muore al mio posto.»

Matheson si alzò in piedi e si avvicinò al grande camino acceso sulla parete opposta. Il vento freddo entrava in casa dalla finestra rotta da cui era entrato Noah, portando con sé una nevicata leggera. Matheson guardò il fuoco e allungò le mani per scaldarsi.

«La prima volta mi sono gettato sotto una macchina che passava. L'uomo alla guida ha sterzato all'ultimo per evitarmi ed è morto sfondando con il cranio il parabrezza. La seconda volta mi sono impiccato e la trave a cui avevo legato la corda è crollata portandosi dietro il soffitto e distruggendo il pavimento della stanza. Due innocenti sono morti seppelliti dalle macerie al piano di sotto. L'ultima volta, quando ho provato a fare questo...» disse indicando i polsi «Una vicina mi ha trovato in fin di vita e ha chiamato l'ambulanza. I due paramedici e l'autista sono morti in un terribile incidente, ma non prima di avermi stabilizzato.»

Matheson si girò verso Noah. «A ogni tentativo di rompere volontariamente il contratto che avevo siglato, venivo punito con una morte in più per evitare la mia. Devo ammettere che la cosa ha un certo fascino morboso.»

L'uomo diede le spalle al fuoco. In quella posizione, controluce, trasformato in una silhouette nera, uno spazio vuoto in cui i tratti del viso erano indistinguibili e poteva essere chiunque, Noah lo vide con occhi diversi e si sorprese a immaginarsi al suo posto. Cosa sarebbe stato disposto a fare pur di riavere Michael e Allison?

I suoi pensieri furono interrotti dalla voce dell'uomo che gli rimbombò incomprensibile nelle orecchie. Noah stava avendo sempre più difficoltà a concentrarsi, il sangue gli pulsava nelle tempie come un tamburo e le orecchie avevano iniziato a fischiare di nuovo.

«Cosa?» si sforzò di chiedere, cercando di rimanere aggrappato a sé stesso.

Matheson si riaccomodò sul divano e indicò Allison. «Mi chiedevo come fosse possibile una cosa del genere. Sua moglie non è vincolata a una casa eppure la segue e parla. Sembra essere ancora in possesso di tutte le sue facoltà mentali.»

Vedere con quale calma l'uomo stava conversando fece imbestialire Noah. Avrebbe voluto mandarlo affanculo, alzarsi e spaccargli la faccia a pugni, invece si sorprese a provare un'ombra di sollievo nel poter raccontare, per la prima volta dopo anni, quello che gli era successo.

«Vivevamo in una delle tue case, una marchiata con uno di quei dannati simboli...»

46
Noah

23 dicembre 2015

Era quasi mezzanotte quando Noah finalmente lasciò la superstrada. Solo cinque chilometri lo separavano da casa. Cinque maledetti chilometri.

Era da un paio di giorni che aveva smesso di nevicare. Le strade erano state pulite e adesso cumuli di neve nera ghiacciata costeggiavano l'autostrada. Tirava un vento freddo e così forte che Noah sentiva la Buick slittare sull'asfalto. Cercò di rallentare. Se fosse finito fuori strada sarebbe stato un disastro.

Lanciò un'occhiata al cellulare silenzioso poggiato sul sedile del passeggero. A metà strada non aveva resistito e aveva chiamato la polizia. La centrale gli aveva detto che avrebbe mandato una volante a controllare. Allison non rispondeva da troppo tempo e aveva un gran brutto presentimento.

Era successo qualcosa, ne era certo. Se lo sentiva nelle viscere.

«Allie... ti prego, Allie, chiama», supplicò il telefono, ma quello non si illuminò, restando inanimato.

«Maledizione!» imprecò, riempiendo di pugni il volante.

Nella sua testa continuavano a presentarsi scenari raccapriccianti. Gli tornarono in mente le parole che Michael gli aveva sussurrato preoccupato durante la giornata al lago.

La mamma... è diversa. Bisbiglia nel buio. Parla con l'uomo nell'ombra.

Sì, si era preoccupato sentendo il figlio parlare di Allison in quel modo, ma si era cullato nell'illusione che tutto si sarebbe risolto perché presto sarebbe tornato a casa e *tutto sarebbe tornato come prima.*

Aveva sbagliato, non avrebbe dovuto lasciarli soli, e non si sarebbe mai perdonato per questo.

«Vaffanculo», disse a denti stretti. Strinse il cambio manuale e inserì la quinta.

47
Noah

23 dicembre 2015

La casa stava bruciando.

«No!»

Gridò Noah, pieno di terrore, mentre si catapultava fuori dall'abitacolo della Buick.

Sentì il sapore dolciastro dell'orrore inondargli la bocca e le gambe gli cedettero.

Si trovò di fronte a uno scenario singolare, un'immagine che poteva arrivare dritta da un sogno: la casa si stagliava nell'oscurità, viva, animata dal fuoco che aveva avviluppato il piano superiore, facendola sembrare una torcia che squarciava la notte buia e silenziosa della campagna di cui Noah si era innamorato. Il giardino era ricoperto da un candido e perfetto manto innevato, su cui il riflesso delle fiamme danzava selvaggio. Sembrava aver preso vita anche lui.

La casa stava bruciando e non c'era traccia di Allison o di Michael da nessuna parte.

Sono ancora dentro.

Quell'idea si materializzò da sola nella sua testa e lo riempì di orrore.

Venne attraversato da un fiume di pensieri.

Cosa si fa in caso di incendio? Le scale non si devono usare, la camera di Michael è al piano di sopra.

Poi prese la sciarpa, se la premette contro naso e bocca, e si lanciò dentro.

Attraversò la veranda correndo e diede una spallata per aprire la porta di ingresso che si spalancò sull'incubo più orribile che avesse mai potuto immaginare.

Si trovava all'Inferno.

L'ingresso era pieno di fumo denso e nero che scendeva dalle scale che portavano al piano superiore, come se fosse vivo, come se avesse un corpo sinuoso da serpente.

Noah scostò la sciarpa, a bocca aperta, gli occhi sgranati pieni di orrore, che riflettevano le fiamme che stavano divorando la sua casa.

Casa la voce di Allison gli riecheggiò nelle orecchie e il cuore gli fece male.

Corse per le scale, ma venne fermato a metà da una fiammata improvvisa. Si schermò il viso dal calore con gli avambracci, ma il legno sotto ai suoi piedi cedette e lui caracollò giù dalle scale.

Batté forte la testa e appena riuscì a tirarsi su a sedere vide tutto rosso. Si passò la sciarpa sul viso, per levarsi il sangue dagli occhi quando trasalì di dolore. La sua giacca aveva preso fuoco.

Si buttò a terra, rotolando mentre le mani cercavano la zip. Quando riuscì ad afferrarla provò a tirarla giù ma non ci riuscì. Si era inceppata.

La schiena iniziò a bruciargli in maniera insopportabile. Doveva levarsi quella maledetta giacca subito.

«Michael! Michael, Allison!» continuava a gridare con voce roca, mentre il calore sulla schiena continuava ad aumentare, a farsi sempre più intenso.

Finalmente la zip cedette e Noah si sfilò la giacca, lanciandola lontano.

Ansimò pesantemente e sentì i polmoni riempirsi di fumo. Iniziò a tossire forte, e la testa si fece sempre più leggera.

Cercò di rimettersi in piedi ma la stanza girava, e Noah era prigioniero di un turbinio di fumo e fiamme.

All'improvviso, sentì nelle orecchie un'esplosione di sussurri e di voci. Spaventato si guardò febbrile intorno.

«ALLISON!» gridò di nuovo, disperato.

«MICHAEL!»

Non riusciva ad afferrare le parole che le voci sussurravano né voleva farlo. Si portò entrambe le mani a coprirsi le orecchie e gridò ancora il nome di sua moglie, con una pena remota.

Il pavimento del piano di sopra crollò davanti a lui con uno schianto. Noah si ritrasse nel corridoio principale della casa, andando verso lo studio e la cucina lasciandosi l'incendio alle spalle.

Superò il salone che si snodava dal muro principale della casa.

Ti prego, Dio, ti prego.

Non sapeva neanche per cosa stesse pregando. Avanzava a capo chino, il viso nascosto nell'incavo del gomito, il cuore che gli batteva all'impazzata nel petto.

Ti prego, Dio!

Aveva gli occhi e la gola in fiamme.

Pianse, disperato.

«Allison...» mormorò «...ti prego Allie, dove sei?»

Si accasciò contro una parete. Non capiva più dove si trovasse, non riusciva più a orientarsi. C'era troppo fumo ovunque e non sembrava essere più casa sua.

Casa.

È l'Inferno. Questo è l'Inferno.

La carta da parati era annerita e si stava squagliando e accartocciando, lasciando scoperto l'intonaco sottostante, come la pelle squarciata da una ferita che lascia scoperti i muscoli palpitanti.

Fu allora che la vide.

Scorse Allison, *sua moglie*, in mezzo alle fiamme. Si stagliava bianca e pallida tra le lingue rosse di fuoco, che sembravano volerla afferrare e divorare.

C'era qualcosa accanto a lei, sul muro.

Qualcosa di *vivo*, di palpitante.

Qualcosa di mostruoso.

Noah si sentì sprofondare in un orrore che gli levò il fiato. Doveva salvare Allison da quella cosa, non aveva tempo.

«ALLISON!»

Noah proruppe in un grido disperato. Quando aprì la bocca sentì le braci ardenti bruciargli la lingua e la gola.

Si lanciò verso di lei, la mano protesa in mezzo alle fiamme, cercando di afferrarla, di portarla lontano, di portarla via dal fuoco e dalla morte, portarla via da casa.

Casa.

Via da casa loro, via e basta.

In quel momento ci fu una violenta esplosione al piano di sopra e il soffitto si squarciò. Le travi crollarono e si abbatterono sulla sua testa con uno schianto. Le fiamme si sprigionarono alte e furiose, come serpenti di fuoco che avvolgevano tutto ciò che trovavano sul loro cammino nelle loro spire di morte.

Noah si lanciò contro Allison, cercando di schivare la caduta delle travi... ma non trovò sua moglie. Fu sbalzato via e colpì con la schiena il muro, nel punto esatto in cui quella *cosa* pulsante e insidiosa respirava...

La schiena gli esplose di dolore.

Noah gridò con tutto il fiato che aveva in gola, ma le sue orecchie erano sorde. Sentì ogni centimetro del suo corpo in fiamme.

Sto morendo, pensò, incapace di ribellarsi a quel destino che era ormai prossimo a compiersi.

Gli sembrò di sprofondare in un turbinio multiforme rosso sangue.

Le fiamme... le fiamme mi stanno divorando...

(*Noah*)

Sentì la pelle tirare, come se i muscoli sotto stessero crescendo a dismisura. Poi fu il turno di tutte le ossa del suo corpo. Le sentì spezzarsi, con uno schiocco forte, assordante, che si ripeteva all'infinito. Gli occhi gli esplosero dalle orbite, la lingua gli si sciolse in bocca e la gola fu invasa da sangue vischioso.

(*Noah*)

Allison. Allison mi sta chiamando.

La schiena continuava a bruciare, come se qualcuno gli stesse strappando e facendo a brandelli tutti i nervi del corpo, concentrati in quell'unico punto.

Qualcosa si stava scavando una tana dentro di lui... un nido nella sua schiena. Qualcosa di orribile e nero.

All'improvviso, delle mani si poggiarono sul suo viso.

Ho ancora un viso? si chiese stupito.

(Noah, dobbiamo uscire di qui o morirai.)

Era Allison!

«ALLISON!» provò a gridare, ma non aveva più corde vocali, o una lingua o una bocca. Emise solo un rantolo mostruoso.

Noah pianse nel sangue e nel dolore, cercando di aprire gli occhi, senza riuscirci. Il dolore alla schiena era ancora troppo forte e non gli permetteva di respirare.

Sentì di nuovo il tocco gentile di Allison.

Era lei, non aveva dubbi.

Le ossa del suo corpo cominciarono a scricchiolare mentre si rimettevano insieme. La pelle si richiuse sui muscoli e lui sentì di avere di nuovo degli occhi sotto le palpebre.

L'ospite nella sua schiena aveva finito il suo lavoro. Noah lo sentiva pulsare, osceno e alieno dentro di sé.

«Vieni con me, Noah. Andiamo via di qui.»

Noah pianse e lasciò che anche Allison entrasse in lui.

48
Noah

24 dicembre 2015

«ALLISON? Allison cosa è successo?»

Noah era sconvolto. Aveva appena ripreso i sensi e la guardava con gli occhi fuori dalle orbite dal terrore.

«Ti ho fatto uscire dalla casa. Sono entrata in te e ti ho fatto uscire...» disse, mentre risplendeva bianca nella notte.

«Io... io ti ho vista... morta! Eri morta! Dov'è Michael? Dobbiamo salvarlo.»

Allison non disse niente. Continuava a fissarlo, pallida e triste.

Alle loro spalle la casa emise un gemito sordo, come il lamento di un'enorme creatura ferita.

Le assi di legno del piano superiore tremarono tutte insieme, poi il tetto crollò sul primo piano con uno schianto mostruoso.

«MICHAEL!» gridò Noah, pronto a buttarsi in mezzo alle fiamme. Cercò di alzarsi, aggrappandosi al prato del loro giardino, stringendo i fili verdi d'erba e la terra tra le mani, ma le ferite erano troppo gravi, troppo profonde e lui cadde di nuovo a terra, inerme.

Allison fece quello che le parve un passo, ma in realtà scivolò nell'aria, accanto al marito.

«È troppo tardi. Non c'è più», gli sussurrò.

«Cosa?» chiese Noah, spaesato e folle.

«Michael non c'è più.»

Noah la guardò e in quel momento Allison seppe che stava realizzando tutto.

Lesse nei suoi occhi il dolore più grande che un uomo, che un *padre*, potesse provare. Un'espressione di orrore gli attraversò il viso sconvolto e devastato, nero di fumo e rosso di carne bruciata.

Noah gridò e si strappò i capelli. Il grido gli proruppe con violenza dalla gola e salì in un crescendo agghiacciante.

Le sue urla di dolore squarciarono la notte, mentre Allison rivolse un ultimo sguardo a quella casa umana, che si stagliava nell'oscurità bianca, con gli occhi ciechi cerchiati di nero, che vomitava fiamme.

Il fuoco la stava divorando fino alle fondamenta. I due pilastri della veranda si erano incurvati verso l'interno, schiacciati dal peso delle macerie del piano superiore e del tetto crollato. I vetri delle finestre del piano terra esplosero tutte insieme, e le schegge di vetro, brillanti come gioielli, arrivarono fino ad Allison, attraversandola.

Con un ultimo boato disumano, la casa si accartocciò definitivamente su sé stessa.

Dalle fiamme che divoravano le macerie, Allison vide i fantasmi che infestavano la casa alzarsi in una nube bianca, densa come nebbia, piena di facce urlanti. La nube si mischiò al fumo nero che si alzava dalle macerie di quella che un tempo avevano osato chiamare *casa* e ben presto sparì.

Il rombo di un tuono squarciò l'aria e la pioggia iniziò a cadere, prima piano poi sempre più forte. Gelida, implacabile, senza pietà.

Sulla schiena di Noah bruciava rosso e sanguinolento il simbolo che gli si era impresso durante l'incendio, quando aveva sbattuto contro il muro. Sembrava pulsare e chiamarla, seducente e terribile.

Mentre la pioggia iniziava a bagnare Noah e a passarle attraverso, Allison capì con dispiacere che erano legati per sempre.

Neanche la morte li aveva separati.

49
Noah

23 dicembre 2019

«...Da allora lei vive in me», concluse Noah.

Il salone dell'uomo che lui e Allison avevano chiamato fino al giorno prima l'Architetto era per metà ricoperto di neve. Il vento si era alzato e, attraverso la finestra rotta, aveva portato la tormenta in casa.

Noah gettò lo sguardo a terra e si rese conto che aveva i piedi in un cumulo di nevischio, quando lo rialzò, incontrò gli occhi di Matheson, scoprendo che erano pieni di lacrime.

L'uomo che più odiava al mondo stava soffrendo per lui, per quello che era successo alla sua famiglia.

«Mi spiace», sussurrò Matheson con la voce rotta dal pianto «Ma era l'unico modo per riavere mia moglie. Lo avreste fatto anche voi.»

«Non è vero!» gridò Allie ancora stretta tra le braccia del mostro che una volta era stato la moglie di Matheson.

«Non posso fare nulla per convincerla del contrario, signora King, ma posso dirvi qualcosa che so per certo.»

L'uomo si alzò e tornò a mettersi davanti al grande camino.

«Quello che è successo a lei e a suo marito, non era previsto. Quel simbolo è fatto per imprigionare i fantasmi tra le pareti di una casa, non in un corpo umano.» Matheson studiò il volto scavato di Noah, le pesanti occhiaie sotto gli occhi infossati e annuì lentamente, come se l'aspetto consumato di Noah gli avesse appena confermato la sua teoria. «Non può resistere ancora a lungo, signor King. Allison si sta nutrendo della sua forza vitale. È il fantasma più reale e *umano* che abbia mai visto, ma lei d'altro canto... lei sembra sul punto di abbandonarci. Dovete interrompere il vostro legame o presto la vostra connessione la esaurirà completamente. Glielo posso assicurare, il lutto può uccidere.»

Noah, anche se ormai allo stremo delle forze, fece un altro tentativo di alzare il braccio armato. Gridò pieno di rabbia e frustrazione, mentre tendeva i muscoli, cercando invano di combattere la forza che lo teneva avvinto. Dopo tutto il dolore che aveva provocato, dopo tutto quello che aveva fatto, quell'uomo non poteva permettersi di suggerirgli di abbandonare Allison.

Se davvero era giunta la sua ora, sarebbe morto nel tentativo di cancellare dalla faccia della terra Richard Matheson. Tese i muscoli del braccio provando a sollevare la pistola.

In un angolo della sua mente però sapeva che il sindaco di Marrow Creek aveva ragione, ma lasciare andare Allie... semplicemente Noah non poteva accettarlo, lei era tutto quello che gli rimaneva.

Il movimento fu repentino, gli occorse un attimo per rendersi conto di quel che succedeva e, quell'attimo, si dilatò all'infinito, prima che il tempo gli collassasse di nuovo addosso.

Vide lo stupore negli occhi di Matheson, sentì il calore del camino sulla parte destra del corpo e il vento freddo che veniva dalla portafinestra sulla sinistra. Vide il bagliore della scheggia di vetro, sentì il sapore ferroso del sangue in bocca e, solo dopo aver incrociato lo sguardo triste di Allie, avvertì un improvviso e lancinante dolore alla schiena.

Sentì la moglie sussurrargli le sue ultime parole.

50
Allison

23 dicembre 2019

«QUELLO che è successo a lei e a suo marito, non era previsto. Quel simbolo è fatto per imprigionare i fantasmi tra le pareti di una casa, non in un corpo umano», disse Matheson e Allison lo vide guardare il marito con compassione.

Erano mesi che Noah aveva un aspetto terribile e, in fondo, lei aveva sempre saputo che era colpa sua. Sapeva che era grazie a lui che si sentiva tanto a fuoco, tanto reale.

Sapeva anche che questo lo stava uccidendo.

Sentì il marito gridare disperato, lo osservò mentre cercava di alzare in aria la pistola. La stessa arma che le aveva regalato così tanti anni prima, la stessa che aveva recuperato dallo scheletro fumante del mostro che aveva inghiottito la sua famiglia.

Ad Allison parve di rivedere per un attimo quel Noah, il suo Noah, sorridente, spensierato e innamorato pazzo di lei e di Michael.

Prese la sua decisione in un attimo, anche se era la più dura della sua vita, anche se voleva dire abbandonarlo per sempre.

Si girò verso la finestra che Noah aveva sfondato. Concentrò le sue ultime forze su un grosso frammento della finestra e lo fece volare attraverso la stanza.

Il vetro colpì Noah alle spalle. Entrò abbastanza a fondo da strappare la giacca, la camicia, tagliando la pelle della schiena, strappando al marito un urlo.

La lunga ferita che provocò il colpo interruppe le linee della cicatrice con la forma del simbolo che la manteneva ancorata a Noah e al mondo dei vivi. Nell'esatto istante in cui quel vincolo innaturale venne spezzato, Allison si sentì persa e cominciò a perdere forma.

«Addio, amore, vado da Michael», sussurrò rivolta a Noah.

Poi il mondo attorno a lei piombò nel buio per sempre.

51
Noah

23 dicembre 2019

NELL'ATTIMO in cui la scheggia di vetro lo ferì rompendo il legame con Allison, il braccio di Noah scattò in aria, leggero, di nuovo libero.

Alzò la pistola e fece fuoco. Il rumore del colpo rimbombò nella cittadina fantasma ormai vuota.

Vuota come me, pensò Noah ascoltando l'eco dello sparo. Continuò a premere il grilletto, fuori di sé, senza più controllo sul suo corpo, svuotando il caricatore contro Matheson.

I colpi martoriarono il corpo del vecchio, esplodendo in boccioli vermigli sulla camicia bianca, scuotendolo come una marionetta.

Il percussore scattò a vuoto quando anche l'ultimo proiettile venne sputato fuori dall'arma.

La neve continuava ad accumularsi, soffice e leggera, all'ingresso del salone attraverso la finestra infranta mentre Noah scivolava dalla poltrona, in ginocchio sul pavimento freddo.

Il silenzio che regnava su Marrow Creek venne rotto dal grido di Rebecca.

La furia di quella che era stata la moglie di Matheson colpì Noah come l'ondata di un'esplosione. I mobili nella stanza volarono via frantumandosi contro le pareti, infrangendo tutti i vetri rimasti. L'urlo crebbe di intensità, i timpani delle orecchie di Noah, le uniche che potevano sentire quel grido, vibrarono convulsamente, piegandolo in due dal dolore. Rebecca volò verso di lui. Le mani incorporee della creatura provarono ad afferrarlo, a dilaniarlo come faceva con gli altri spiriti, guidata da una rabbia primigenia, incapace di essere soddisfatta.

Noah sentiva gli artigli della creatura attraversarlo, e fiaccare il suo corpo moribondo. Rebecca urlava e cercava di afferrarlo, di prendergli quel che lui aveva strappato a Matheson, di riappropriarsi di una vita che non le apparteneva più da anni.

Il grido proseguiva, quello che rimaneva dei mobili continuò a schizzare per la stanza aprendo squarci nelle pareti, investendo più volte Noah che ogni volta che veniva colpito trovava in lui un residuo di forze per risollevarsi in piedi, per resistere a quella furia.

Noah si alzò in piedi un'ultima volta dopo che il ripiano divelto di una libreria gli si era infranto contro la schiena. Alzò lo sguardo e incontrò quello di Rebecca, un paio di occhi umani in un volto contorto e mostruoso, in cui Noah riconobbe l'odio e il desiderio di vendetta che aveva provato fino a un attimo prima.

Le assi sopra la loro testa tremarono, crepe scure si aprirono nel soffitto della stanza, l'intera villa venne scossa dalle fondamenta e iniziò ad affondare su un lato.

Senza avere come limite la capacità polmonare, il grido di Rebecca non si spense, né si affievolì. Noah si rese vagamente conto che qualcosa di denso e caldo gli stava colando fuori dalle orecchie. I timpani, sottoposti a una pressione eccessiva, erano esplosi, ma il grido fantasma continuava a insinuarsi nella sua mente. Noah crollò nuovamente, atterrando con il viso sul tappeto soffice davanti alla poltrona.

Noah seppe che stava per morire, che la casa gli sarebbe crollata sulla testa e che presto avrebbe rivisto Allie e Michael.

Chiuse gli occhi e attese la fine.

Invece un boato lo costrinse a riaprirli, uno scoppio sordo di cui percepì le vibrazioni alla bocca dello stomaco. Una luce accecante proveniente dall'esterno inondò la stanza e un calore piacevole soffiò sul viso di Noah.

Il ponte, pensò Noah sorridendo.

Una luce accecante si sprigionò dalla città stessa, prodotta dalle case e dalle strade. Il marchio distrutto avvampò e la fiammata investì il fantasma di Rebecca. Un fascio di quella luce accecante dissolse la nebbia nera che imprigionava il suo spirito e, prima che lasciasse il mondo dei vivi, Noah la vide come era stata, la donna bellissima di cui, anni prima, il giovane Richard Matheson si era innamorato follemente. Un ultimo sorriso sereno di quella figura eterea illuminò la stanza prima che Noah fosse costretto a chiudere gli occhi.

Si rialzò frastornato, le ginocchia lo reggevano a stento. Ogni muscolo presente nel suo corpo gli gridava di fermarsi, ma mentre si guardava attorno, mentre prendeva atto della devastazione che lo circondava, si rese conto di non poter rimanere un minuto di più in quella stanza. Perché poteva suturare e bendare le ferite del corpo, ma se non avesse lasciato immediatamente quel luogo di dolore, sarebbe stata la sua anima a venire completamente distrutta dal dolore.

Chiese un ulteriore sacrificio al suo fisico e si trascinò a fatica fuori dalla villa.

Arrivò fino al centro della strada e vide tutte le finestre che affacciavano sul corso principale avvampare come se le case stessero prendendo fuoco. I fantasmi imprigionati a Marrow Creek iniziarono a schizzare fuori dalle loro prigioni, Noah venne attraversato da decine di loro e fu sballottato a destra e a sinistra e poi una luce ancora più abbagliante delle prime, cancellò i contorni del mondo e per un secondo lo accecò. Quando tutto tornò a prendere forma, Noah alzò gli occhi e vide le anime dei fantasmi liberati attraversare il cielo e salire vertiginosamente, lasciandosi dietro una lunga scia luminosa, come centinaia di stelle cadenti che, invece di attraversare la volta celeste, si riunivano a essa.

«È un gran bello spettacolo, Allie», disse Noah con il naso all'insù, mentre le scie dei fantasmi in fuga gli illuminavano il volto rigato di lacrime.

La sua voce si perse nel silenzio della notte. Si girò per cercare la moglie, ma accanto a lui non c'era nessuno.

Era solo.

52
Noah

4 gennaio 2020

Noah sgusciò fuori dalle coperte pulite, ma ruvide per i troppi lavaggi. Si mise a sedere con un grugnito e poggiò i piedi sul pavimento freddo in linoleum.

I punti sul fianco tirarono sotto al bendaggio. Aveva il braccio destro ingessato, lo stesso che Rebecca aveva stritolato ad Allison, ma riuscì comunque a sfilare il borsone che aveva nascosto sotto al letto senza fare troppo rumore. Aprì la zip con cautela e tirò fuori scarpe e vestiti, attento a non svegliare l'uomo che dormiva nel letto accanto.

Fu complicato infilare la maglietta con il gesso, ma dopo aver rinunciato a mettere i calzini e aver infilato le scarpe ai piedi nudi, Noah uscì dalla stanza facendo attenzione a non fare rumore, con il cappello di lana calcato in testa e il viso nascosto dal bavero del cappotto.

Il reparto del pronto soccorso era deserto a quell'ora della notte. Dopo il crollo del ponte Noah era stato tre giorni da solo a Marrow Creek, tagliato fuori dal mondo. Fino a quando il passaggio non era stato ripristinato e la cittadina si era rianimata, si era medicato da solo le ferite, nascondendosi nelle case svuotate, prendendo quello che gli serviva dai negozi incustoditi. Aveva fatto del suo meglio con quello che aveva, ma quando finalmente si era presentato davanti all'ufficio dello sceriffo, infreddolito e dolorante, entrambe le ferite più gravi si erano infettate e non fosse stato per il provvidenziale intervento di Emma, che l'aveva trasportato nell'ospedale più vicino, probabilmente sarebbe morto. Di nuovo.

Non fu difficile passare oltre la guardia della sicurezza che dormiva accanto all'uscita del reparto, russando rumorosamente.

Le sue condizioni erano tornate stabili da appena un paio di giorni, ma la chiacchierata che un'infermiera aveva fatto con due federali, proprio davanti alla porta della sua camera, l'aveva messo in allarme. Presto lo avrebbero potuto interrogare e c'erano troppe domande a cui non sapeva cosa rispondere.

In città ancora cercavano il responsabile dell'omicidio di Matheson e Noah non aveva alcuna intenzione di spiegare quello che era successo nella villa del sindaco. Comunque nessuno avrebbe mai creduto alla sua versione.

Uscì dalla porta principale del piccolo ospedale di provincia.

Nessuno cercò di fermarlo e, aggiustatosi le cinghie del borsone sulle spalle, attraversò il grande parcheggio deserto, diretto verso il centro città che brillava ancora delle decorazioni natalizie.

Un colpo di clacson lo fece sussultare. Si girò e vide una macchina uscire dal parcheggio dell'ospedale a fari spenti. Il pick-up gli sembrò vagamente familiare mentre gli si accostava con il cambio in folle. Le ruote facevano crocchiare la neve sporca sul bordo della strada.

Solo quando gli passò di fianco lo sportello del guidatore, percorso da una profonda ammaccatura, riconobbe il pick-up e la donna che lo guidava.

«Non stai dimenticando nulla?» domandò Emma affacciandosi dal finestrino e battendo un colpetto affettuoso alla portiera malandata che Noah, un anno prima, aveva distrutto a causa di un colpo di sonno.

«Non avevo ancora mai sentito di ladri di macchine che inseguono i proprietari», rispose Noah con un sorriso.

«Vieni, ti porto a fare un giro», disse lei fermandosi e facendo salire Noah.

«Stavi provando a morire assiderato? Di nuovo?» chiese Emma appena Noah ebbe chiuso lo sportello.

«Come facevi a sapere che...»

«Che dopo aver salvato la situazione, saresti scappato nella notte come un eroe romantico? Sei il tipo che fa queste cose. E poi una delle infermiere mi ha avvertito che ti eri svegliato», disse Emma facendogli l'occhiolino.

Noah, per abitudine, si guardò intorno alla ricerca di Allie e una fitta di sconforto lo trafisse quando non la vide da nessuna parte.

«Hai fatto bene a svignartela comunque. Ti avrei portato via io se non ti avessi già trovato in piedi», continuò Emma «I federali stanno investigando sulla morte di Matheson e anche se sei stato ricoverato come John Doe, non penso ci avrebbero messo molto a scoprire chi sei e che sei implicato con quello che è successo a Natale.»

Il pick-up sferragliò per le vie del centro, le luci delle decorazioni si rincorrevano riflesse sul cofano.

«Grazie per avermi aiutato», disse Noah.

«Sai che sono io a doverti ringraziare.» Poi con un sorrisetto aggiunse: «Ma promettimi che la smetterai di fare il cavaliere della valle solitaria».

«Il cosa?» domandò Noah confuso.

«*Il cavaliere della valle solitaria*, è un film.»

«Non mi ricordo mai i titoli», rispose guardando fuori dal finestrino. Poi, a bassa voce, più per sé che per Emma: «Allie se li ricordava per me».

Proseguirono il viaggio, sulla statale buia e poco trafficata, in silenzio.

Fu Emma a romperlo mentre svoltava per entrare in un'area di servizio.

«Siamo quasi arrivati, ho lasciato qui il tuo pick-up per tutto questo tempo e oggi sono venuta qui con la mia volante. Il posto è di un amico di cui mi fido.»

Emma parcheggiò accanto alla sua auto e spense il motore.

«Hai detto che l'FBI si sta occupando del caso. Devo preoccuparmi?»

Emma scosse la testa. «In città hai parlato con me, Marvin e la signora Johnson. Ti assicuro che nessuno di noi parlerà di te nel caso ci facessero domande.» Emma allungò una mano per aprire il cruscotto.

«Questi sono i documenti che avevi lasciato da *Lettie's*.»

Noah parve confuso.

«Ho detto a Lettie quello che stava succedendo a Marrow e quello che hai fatto per noi. Lei ha sempre saputo che c'era qualcosa che non andava con la morte del marito e mi ha confessato di aver sempre visto delle cose apparire nel suo hotel. Mi ha restituito i tuoi documenti e puoi stare certo che terrà la bocca chiusa. Ti manda questi invece», aggiunse Emma tirando fuori un contenitore di plastica dal cruscotto.

Noah lo aprì e fu investito da un meraviglioso profumo di cannella.

«Sono i suoi pancake. Ci ha tenuto a che ti dicessi che sei troppo magro e che devi mangiare.»

Noah sorrise, ripiegandone uno e infilandoselo intero in bocca.

«Ho intenfiòne di feguire il fuo configlio.»

Emma sorrise, annuendo.

«Per quanto riguarda la fine di Matheson puoi stare tranquillo. I federali, in quello che rimane di casa sua, hanno trovato centinaia di documenti e registrazioni audio e pare che ci siano parecchie cose strane tra quei nastri, abbastanza da incasinare così tanto le indagini da non farle approdare a nulla.»

Il riscaldamento pompava aria calda nell'abitacolo, ma con il motore fermo, il freddo si iniziava a sentire.

Emma guardò attraverso il parabrezza, anche se oltre il cono di luce dei lampioni dell'area di servizio, c'era solo la strada buia.

«La miniera era una scusa per ripopolare il paese. Non hanno mai trovato nulla da quando ha chiuso, era Matheson che pagava di tasca sua tutti gli stipendi. Ancora non riesco a credere che Richard abbia davvero fatto quello che ha fatto.»

Noah sospirò, facendo tendere i punti sul fianco.

Ricordò l'ultima volta che aveva visto il cadavere dell'uomo quando i fantasmi avevano abbandonato Marrow Creek. Era morto con un sorriso e un'espressione serena, come se con la morte il peso che lo opprimeva si fosse in parte sollevato.

«Ha fatto cose orrende e non penso riuscirei mai a perdonarlo per quello che ha fatto alla mia famiglia, ma penso che pagasse ogni giorno per le sue colpe.» Noah si guardò nello specchietto retrovisore sorridendo al suo riflesso. «Il dolore può portarti a fare cose stupide.»

Per un'altra volta, nell'abitacolo non ci fu altro che il ronzio dell'aria condizionata e dei loro respiri. Rimasero lì per qualche minuto, poi Emma schiarì la voce. «Sei libero di andare, Noah King. Non c'è il tramonto verso cui dirigersi, ma è comunque un'uscita di scena abbastanza eroica», concluse Emma ridendo e massaggiandosi la gamba infortunata.

«Male?» chiese Noah.

«Ho guidato troppo e la frizione di questo catorcio è un incubo.» Poi dopo un attimo di esitazione, in cui la vicinanza con Emma cominciò a metterlo in imbarazzo, lei aprì lo sportello e uscì. «Grazie ancora, Noah.»

Noah scivolò sul sedile prendendo il suo posto alla guida.

La vide allontanarsi zoppicando, diretta alla macchina.

«Ho una domanda per te», gridò «Ma è una domanda personale e non vorrei offenderti facendola.»

Emma si girò e arricciò le labbra divertita. «Vuoi sapere se uso le manette solo sui criminali o anche sui ragazzi che mi piacciono?»

Noah sorrise e scosse la testa. «Voglio sapere come mai mi hai raccontato che ti eri ferita sciando. Tuo fratello mi aveva già spiegato perché zoppicavi.»

Emma, forse per la prima volta da quando Noah l'aveva conosciuta, abbassò lo sguardo, in difficoltà.

«Non ti ho detto che ero stata ferita in Iraq, perché pensavo che una donna con la pistola fosse già abbastanza per spaventare un uomo» sollevò lo sguardo ritrovando la sua strafottente sicurezza. «Sei carino Noah. Sei una persona decente ed è più di quanto possa dire di molti che ho incontrato.» Poi, ricominciando ad allontanarsi aggiunse: «Quando le acque si saranno calmate, sarà passato abbastanza tempo e le tue cicatrici si saranno rimarginate, sai dove trovarmi».

Noah rimase seduto in macchina a osservare la statale anche dopo aver visto Emma lasciare il parcheggio. Rimase lì a guardare le auto sfrecciare davanti ai lampioni della stazione di servizio, per poi venire inghiottite dalla notte.

Si chiese dove erano dirette quelle persone, che tipo di vite vivevano, quanti di loro stavano soffrendo in quel momento, quanti avevano ricevuto una bella notizia e quanti stessero tornando a casa.

Casa, pensò Noah. Riaccese il motore del pick-up e si unì al traffico sulla strada.

Epilogo

17 luglio 2020

«VENGO dall'emporio di Carl. I ragazzi dicono che sarà l'estate più calda del secolo. Dicono che un contadino le capisce certe cose», annunciò Noah entrando in casa con i sacchetti della spesa.

«Il più giovane dei *ragazzi* ha sessantacinque anni. È ridicolo che si facciano chiamare così... e comunque anche l'estate scorsa doveva essere *la più calda di sempre»*, rispose lei indicandogli il bancone della cucina.

Noah poggiò la spesa e iniziò a svuotare i sacchetti. «Vuoi dirmi che il ginocchio di Ed non è un barometro abbastanza affidabile? Me l'ha fatto vedere ed è messo piuttosto male.»

Lei gli si avvicinò per aiutarlo.

«Il che lo rende zoppo, non un meteorologo. Cos'è questa roba?» chiese afferrando, come fosse una cosa morta, una confezione di purè istantaneo.

«Purè di patate.»

«Qui dentro ti assicuro che non c'è traccia di patate. Non ti avevo dato una lista?»

«Sì, ma...»

«Attieniti alla lista.» Scrutò nei sacchetti rimanenti con aria inquisitoria. «Ora vattene su a fare quello che ti pare, qui dentro mi sei solo d'impiccio. La cena è pronta tra un'ora.»

Noah alzò le mani e si allontanò a passi lenti.

«Ai suoi ordini, sergente di ferro!»

«Non mi è mai piaciuto quel nomignolo, neanche quando era tua moglie a usarlo», disse Maggie con l'aria di chi si sta impegnando molto per sembrare arrabbiata.

Noah rise di gusto e salì le scale per andare al piano di sopra, nella stanza che una volta era stata la cameretta di Allison e che ora, aveva ristrutturato insieme alla suocera.

Era tornato da Maggie appena lasciata Marrow Creek. La donna lo aveva accolto a braccia aperte e insieme avevano condiviso un lutto che Noah non era mai stato in grado di affrontare fino a che Allie non se ne era *davvero* andata.

Noah entrò nella stanza e si gettò di peso sul letto, fissando il soffitto su cui una giovane Allison aveva inciso la costellazione del grande carro.

Riordinare quella camera, mettere via le cose di Allie, era stato catartico per Maggie. Essere certa, una volta per tutte, che Noah non credeva che quello che era successo nella loro casa fosse stata colpa della figlia, l'aveva fatta rinascere e da quando si era trasferito da lei, Maggie sembrava ringiovanita.

I sei mesi passati a casa della suocera avevano fatto tornare alla vita anche Noah che aveva finalmente preso qualche chilo e si era rimesso in forma. Il braccio destro non aveva recuperato la piena mobilità, gli faceva male quando la temperatura calava, ma nel complesso era stato fortunato a cavarsela con poco.

Si girò verso lo specchio, per guardarsi in faccia. Aveva tagliato barba e capelli e si concesse un sorriso indulgente complimentandosi con sé stesso per il suo aspetto.

Era tornato a sembrare vivo oltre a esserlo.

Quella consapevolezza lo spinse a fare una cosa che rimandava da tempo.

Si sporse sotto al letto e tirò fuori la sua vecchia sacca consunta. Aprì la zip e tirò fuori il portatile che lui e Allie avevano usato per le loro indagini sulle case infestate. Aveva cercato di pensare il meno possibile a quegli anni passati in caccia, anche se sapeva che le case erano ancora lì fuori, a volte facevano notizia finendo in un trafiletto di costume sulle case stregate o in prima pagina quando qualcuno dei suoi occupanti impazziva e commetteva atti irreparabili. Aveva voluto chiudere quella porta, ma ora, con il computer che non accendeva da mesi sul petto, decise di aprirne uno spiraglio e guardare dentro. Si sentiva pronto.

Quello a cui non era pronto era il documento di testo che vide campeggiare sul desktop. Rimase almeno un paio di minuti a fissare l'icona a bocca aperta. Poi il computer iniziò lo spegnimento automatico.

«Merda!» imprecò Noah cercando freneticamente il caricabatterie nella sacca.

Piazzò il pc sulla nuova scrivania che si era costruito in un angolo della camera, attaccò il portatile alla carica e poi si sedette a fissarlo.

Il file di testo era ancora lì, intitolato semplicemente: «RICORDA».

Non lo aveva scritto lui e l'unica altra persona che aveva avuto accesso al pc era stata Allison.

Noah si rialzò in piedi e prese a girare in tondo nella stanza, lanciando occhiate di traverso allo schermo.

Ispirò profondamente cercando di trovare il coraggio, poi si risedette al pc e cliccò due volte sul file.

Lesse il testo con gli occhi lucidi. Rise e pianse, mentre sentiva che un pezzo importante della sua anima tornava al suo posto.

Alla fine si baciò la punta delle dita e le poggiò sullo schermo sorridendo commosso, ringraziando in silenzio la moglie.

«Ho cominciato a scordare delle cose.» Me ne sono accorta perché non ricordo più come si chiamava il cane di Bettie Thompson e per anni ho usato quel nome come password del pc. Immagino che siano cose che possono succedere quando sei un fantasma.

Digitare sulla tastiera è davvero difficile quando non hai le dita.

Comunque Noah dopo la nostra visita a casa Blum e la nostra discussione si è addormentato sulla poltrona. È ancora vestito e sono ragionevolmente sicura che stia anche sbavando un po'.

Ma sto divagando. Penso che anche divagare faccia parte del *pacchetto fantasma*.

Stasera, mentre parlavamo di Michael, mi sono ricordata una cosa a cui non pensavo da tempo e, per paura di dimenticarmene, come è successo con il nome di quel cagnolino rompicoglioni, ho deciso di scriverla.

Vorrei che ti fosse chiaro, quando rileggerai questa roba, cara Allison del futuro, che non ho intenzione di cominciare a scrivere un diario e che, se tu hai cominciato a farlo, sei una sfigata.

Divago ancora. Meglio scrivere quello che mi sono ricordata prima di dimenticarmene di nuovo.

Michael aveva cinque anni. Noah gli aveva fatto vedere un vecchio western con John Wayne. Uno di quelli con gli indiani cattivissimi e i cowboy buonissimi. Non mi ricordo come si chiamava. Cosa per cui sfotterei Noah se fosse al mio posto, ma per fortuna lui non lo saprà mai.

Michael dopo la visione del film aveva sviluppato una morbosa paura per gli attacchi indiani. Noah aveva provato a convincerlo che a Boston non era molto frequente essere assaltati da un'orda di selvaggi e io avevo tentato di spiegargli quanto quei film fossero parziali quando dipingevano gli indiani come demoni sanguinari e noi bianchi come eroi senza macchia, ma Michael aveva cinque anni e credeva più alla tv che a noi.

Il ricordo che mi è tornato in mente stanotte è legato al momento in cui Noah riuscì a convincerlo che si sbagliava ad aver paura degli indiani.

Quella sera ero rientrata tardi. Avevo aperto la porta, gettato la borsa a terra, aperto le braccia e chiuso gli occhi, pronta a parare il ragazzino-missile che solitamente mi colpiva non appena mettevo piede in casa. Ma Michael non era arrivato. Avevo seguito delle voci sommesse fino alla minuscola cameretta in cui dormiva Michael, nel nostro vecchio appartamento a Boston.

Aperta la porta quel tanto che bastava per spiarci dentro, vidi Michael e Noah al centro della stanza, sotto a un tepee fatto di coperte, illuminato dalle decorazioni natalizie. Noah aveva ritagliato per nostro figlio una fascia in cui aveva infilato piume di carta. Brandivano entrambi asce di plastica e parlottavano scambiandosi segreti.

Appena Michael si accorse della mia presenza, schizzò fuori dalla tenda e mi gridò orgoglioso che non aveva più paura degli indiani. «Papà mi ha fatto diventare un indiano e ho capito che sono loro i buoni» aveva detto con quella vocetta da pulcino. Poi aveva affermato con una certa autorità, che ora ci saremmo tutti dovuti trasferire a vivere in una tenda. Quando gli chiesi, visto che sono una pessima madre e mi divertivo da matti a spaventarlo, se non avesse paura di vivere in una tenda con solo una pelle sottile a separarlo dai pericoli della prateria, lui mi aveva guardato come se fossi impazzita. Mi rispose che avremmo fatto come i tre porcellini. Noah gli aveva chiesto cosa intendeva e lui ci aveva spiegato la sua personale versione della storia. Secondo nostro figlio non importava il materiale con cui i porcellini avevano costruito le casette. Il punto della storia per Michael era che i porcellini, che prima vivevano separati, erano riusciti a resistere agli assalti del lupo solo quando i tre fratelli si erano riuniti sotto lo stesso tetto. Michael era sicuro che fossimo come i tre porcellini, che finché saremmo rimasti insieme, nulla avrebbe potuto andare storto. E ancora adesso, a dispetto di tutte le cose terribili che ci sono successe, penso che Michael avesse ragione. Insieme eravamo invincibili.

Ringraziamenti

GRAZIE al nostro editore e al meraviglioso team di Sperling & Kupfer che ci ha seguito sin dall'inizio: Grazia Rusticali, responsabile editoriale, e Federica Graceffa, la nostra editor. Fede, sappiamo che hai desiderato strangolarci ogni volta che ti abbiamo chiesto «un paio di giorni in più» per finire il romanzo.

Nonostante tutto, ci hai supportati con grandissimo entusiasmo sin da quando *Nel buio della casa* aveva un altro titolo ed era ancora solo una buona idea nella testa di Michele.

Ringraziamo il nostro club del libro *La lega dei lettori straordinari* (lo trovate come canale su Telegram) e tutti i *Lettori Straordinari* che ci hanno supportato e tenuto compagnia durante questo viaggio molto intenso e che hanno fatto finta di niente ogni volta che Fiore spoilerava informazioni segretissime per sbaglio (#fiorenospoiler).

Grazie a Stephen King, Richard Matheson e Jonathan Hickman da cui abbiamo preso in prestito molto, oltre ai loro nomi che abbiamo dato ai nostri personaggi.

Infine grazie a te Lettore, che stringi questo libro tra le mani.

Noi ci siamo davvero divertiti moltissimo mentre scrivevamo questa storia, speriamo che tu abbia fatto altrettanto leggendola.

CENNI BIOGRAFICI

Gli autori

Fiore Manni (Roma, 1988) ha studiato da fashion designer e per anni ha condotto un programma tv per bambini. Con Rizzoli ha pubblicato tre romanzi per ragazzi: *Jack Bennett e la chiave di tutte le cose* (Premio Asti d'Appello Junior, finalista al Premio Castello di Sanguinetto), *Jack Bennett e il viaggiatore dai mille volti* e *Come le cicale*. È coautrice della graphic novel *Mask'd*, edito da Star Comics.

: @fioremanni
: @fioremannofficial

Michele Monteleone (Roma, 1987) è attivo come sceneggiatore di fumetti da più di dieci anni. Ha lavorato con tutte le maggiori case editrici del settore, scrivendo su testate storiche come *Dylan Dog* e *Orfani* per la Sergio Bonelli Editore. Per Bao Publishing ha realizzato la sua prima graphic novel, *Senzombra*, e per Star Comics ha cofirmato *Mask'd*. *Nel buio della casa* è il suo primo romanzo.

: @lionmount
: @michele.monteleone.52

: https://www.twitch.tv/fioremannilionmount
: https://youtube.com/c/FioreManniOfficial
: LaLegaDeiLettoriStraordinari

L'illustratore

Cristiano Spadoni è un artista romano. Inizia a lavorare come illustratore di costumi per teatro e cinema, collaborando tra gli altri a progetti come *The life aquatic with Steve Zissou* (2004) e *Marie Antoinette* (2006).
Poi continua come disegnatore di fumetti per Sergio Bonelli Editore, su diverse serie. È copertinista della serie *Julia - Le avventure di una criminologa* dal numero 158.

: @cristiano.spadoni

Finito di stampare presso Grafica Veneta S.p.A.
Via Malcanton, 2 – Trebaseleghe (PD)
Printed in Italy